EVERMORE
by Alyson Noël
translation by Shinobu Horikawa

漆黒のエンジェル

不死人夜想曲#1

アリソン・ノエル

堀川志野舞［訳］

ヴィレッジブックス

不死人夜想曲

#1

漆黒のエンジェル

おもな登場人物

エヴァー・ブルーム	家族を失った事故以来、 特殊な能力がそなわる。 高校二年生
ダーメン・オーギュスト	黒髪に黒い瞳の転校生
ヘイヴン	エヴァーの親友
マイルズ	エヴァーの親友
ステーシア	人気者グループの女子
ライリー	エヴァーの妹
サビーヌ	エヴァーの叔母。弁護士
ドリナ	謎のセレブ美女
エイヴァ	霊能者の女性

1

あたたかく湿った手のひらが、うしろからわたしの目を隠した。

「だーれだ?」

ごつい指輪がぐっと頬《ほほ》に押しあてられる。黒ずんだシルバーのドクロの指輪のせいで、きっとわたしの頬には黒さびがついてしまっているだろう。

目隠しされて、なにも見えなくても、わたしにはわかっている。

ヘイヴンの真っ黒に染めた髪がまんなか分けになっていることも。ビニール素材の黒いコルセットを(高校の服装規定に従って)タートルネックに重ね着していることも。地面を引きずるおろしたての黒いサテンのスカートは、ドクターマーチンのブーツのかかとで踏みつけた裾《すそ》の近くにもう穴があいていることも。黄色いコンタクトレンズのおかげで、瞳がゴールドに見えていることも。

わたしにはわかっている。

ヘイヴンの父親がほんとうは〝出張〟に行っているんじゃないことも。母親のパーソナルトレーナーが〝トレーナー〟というよりも〝個人的《パーソナル》〟なお相手だということも。弟はエヴァネッセンスのCDを割ってしまったのに、お姉ちゃんが怖くて言えずにいることも。

だけど、そういうことがわかるのは、ひそかに探ったり、盗み見たり、話にきいたりしたからじゃない。

わたしには人の心が読めるからだ。

「早く！　あててよ！　チャイムが鳴っちゃうじゃん！」

ヘイヴンはざらついた声で言う。まるでヘビースモーカーみたいな声。タバコは一度試しただけで懲《こ》りたはずなのに。

わたしはじっくり考えて、ヘイヴンがいちばんいやがる相手を思いつく。

「ヒラリー・ダフでしょ？」

「オエッ」

わたしには見なくてもわかることなんか知りもせず、ヘイヴンは目隠しする手に力をこめた。

「じゃあ、マリリン・マンソン夫人？」

ヘイヴンは笑い声をあげ、手をはずした。親指をなめて、わたしの頬にタトゥーみたいに残った指輪のさび汚れをぬぐおうと手を伸ばす。

わたしは、すばやく手をあげてさえぎった。

つばがつくのが気持ち悪いからじゃない。触れられるのがイヤなだけ。触れられると、相手の心が見えすぎて、消耗してしまう。だから、人と接触するのは極力、避けるように努めてる。

ヘイヴンは、深くかぶったわたしのパーカーのフードをつかみ、いきおいよく頭からはずした。そしてイヤホンに目をやり、たずねてくる。

「なにきいてんの?」

イヤホンコードを先生たちの目から隠すため、どのパーカーにも縫いつけてあるiPod用のポケットに手を突っこみ、ヘイヴンに本体を渡すと、彼女はギョッと目を見開いた。

「マジ? ボリューム最大なんだけど。ていうか、これ、誰?」

iPodのコードはわたしとヘイヴンのあいだにぶらんと垂れ下がり、イヤホンからUKのアナーキーについてシャウトするシド・ヴィシャスの歌声が漏れてくる。

正直言って、わたしにはシドが無政府《アナーキー》状態のイギリスに賛成しているのか反対しているのかわからない。

わかっているのは、異常なまでに鋭いわたしの感覚をにぶらせるには、これぐらい激しい音楽じゃなきゃダメってことだけ。

「セックス・ピストルズだよ」

電源をオフにして、iPodを隠しポケットにもどした。

「こんな大音量で、あたしの声がきこえてただけでもオドロキ」

ヘイヴンが笑顔を見せると同時に、始業のベルが鳴った。

わたしは無言で肩をすくめる。

わたしの場合、相手の声をきくのに、耳をかたむける必要はない。でもそれをヘイヴンに話したりはしない。じゃあまたランチでね、とだけ言って、教室に向かう。

廊下を歩きながら、ヘイヴンが背後からしのびよったふたりの男子にスカートの裾を踏んづけられて、あやうく転びそうになるのを察知し、わたしは身をすくめた。

だけど、ヘイヴンがくるっとふりかえり、邪悪な〝印〟を切って（本物の邪悪な印なんかじゃなくて、ヘイヴンが勝手に考案したやつだけど）、カラーコンタクトの黄色い目でにらみつけると、ふたりの男子はそそくさと退散した。

ふうっと息をつき、教室に入る。さっき目隠しされたことでまだわたしのなかに残っているヘイヴンのエネルギーは、もうじき消えるだろう。

教室のうしろの自分の席に向かう。

机と机のあいだにステーシア・ミラーがわざと置いたカバンをよけ、彼女が毎日のように小声で口ずさむ「あ〜ら、変人がきたわ〜！」のセレナーデも無視して。

席に着くと、カバンから教科書、ノート、ペンをとりだして、耳にイヤホンを突っこみ、フードをすっぽりかぶり直してから、あいているとなりの席にバックパックを置き、ロビンズ先生が来るのを待った。

ロビンズ先生はいつも遅刻する。ほとんどの場合、遅刻の理由は、授業の合間に小さなシルバーのスキットルからお酒をちびちび飲んでいるから。だけどそれも、先生が奥さんに四六時中がみがみ怒鳴られ、娘に負け犬だと思われ、自分の人生をひどく憎んでいるせいだ。

わたしはすべてを転校初日に知った。転学申請書を提出しようとして、うっかり先生の手に触れてしまったときに。

いまでは提出物があるときは、先生の机の端に置くよう心がけている。目をつぶって待ちながら、パーカーの内側のｉＰｏｄに指をすべらせ、シド・ヴィシャスの激しいシャウトから、もっとソフトで落ち着いた曲に替えた。

教室に入ってしまえば、このくらいの音で充分だ。少人数制クラスでは、どういうわけか心的エネルギーが抑えられるらしい。

わたしは昔からこんなふうだったわけじゃない。

もともとはふつうのティーンエイジャーだった。学校のダンスパーティーに参加して、芸能人にキャーキャー言って、ブロンドの長い髪が自慢だった。その髪をポニーテールにひっつめて、だぼだぼのパーカーのフードで隠そうなんて、夢にも思わなかった。

ずっと、オレゴン州ユージーンの閑静な住宅地にある、居心地のいい家に住んでいた。あの頃はママとパパと妹のライリーと、黄色の可愛いラブラドール・レトリバーのバターカップがいた。

人気者で、幸せで、チアリーダーのレギュラー入りを果たしたばかりで、高校二年生の新学期がはじまるのが待ちきれなかった。

人生は完璧で、限界なんて空の上にしかなかった。

限界なんて空の上にしかない――つまらない決まり文句だけど、皮肉なことに真実でもある。

そういう昔の話は、人づてにきいたことばかりだ。

あの事故のあとで、はっきり思いだせたのは、死にかけたということだけだったから。


わたしはいわゆる〝臨死体験〟をした。

だけど、世間で言われてることはまちがってる。だって、あれは〝死に臨《のぞ》む〟なんてものじゃなかったから。

わたしと妹のライリーは、パパの運転するSUVの後部座席に座っていた。バターカップはライリーのひざに頭をのせて、わたしの脚にしっぽをパタパタとふりあてていた。

つぎの瞬間には、エアバッグがすべて開き、車は大破していて、わたしはその光景を外から眺めていた。

こなごなに飛び散ったガラス、ひしゃげたドア、松の木と死の抱擁《ほうよう》を交わしているフロントバンパー。呆然《ぼうぜん》と見つめながら、いったいなにが起きたんだろうと思い、家族もみんな車から脱出していることを心から祈った。

おなじみの吠え声を耳にしてふりかえると、しっぽをふりふり歩くバターカップを先頭に、家族が小道を歩いていくのが見えた。

わたしはみんなを追いかけた。

はじめは走って追いつこうとしたけれど、やがて歩調をゆるめ、その場にたたずんだ。揺れる木々と花の香りに包まれた広大な野原を、わたしも歩いていきたいと思いながらも、あらゆるものを輝かせているきらめく霞《かすみ》がまぶしくて、ちょっと目を閉じた。

ほんの一瞬のつもりだった。

すぐにみんなを探しにもどるつもりだった。

だけど、目をやると、家族がほほえみながら手をふって、橋を渡っていくところが見えた。

その姿はあっというまに見えなくなった。

わたしはパニックになり、あたりを眺めまわした。あっちこっちと走りまわったけれど、どこもかしこも同じ風景だった——あたたかく、白く、きらきら輝き、美しく、忌々《いまいま》しく、果てしなく広がる霞。

わたしは地面にくずおれた。

寒さに皮膚がうずくのを感じ、全身を痙攣《けいれん》させ、泣きさけび、悲鳴をあげ、悪態をつき、懇願《こんがん》し、守れるはずもない約束をしながら。

そのとき、誰かの声がきこえた。

「エヴァー？　それがきみの名前なのか？　目をあけて、こっちを見て」

その瞬間、意識の表層に浮上した。

苦痛に満ち、額が濡れてズキズキ痛む世界に。そして、かがみこんでわたしを見つめている男の人の黒い瞳を見あげてささやいた。

「そう、わたしはエヴァー」

そしてまた意識が遠のいた。

2

ロビンズ先生が教室に入ってくる直前、わたしはフードをおろしてｉＰｏｄの電源を切り、教材を読んでいるふりをした。

「みんな、転校生のダーメン・オーギュストを紹介しよう。ニューメキシコから越してきたばかりだ。じゃあ、うしろのあいている席に座ってくれ。エヴァーのとなりだ。教材の本が手に入るまで、エヴァーのを見せてもらいなさい」

そんな先生の言葉にも、顔をあげたりはしない。

ダーメンはゴージャスだ。わざわざ見なくてもわかる。

彼がこっちに近づいてくるあいだ、わたしはひたすら本に集中していた。

クラスの子たちのことなら、もういやというほどわかっている。

わたしにしてみれば、少しでも長く知らずにいられるほうが幸せなのだ。

だけど、二列前の席に座っているステーシア・ミラーの心の声は、「この転校生、超イケメン」と告げている。

ステーシアの親友のオナーもまったく同意見だ。

それを言うなら、実はオナーの彼氏のクレイグも。だけど、それはまたべつの話。

「よろしく」

ダーメンはわたしのバックパックを椅子から床に置き、となりの席に座った。

わたしはダーメンの黒い艶《つや》のあるバイクブーツしか見ないようにして、小さくうなずく。そこまでハードなやつじゃなくて、ファッション誌に掲載されてるようなおしゃれなブーツ。床をカラフルなビーチサンダルが彩っているこの教室では、ものすごく浮いているブーツ。

ロビンズ先生が「百三十三ページを開きなさい」と言うと、ダーメンはこっちに身を寄せてきた。

「本、見せてくれる?」

できるだけ近づきたくない。わたしは本をずっと向こうまで押しやった。本は机の端でぐらぐらと落ちそうになっている。

ダーメンが椅子を近づけて、ふたりのあいだの小さな隙間を埋める。わたしは椅子の端ぎりぎりまで体をずらし、フードの下でじっと身をすくめる。

ダーメンは小さく笑い声をあげた。

それでもまだ彼のほうを見ていないから、なんで笑っているのか見当もつかない。わかっているのは、屈託のない楽しそうな笑い声だけど、そこにはなにかほかの意味もふくまれていそうだということだけ。

さらに深々と椅子に身を沈め、頬杖《ほおづえ》をついて、時計に目をやった。こっちに向けられているキツイ視線も悪口も、すべて無視するつもりで。

——あのホットでセクシーでゴージャスな転校生、かわいそう。あんな変人のとなりの席だなんて！

ステーシア、オナー、クレイグ、それにクラスの残り全員からそんな思考が伝わってくる。

だけど、ロビンズ先生だけは例外。先生が考えているのは転校生のことじゃない。わたしと同じく、早く授業が終わってほしいと思ってる。

ランチの頃には、誰もかれもがダーメンの噂をしていた。

——転校生のダーメンって男子、見た？　超イケメン

——めちゃくちゃセクシー

——メキシコから来たって話だけど

——ちがうよ、スペインでしょ

——とにかく、どこか外国だって

——あたし、絶対冬のダンスパーティーに誘う

——彼のこと、知りもしないくせに
——いいの、これから親しくなるから
「ちょっとちょっと。転校生のダーメン、見た？」

ヘイヴンがとなりに腰をおろし、真っ赤に塗った唇に届きそうなほど伸ばした前髪の隙間から、こっちを透かし見た。

「やめてよ、ヘイヴンまでみんなと同じなの？」

わたしは首をふって、リンゴをかじる。

「あんただって彼を見たら、そんなこと言ってられないはずだよ」

ヘイヴンはピンクの紙箱からバニラ・カップケーキをとりだし、ランチタイムのいつもの手順どおり、てっぺんのアイシングをぺろりとなめた。

ヘイヴンの服装からすると、ちっちゃな甘いケーキなんか食べるより、生き血でも飲むほうが似合いそうだけど。

「なになに？　ダーメンの話？」

マイルズがさっとベンチに座り、テーブルにひじをつくと、茶色い瞳でわたしとヘイヴンを交互に見やり、童顔をほころばせた。

「ゴージャスだよねぇ！　あのブーツ、見た？　モデルみたい。ボク、今度は彼とつき合っちゃおうかな」

ヘイヴンが黄色い目でマイルズをにらむ。

「残念でした。あたしが先に目をつけたんだから」

「それはそれは、ヘイヴンちゃんがゴス以外にも興味があったとはねぇ」

マイルズはニヤニヤしながらサンドイッチの包みを開く。

「そりゃあ、あれだけイケてたらね。とにかくカッコイイもん、あんたも絶対見といたほうがいいって」

ヘイヴンはわたしが話に混じらないのがもどかしい様子で首をふる。

「彼は、なんていうか――うん、火がつきやすそう！」

「待ってよ、エヴァーはまだダーメンを見てないの？」

マイルズはサンドイッチを手に、信じられないという顔でこっちを見ている。

嘘《うそ》をつくべきか迷いながら、わたしはテーブルをじっと見おろしていた。

ふたりはこんなに大騒ぎしてるし、この場を切り抜けるには嘘をつくしかないのかもしれない。

でも、それは無理。

このふたりに嘘はつけない。

ヘイヴンとマイルズは友だちだから。ふたりしかいない友だちだから。

それに、ただでさえ秘密にしてることが多すぎるから。

「ロビンズ先生の授業で、となりの席だったよ。本を見せてあげるはめになったの。だけど、顔はよく見てなくて」

つづけた。

信じられないことを言う変人の顔をまじまじ見てやろうと、ヘイヴンは前髪を払いのけて
「へー、それはひどい目に遭《あ》ったねー。そんなのって、マジでサイテーだったでしょ。ねえ、ホントあんたって、自分がどんなにラッキーかちっともわかってないんだね」

「見せてあげたのって、なんの本？」

本の題名からなにか重要な意味が明かされるとでもいうみたいに、マイルズがきいてくる。

「『嵐が丘』だけど」

わたしは肩をすくめ、ナプキンの中央にリンゴの芯を置き、四隅をたたんだ。

「で、そのフードは？　かぶってた？　それともおろしてた？」ヘイヴンがたずねる。

記憶をたどり、彼が身を寄せてきたときにフードをかぶったことを思いだした。

「かぶってたよ。うん、確かにかぶってた」

「あー、よかった。ブロンドの女神が恋のライバルになるのだけは避けたいもんね」

ヘイヴンはバニラ・カップケーキを半分に割りながら言う。

わたしは小さくなってテーブルを見おろした。

こんなふうに言われると、いたたまれなくなる。昔のわたしはちやほやされるのを生きがいにしてたらしいけど、いまはちがう。

「じゃあ、マイルズはどうなの？　ライバルじゃないわけ？」

注目を浴びてもちゃんとよろこべる相手に注意をそらしてしまおう。

「そうだよぉ。その可能性も無視しないでよね」

マイルズは短い茶色の髪をかきあげ、首をひねって自信のあるほうの横顔を見せつける。

「はいはい、議論の余地ナシ」ヘイヴンはひざに落ちたカップケーキの白いくずを払いながらこたえる。

「あんたとダーメンは〝お仲間〟じゃないんだから。いくら彼がモデルなみのイケメンっていったって」

「ダーメンがストレートかどうかなんて、わかんないよ？　なんではっきり言い切れるのさ？」

マイルズはビタミンウォーターのキャップをひねってはずしながら、疑うようなまなざしを向けた。

「ゲイレーダーがそう言ってんの」ヘイヴンは額をトントンたたきながら言った。

「まちがいないね、ダーメンはレーダーに引っかからない」

ダーメンとは一時間目の国語と六時間目の美術が同じクラスというだけじゃなく、駐車スペースまでとなり同士だとわかった（美術はとなりの席だったわけじゃないし、見たわけでもないけど、マチャド先生もふくめてみんなの思考が教室内に渦巻いていたおかげで、知っておくべきことはすべてわかった)。

これまで彼のブーツ以外は努めて見ないようにしてきたけど、ついに覚悟を決めるときがきたみたい。

「うっそー、彼だよ！　ボクらのすぐとなり！」

マイルズが歓声をあげ、人生最大のエキサイティングな瞬間にしかださない、かん高いながらも抑揚のない声でささやいた。

「それに、あの車を見てよ——黒いピカピカのBMW、窓にはスモーク。いいね。すごくいい。よし、こうしよう。ボクがドアをあけるとき、うっかり彼の車にぶつけちゃうんだ。そうすれば話をする口実ができるでしょ」

マイルズはこっちを向いて、わたしのゴーサインを待っている。

「わたしの車を傷つけるなんて、絶対やめてよね。彼の車も。どの車も」

首をふってキーをとりだす。

「もおっ、わかったよ。ボクの夢を壊したいなら、壊せばいい。だけどさ、きみも我慢しないで彼を見てみなよ！　まずはそれからだ。そのあと、ボクの目を見て、わたしはダーメンにビビって卒倒したりしませんって言えばいいし」

わたしは自分の車と駐車のヘタなフォルクスワーゲンのあいだに体を押しこんだ。

フォルクスワーゲンはななめに停められていて、わたしのマツダ・ロードスターによじのぼろうとしているみたいに見える。

ドアのロックをはずそうとした瞬間、マイルズがわたしのフードをさっと引っぱりおろした。それだけじゃなくサングラスも奪うと、走って助手席側にまわりこみ、おおげさに首をくいっとかたむけ、背後に立つダーメンを見るよううながす。

わたしは見る。

どのみち、いつまでも避けて通れるはずがない。

だから、深々と息を吸いこみ、見る。

そして、目にしたもののせいで、口をきくことも、まばたきも、身動きもできなくなる。

マイルズがさっと手をふり、にらみつけ、「ミッションを中止して本部に帰還せよ」と伝えるため、思いつくかぎりの合図を送ってきた。

でも目をそらすことができない。

わかってる。こんなの変だ。みんなにはもう変人扱いされてるけど、こんなふうにじっと見つめてたら、ほんとにおかしな人になってしまう。

だけど、どうしても目をそらせない。

目をそらせないのは、非の打ちどころがないほどダーメンがハンサムなせいだけじゃない。たしかに彼はハンサムだ。肩に届きそうな艶やかな黒髪。高い頬骨の曲線。黒いサングラスをあげてわたしと視線を合わせたとき、つけまつげかと思うほど豊かなまつげに縁どられたアーモンド形の目が見えた。その目は黒く、深く、なぜか懐かしい。

それに、あの唇。ふっくらと赤く、誘うような完璧なキューピッドの弓形の唇。

引きしまった体は全身黒ずくめだ。

「ねえ、エヴァー？　もしもーし？　目を覚ましてよ。たのむから」

マイルズは不安そうな笑い声をあげながら、ダーメンのほうを向く。

「なんかごめんねー、この子、いつもはフードをかぶってるもんだからさぁ」

やめなきゃいけないのはわかってる。

いますぐ目をそらさなきゃ。

でもダーメンはわたしから目を離さず、その目の色は深みを増していき、唇は上向きのカーブを描きはじめる。

だけど、わたしが目を奪われているのは、完璧な容姿のせいじゃない。見た目はまったく関係ない。

わたしの目を釘付けにしているのは、整った顔から黒いバイクブーツの爪先まで、全身をとりまく空間になにもないということだ。

色がない。オーラがない。

光の波動がどこにも見えない。

誰もがオーラをまとっている。

生きとし生けるものはみな、肉体から発する光の渦に包まれている。本人は意識さえしていない、虹色のエネルギー・フィールド。

危険なものでも、恐ろしいものでもなく、なんら害はない。目に見える（つまり、わたしにはということだけど）磁場の一部に過ぎない。

交通事故に遭うまでは、こんなことは知らなかった。

オーラなんて、考えたこともなかった。

だけど、病院で目を覚ましたとたんに、そこらじゅうに色があふれていることに気づいた。

「大丈夫？」

気づかわしげに見おろしながら、赤毛の看護師がたずねた。

「はい。でも、どうして全身ピンク色なんですか？」

わたしは看護師の体をとりまく淡い光に困惑し、目を細くした。

「え、わたしがなんですって？」

「ピンク色。ほら、体のまわり全体がピンク色でしょ。頭のあたりは特に」

「……わかったわ、いい子ね、安静にしてて。先生を呼んでくるから」

看護師はこっちを向いたまま後ずさりして、病室から出ていった。

それから目の検査や脳スキャン、精神分析なんかを立てつづけにいくつも受けさせられて、わたしは目に映るオーラの色相環を自分だけの秘密にすることを学んだ。

人の思考がきこえはじめ、触れることで相手の人生がわかるようになり、死んだ妹ライリーが定期的に〝やってくる〟のを楽しむようになる頃には、さすがに誰かに打ち明けようとは思わなくなった。

そういう暮らしにすっかり慣れてしまって、べつの生き方があることを忘れていた。

だけど、ダーメンの体のまわりに見えるのが、オーラではなくクールな黒い高級車の輝きだけだと気づいたとき、ありふれた日々をいまよりずっと幸せに過ごしていた頃のことを、ぼんやりと思いだした。

「きみ、エヴァーだよね？」

ダーメンはにっこり笑い、またひとつ完璧な魅力を披露《ひろう》する――まぶしいほどの白い歯を。

わたしはその場に立ちつくし、彼から目をそらそうと必死だった。

と、マイルズがわざとらしく咳払いをした。

このゲイの親友は無視されるのが大嫌いなのを思いだし、わたしはマイルズを紹介する。

「あっ、ごめん。マイルズ、彼はダーメン。ダーメン、こっちはマイルズ」

そのあいだも、わたしの目は一瞬たりともダーメンから離れない。

ダーメンはマイルズにチラッと目をやり、ちょっとうなずいてみせたあと、またすぐわたしに注意をもどした。

こんなことを言うなんてどうかしてるけど、ダーメンが目をそらした瞬間、わたしは不思議と寒気を覚え、不安になった。

だけど、また見つめられたとたんに、すっかりあたたかくなり、落ち着きがもどってくる。

「頼みがあるんだけど」ダーメンはほほえむ。

「『嵐が丘』を貸してもらえないかな？　遅れをとりもどさなきゃならないけど、今夜は本屋に行く時間がないんだ」

バックパックに手を突っこみ、『嵐が丘』をとりだすと、指先で端のほうをつまんだ。心のどこかでは、指先と指先が触れ合うことを心から望んでいた。この美しい転校生の手に触れてみたかった。

でも、心のべつのどこか――賢明で、超常的な力の働く部分――では、ひるんでもいた。触れるたびに相手の考えがふっと心にひらめく、あの恐ろしい瞬間におびえていた。だけどそれも、ダーメンが本を車にほうりこみ、サングラスをかけ直して挨拶《あいさつ》するまでのことだ。

「ありがとう。じゃ、また明日」

そう言われたあとで、指先がかすかにヒリヒリしたほかはなにも起きなかったことに気づいた。返事をする間も与えず、ダーメンの車は走り去った。

「ちょっとさあ」

マイルズが首をふって助手席に乗りこみながら口を開いた。

「彼を見たらきっとビビるって言ったけど、そのとおりに反応しろって言ったつもりはないんだけどな。文字どおり受けとられても困るんだけど。マジで、さっきのはいったいなんの真似なの？　超ピリピリした気まずい雰囲気ただよわせちゃってさ、しかも『ハロー、わたしはエヴァー、今度あなたのストーカーになります』的な瞬間だったし。冗談とかじゃなくて、ほんとにきみをこの世に呼びもどさなきゃって思ったんだからね。それに、ボクらの良き友人ヘイヴンがあの場にいなかったのは、超ラッキーだったよ。わざわざ思いださせたくないけど、ヘイヴンが先にダーメンに目をつけたんだから……」

帰り道、マイルズはずっとそんな調子でまくしたてている。

だけどわたしは彼ひとりにおしゃべりを任せて、運転しながら、前髪の下の額にくっきり残る赤い傷痕《きずあと》をぼんやり指でなぞっていた。

マイルズに説明するわけにはいかない。

交通事故に遭って以来、思考がきこえず、これまでの人生が伝わってこず、オーラの見えない相手といえば、「死者」だけだなんて――

3

家に入ると、冷蔵庫から水のボトルをつかみ、二階にある自分の部屋にあがった。家のなかを探しまわらなくても、サビーヌ叔母さんはまだ仕事だとわかってる。叔母さんはいつも仕事だ。

つまり、わたしはこの広い家を一日の大半はひとりじめしている。

たいていは自分の部屋にこもってるけど。

叔母さんには、申し訳ないと思っている。

懸命に働いてきて手に入れた人生が、わたしを押しつけられた日を境にがらっと変わってしまったのだから。

だけど、ママは一人娘だったし、祖父母はわたしが二歳になる頃にはみんな亡くなっていたから、叔母さんに選択の余地はなかった。

わたしは十八歳になるまで里親のもとで暮らすか、パパのただひとりのきょうだいで双子の妹である叔母のもとで暮らすか、ふたつにひとつしかなかった。

サビーヌ叔母さんは子どもを育てることについてはなにひとつ知らなかったけれど、わたしが退院するまでにはアパートメントを売り払い、この大きな家を買い、オレンジ・カウンティでも指折りのインテリアデザイナーを雇ってわたしの部屋を整えさせた。

なにが言いたいかというと、わたしに与えられた部屋はふつうじゃないってこと。ベッドやドレッサーや勉強机なんかは、もちろんすべてそろってる。だけどそれだけじゃない。大画面のテレビ、いくらでも入るウォークインクローゼット、ジャグジーと独立したシャワー室のある広々としたバスルーム、海に臨むみごとな眺めのバルコニー、わたし専用のリビング兼ゲームルームに薄型テレビがもう一台、流しつきのバーカウンター、電子レンジ、小型冷蔵庫、食器洗い機、ステレオ、ソファ、テーブル、ビーンバッグ・チェア、美術品まで……。

以前のわたしなら、なにとひきかえにしても、こんな部屋を持ちたがっていたのにと思うと、おかしくなる。

でもいまは、なにとひきかえにしても、前の生活にもどりたい。

サビーヌ叔母さんのまわりは、弁護士仲間や弁護を担当しているVIPなエグゼクティブばかりだから、これぐらいは当然と本気で思ってるのかもしれない。

叔母さんに子どもがいないのは、仕事が忙しすぎてそういうことを予定に組みこめなかったのか、この人と思える男性にまだ出会ってないだけなのか、そもそも子どもはほしくないのか、この三つを組み合わせた理由からなのか、わたしにはわからない。心は読めるけれど、必ずしも人の欲求が見えるわけじゃない。おもに見えるのは、これまでの出来事だ。

その人の人生を反映した一連のイメージが、フラッシュカードかなにかみたいに見える。映画の予告編のような形で。

ときには象徴的なイメージだけが見えて、どういう意味か解読しなければならない。タロットカードみたいなものだ。

解読は百パーセント確実とはとても言えなくて、完全に思いちがいをしているときもある。

だけど、まちがえたときはいつでもイメージをたどり直すことはできる。

イメージの意味するところは、ひとつだけではない。

たとえば、中央がひび割れた大きなハートを〝失恋〟と勘ちがいしたことがある。その女性が心停止で床に倒れるのを見て、まちがいに気づいたけれど。

すべてを理解しようとすると、ちょっと混乱する。だけど、イメージ自体は決して嘘をつかない。

とにかく、子どもがほしいと夢見ている人がいるとしたら、ふつうはパステルカラーのちっちゃなおくるみに包まれた幸せを思い描くもの。身長一六二センチの金髪碧眼《へきがん》、特殊能力と心の重荷を山ほど抱えたティーンエイジャーの姿を思い描く人はいない。そのくらい、千里眼の持ち主じゃなくてもわかる。

そんなわけで、わたしはおとなしく、礼儀をわきまえて、叔母さんの邪魔にならないよう努めている。

そう、毎日のように死んだ妹と話してるなんてことは、まちがっても口にしない。


最初に姿を見せたとき、ライリーはわたしの病室のベッドの足元に立っていた。

真夜中、片手に一輪の花を持ち、もう片方の手をふっていた。

あのとき、どうして目を覚ましたのか、いまでもよくわからない。だって、妹は口をきいたわけでも、物音を立てたわけでもなかったから。

たぶん、その場の空気の変化のようなものから、ライリーの存在を感じとったのだろう。

はじめは幻覚を見ているのかと思った——痛みどめの薬の副作用のせいだと。だけど、何度まばたきをくりかえしてみても、ごしごしと目をこすってみても、やっぱりそこにいた。

悲鳴をあげたり、助けを呼ぼうとは考えもしなかった。

ライリーはベッドの脇にまわってきて、わたしの腕や脚のギプスを指さして笑っていた。

声こそ出していなかったものの、笑われればこっちとしては面白くなかった。

だけど、わたしの怒った顔に気づくとすぐに、ライリーは真顔をつくり、「痛む?」とたずねるような仕草をした。

うまくこたえられなかった。笑われたことでまだちょっと腹を立てていたし、なにより妹がそこにいることにびっくりしていた。本当に本物のライリーだとすっかり信じたわけじゃなかったけど、それでも質問せずにはいられなかった。

「ママとパパとバターカップはどこ？」

ライリーはくいっと頭をかたむけた。みんなとなりに立っている、というみたいに。だけどわたしには、なにもない空間にしか見えなかった。

「わかんないよ」

ライリーはただほほえんで、手のひらを合わせて頭を横にして、もう眠ったほうがいいと伝えてきた。

だから、わたしは目を閉じた。

これまで絶対に妹の指図なんか受けたりしなかったのに。

そして、閉じた目をまたすぐ開いて言った。

「ちょっと、誰がわたしのセーターを着ていいって言った？」

そう言った瞬間、ライリーはいなくなった。

わたしは自分本位のくだらない薄っぺらな質問をしたことで、自分に腹を立てながらその夜を明かした。

人生最大の疑問の答えを知るチャンスを、人間がはるか昔から思いめぐらせてきた謎の本質を見抜けるかもしれないチャンスを手に入れたのに。

クローゼットをあさられたぐらいで、霊になった妹にケンカをふっかけて、そのチャンスを棒にふってしまった。

しみついた習慣はなかなか抜けないものらしい。

つぎにライリーが現れたときは、会えたことがとにかくうれしくて、妹がわたしのお気に入りのセーターを着ているばかりか、いちばんいいジーンズを穿《は》き（丈が長すぎて裾をずるずる引きずっていた）、妹がずっとほしがっていた、わたしが十三歳の誕生日にもらったチャーム付きブレスレットまで着けていることには、ひとことも触れなかった。

そんなことには気づいてもいないかのように、ただほほえんでうなずくと、ライリーに身を寄せ、目を細めた。

「で、ママとパパはどこにいるの？」

目を凝らせばふたりが見えるかもしれないと思いながらたずねた。

だけどライリーはにっこりしただけで、体の脇で腕をパタパタさせた。

「天使になったってこと？」わたしは目を見開いた。

ライリーはあきれ顔で首をふり、声をださずにお腹を抱えて笑いころげた。

「はいはい、あっそう。もう知らない」

まったくもう、死んでからも調子に乗ってるんだから。

ふたたび枕にドサッともたれた。だめだめ、ケンカはよそう。

「じゃあ、向こうはどんな感じなのか教えてよ。あんたは、その……天国での暮らしは気に入ってる？」

ライリーは目をつぶり、なにかを支えるみたいに手のひらをかかげた。

と、どこからともなく、一枚の絵画が現れた。

オフホワイトの飾り縁が付けられ、手のこんだ細工の施されている金色の額におさめられた絵。

身を乗りだし、その絵を見つめる。

きっとこれが天国なんだ。深いブルーの海、ごつごつした崖、金色の砂浜、花盛りの木々、遠くには小さな島のぼんやりとした輪郭が見える。

「あんたはなんでいまそこにいないの？」

そう問うと、ライリーは肩をすくめ、絵画は消えうせた。

そして妹も消えてしまった。

わたしは骨折に脳震とう、内出血に痣《あざ》に切り傷、それにかなり深い額の裂傷を負っていて、一か月以上入院した。

というわけで、わたしが全身を包帯でぐるぐる巻きにされて薬漬けになっているあいだに、叔母さんは家を片付け、葬儀を手配し、わたしの荷物を箱詰めするという報われない仕事を引き受けるはめになった。

叔母さんから引っ越し先に持っていきたい品物のリストを作成するよう言われた。

オレゴン州ユージーンにあったこれまでの完璧な暮らしから、カリフォルニア州ラグーナビーチに待ち受ける恐ろしい新生活に引きずっていきたい品物のリストを。

だけど、何着かの服のほかは、なにもいらなかった。

失ってしまったすべてを思いださせるようなものは、ひとつだって持っているのは耐えられなかった。がらくたでいっぱいの箱を抱えていたって、家族が帰ってくるわけじゃない。

白い無菌室に閉じこめられているあいだはずっと、精神分析医が定期的にたずねて来た。ベージュのカーディガンを着てクリップボードを手にした、熱心すぎるインターン。

彼はいつも面談のはじめに、〝深い喪失《そうしつ》〟（わたしじゃなくて、彼がそう言った）にどう対処しているかという同じつまらない質問をした。話がすむと、悲嘆《グリーフ》カウンセリングがおこなわれている六一八号室に行ってみるようにと説得した。

冗談じゃない。

苦悩に満ちた人たちのグループに加わって輪になって座り、人生最悪の日について披露する順番がまわってくるのを待つなんて、絶対にお断り。

だって、それがなんの役に立つ？

とっくにわかっていること――家族の身に起きたことは、ぜんぶわたしのせいだというだけじゃなく、わたしはバカでわがままでグズすぎて、自分だけ永遠の世界に行くのをノロノロと先延ばしにしていること――を確認して、気持ちが楽になるはずがないのに。

ユージーン空港からジョン・ウェイン空港までのフライトのあいだ、わたしはサビーヌ叔母さんとほとんど口をきかなかった。

悲しみと怪我のせいというふりをしていたけれど、実際は距離を置きたかっただけだ。叔母さんの葛藤《かっとう》はわかりすぎるほどわかっていた。正しいおこないをしたいと心から思う一方で、こう考えずにはいられないのだ――なんでわたしがこんな目に?

わたしは決して「なんでわたしがこんな目に?」と思うことはない。

たいていは「なんで自分じゃなく、家族がこんな目に?」と思っている。

だけど、まちがっても叔母さんを傷つけるようなことはしたくないとも思っていた。わたしを引きとり、立派な家に住まわせてくれるというのだから。

こんなに面倒をかけてるというのに、苦労も思いやりも無駄でしかないなんて、まちがっても知られるわけにはいかなかった。

どんなに古くみすぼらしい家に連れていかれたとしても、わたしにとってはどうでもいいんだなんて、知られるわけにはいかなかった。

車窓からぼんやりと太陽、海、砂浜を眺めているうちに、新しい家に着いた。叔母さんは玄関のドアをあけ、二階の部屋に案内してくれた。わたしは室内をチラッと見ただけで、「ありがとう」というようなことをもごもごとつぶやいた。

「ひとりにしちゃって悪いわね」

叔母さんはあきらかに、トラウマを抱えたティーンエイジャーの崩壊した世界とは似ても似つかない、すべてが秩序正しく整理されたオフィスにもどりたがっていた。

叔母さんが部屋を出ていき、扉が閉まると同時に、わたしはベッドにドサッと身を投げだすと、両手に顔をうずめてわあわあ泣きだした。

そう、その声がきこえてくるまで。

「あーあ、情けないの。この家、ちゃんと見た？　こんな大きなテレビに暖炉、泡の出るお風呂まであるんだよ？　ねえ、わかってる？」

寝返りを打ってふりむくと、部屋に妹の霊がいた。

「あんた、しゃべれないんじゃなかったの？」

「しゃべれるに決まってるじゃん、バカ言わないでよね」

ライリーはぐるりと目をまわしてみせた。

「だけど、いままでは――」

「ちょっとふざけてただけ。びっくりさせようと思って！」

ライリーは部屋のなかをあれこれ探ってまわり、勉強机に手をすべらせ、叔母さんが用意してくれた新品のノートパソコンとiPodをいじっていた。

「これがぜんぶお姉ちゃんのものだなんてずるいよ。こんなのって不公平すぎる！」ライリーは両手を腰にあてて顔をしかめる。

「しかもお姉ちゃんはよろこんでもいないんだから！　ねえ、バルコニーを見た？　外の景色を眺めようともしてないんでしょ」

「景色なんかどうでもいい」胸の前で腕組みし、妹をにらむ。

とする。

「そんなの、いつかは忘れちゃうって」

妹は笑いながらずんずん歩いていき、カーテンを開くと、苦心しながら窓の鍵をはずそうとする。

「それに、その服はどこで手に入れたのよ?」

以前のままのライリーに、いつもの姉妹の日常にすっかりもどされた。

そう、いつもこうやってロゲンカばっかりしてた。

わたしは妹の頭のてっぺんから爪先までねめまわす。ちなみに、妹はジューシークチュールのピンクのジャージを着て、ナイキのゴールドの靴を履き、あざやかな赤紫色の中国人形風のウィッグをかぶっていた。

「はじめはわたしの服を着て、今度はブランドもののジャージだなんて。ママに買ってもらったんじゃないってことは、ちゃんとわかってるんだからね」

「やめてよ、服のぎっしり詰まった天国のクローゼットをあければ、どれでも着たい服をとり放題だっていうのに、ママの許可が必要なわけないじゃん。タダなんだから」

「ホントに?」

ライリーはふりかえってにっこりした。

それってなかなか魅力的な待遇かも。

「それより、ほら、新しい部屋からの最高の景色を見てよ」

手招きされてベッドから降り、袖で涙をふいて、バルコニーに向かった。

ライリーの脇をかすめて通りすぎ、石タイル張りの床に踏みだすと、目の前に広がる風景に息をのんだ。

「これって、冗談のつもり?」

ライリーが病院で見せてくれた、金色の額に入った天国の絵とそっくり同じ景色を眺めながら、わたしはたずねた。

だけど、ふりかえったときには、妹はもう姿を消していた。

4

記憶をとりもどすのを助けてくれたのは、ライリーだった。

霊としてやってきた妹が、子どもの頃の話をし、かつての暮らしや友だちのことを思いださせてくれたおかげで、やがてすっかり記憶がよみがえった。

南カリフォルニアでの新生活に感謝するようになったのも、ライリーのおかげだ。新しい豪華な部屋や赤いピカピカのオープンカー、信じられないほどきれいなビーチや新しい学校のことで、妹が興奮しまくっているのを見ていると、これは自分の望む暮らしではないにしても、ありがたいものにはちがいないと気づかされたから。

霊になったにもかかわらず、言い争ったりケンカしたり、相変わらずおたがいにイラつくこともある。でも、本当のところ、妹が現れることがいまのわたしの生きがいになっている。

会えなくてさびしいと思う相手がひとり減ったのだから。

ライリーと一緒に過ごす時間は、いまのわたしにとって、なににもかえがたいひとときだ。

唯一の問題は、ライリーがそれを知っていること。

だから、妹が禁じている話題、たとえば、「いつになったらパパとママとバターカップに会えるの？ ここにいないときは、どこに行ってるの？」というようなことを持ちだすたび、ライリーは姿を消してわたしを懲らしめる。

ライリーが秘密を打ち明けようとしないことに心底いらだっているとはいえ、わたしもしつこくせがむほどバカじゃない。こっちだって、新たに手に入れた〝オーラが見えて、心が読める〟能力のことや、そのせいで服装をふくめ自分がどれだけ変わったかを打ち明けたわけじゃないんだから。

「そんなカッコじゃ、彼氏なんか一生できないよ」

バタバタと朝の身支度をし、遅刻ぎりぎりで登校する準備をしていると、ライリーはわたしのベッドにごろりと寝ころがりながら言う。

「そりゃあね、あんたとちがって目をつぶるだけでオシャレな新作の服がパッと現れるってわけじゃないんだから」

履き古したスニーカーに足を突っこみ、すり切れた靴紐《くつひも》を結びながら言い返す。

「サビーヌ叔母さんのクレジットカード、好きに使っていいって言われてるくせに。それに、そのフード、なんなの？ お姉ちゃん、ギャングの仲間になったとか？」

「いま話してるヒマないから」

教科書、iPod、バックパックを引っつかんでドアに向かう。

「あんたも行く？」

ライリーが唇をすぼめて悠長に考えこむのを、いらだちながら待った。

「うーん、行こうかな……。でも、幌《ほろ》はオープンにしてくれなきゃやだ。風に髪をなびかせるのって、気持ちよくて大好きなんだもん」

「いいよ。でも、マイルズの家に着く頃には消えてよね。あんたがマイルズのひざの上に座ってるのを見たら、ぞっとしちゃう」

マイルズとわたしが学校に着いたとき、ヘイヴンはもう校門で待っていた。キョロキョロと一心不乱に目を動かして、なにかを探している。

「ねえ、チャイムが鳴るまであと五分もないのに、ダーメンの姿がどこにも見あたらないんだけど。まさかまた転校しちゃったとか？」

ヘイヴンは不安そうに黄色い目を見開いている。

「なんで転校するの？　きたばっかりなのに」

ロッカーに向かうわたしの横で、ヘイヴンはゴムの厚底ブーツでスキップしながらこたえた。

「んー、この学校じゃ退屈だからとか？　あんなイケメンがいるとこじゃない気もするし」

「待ってよ、このまいなくなるなんてダメだよ。エヴァーに『嵐が丘』を借りてるんだから、返してもらわなきゃ」

とめるまもなく、マイルズが言った。

あーあ。

わたしはヘイヴンの視線を痛いほど感じながらロッカーのダイヤル錠をまわす。

「本を貸したって、いつの話よ?」

ヘイヴンは腰に手をあてて、こっちをにらんでる。

「あたしが先にダーメンに目をつけたって言ったよね? なのに、それって、どういうこと? なんで話してくれなかったわけ? あたしの知るかぎり、あんたは彼をまともに見てもいないってことだったけど」

「いや、そのあとエヴァーはちゃんとダーメンを見たよ。ショックで口もきけなくなっちゃってさ、救急車を呼ぶところだったんだよ」

まったくもう……。わたしはマイルズをにらんで、ロッカーを閉め、廊下を歩きだした。

「なんだよ、ホントのことじゃん」マイルズは肩をすくめ、ならんで歩きだす。

「ねえ、エヴァー。はっきりさせときたいんだけど。あんたはライバルっていうか、あたしの足を引っぱる存在ってわけ?」

アイラインで黒々と囲んだ目を細くして、ヘイヴンがにらんでくる。嫉妬《しっと》のせいでヘイヴンのオーラの色がゲロみたいな汚い緑色になってる。

深々と息を吸いこみ、ふたりを見つめた。

相手が友だちじゃなかったら、こんな茶番にはつき合いきれないとはっきり言ってやるのに。最初に目をつけたから自分のものだなんて、そんな決まりがいつできたの？

こっちは心の声がきこえて、オーラが見えるおかげで、だぼだぼのパーカーを着てるような状況だから、いつからそういうルールになったのか、よくわからないんだけど……。

でも、そんなことは口にせず、かわりにただこう言う。

「そうだよ、わたしは足を引っぱる存在。保険もかけられないほどの大きな災難をいまにも引き起こすかもしれない。だけどライバルっていうのは絶対にない。最大の理由は、彼に興味がないから。とても信じられないだろうけど。ヘイヴンに言わせれば、ダーメンはゴージャスでセクシーでホットで火がつきやすそうで——あとなんだっけ？　でも、はっきり言って、わたしはダーメン・オーギュストを好きでもなんでもない。これ以上、なにをどう言えっていうの？」

「えっと……それ以上はなにも言わなくていいと思う……よ」

ヘイヴンは真正面を見つめながら表情をこわばらせてつぶやく。

視線の先には、ダーメンがいた。

艶のある黒髪、くすぶるような黒い瞳、抜群のスタイル、すべてを見すかすような笑顔。

こっちを見て、教室のドアを押さえている。

「やあエヴァー、お先にどうぞ」

そう言われ、心臓が二拍スキップした。

やっぱり今日もオーラは見えない。それに心の声もきこえない。

でも、ダーメンはちゃんと呼吸をして、体温もあって、生きている。ゾンビじゃないし、ものすごいイケメンだ。いったいどういうことなんだろう。これまでわたしが知らなかっただけで、オーラのない人もいるのかな。

それとも、彼が魅力的すぎて、こっちがどうかしちゃってるとか？

ダーメンのそばにいたり、声をきくだけで、わけもなくドキドキする。その一方で、あの瞳に見つめられると、なぜだか安心するし、懐かしく感じるような……。

いつものように机と机のあいだに置かれたステーシアのバックパックをかろうじてよけながら、そそくさと机に向かう。背後にダーメンの存在を感じる。

恥ずかしすぎて、顔が焼けるように熱い。

あんなことを言ってるところを、本人にぜんぶきかれたなんて。

バッグを床にドサッと落とし、椅子に座った。

フードをかぶり、iPodの音量をあげる。そうすることで騒音がかき消され、いま起きた出来事から気をそらせられることを願った。

ダーメンみたいな、自信満々で、ゴージャスそのもので、非の打ちどころがない人は、わたしみたいな女子が漏らした言葉なんて気にもかけないはず、と自分に言いきかせた。そう、べつに気にするようなことじゃない。

だけど、安心して肩の力を抜いたとたん、激しいショックに襲われビクッとする——皮膚に電気が走り、血がとまり、全身がぞくっとした。

ダーメンの手が、机の上のわたしの手に重ねられたから。

わたしはめったなことじゃ驚かない。

人の心が読めるようになってから、わたしを驚かせられるのはライリーだけだ。本当のところ、妹は飽きずにわたしを驚かせる新たな方法を見つけようとしてる。

重なり合う手からダーメンの顔に視線を移すと、彼はただにっこりほほえんだ。

「これ、ありがとう」

昨日貸した『嵐が丘』だ。

こんなことを言ったら完全にイカれてると思われるだろうけど、ダーメンが口を開いた瞬間に、教室からすっかり音が消えた。

嘘じゃない、たったいままでみんなの心の声とおしゃべりの声があたりに満ちていたと思ったら、つぎの瞬間には——シーンと静まりかえって、なにもきこえない。

それに、ダーメンのエネルギーもまったく流れこんでこなかった。どうして？　いったいどういうこと？　なにが起きてるの？　なにかの偶然？

「もういいの？　わたしは結末も知ってるし、まだ返してもらわなくてもいいけど」

彼の手が離れる。まわりの声ももどってきた。

でも体のうずきはすぐには消えない。

「結末なら、ぼくも知ってる」

熱っぽい瞳でつかまえるかのように親密に見つめられ、わたしはさっと目をそらした。延々とくりかえされるステーシアとオナーの容赦《ようしゃ》ない陰口を閉めだしたくて、イヤホンを耳に突っこみ直そうとしたとき、ダーメンがまた手を重ねてきた。

「なにをきいてるの?」

そしてまた教室はしんと静まりかえる。

わずかな時間、渦巻く思考もヒソヒソ声も消えうせ、音楽みたいに柔らかなダーメンの声のほかはなにもきこえなくなる。

さっきは気のせいだと思った。だけど今回はちがう。これはダーメンのせいだ。

みんなはいまもおしゃべりをしたり、考えたり、いつもどおりのことをしてるのに、すべてがダーメンの声に完全にかき消されている。

どういうこと……?

全身があたたかく、電気をおびたようにジンジンしてる。この現象の原因はなに?

誰かに手を重ねられるのは初めてじゃないけど、こんなふうになったことはない。

「なにをきいてるのって言ったんだけど」

ダーメンはほほえむ。やけに個人的で親密なその笑みに、顔が熱くなる。

「あ、えっと、友だちのヘイヴンが作ってくれたゴスロックのミックス。ほとんどが八〇年代の古いやつ。ザ・キュアーとか、スージー・アンド・ザ・バンシーズとか、バウハウスとか」

ダーメンの目から視線をそらすことができない。この目の色、正確には何色なんだろう？

「ゴスが好きなんだ？」

ダーメンは眉をあげ、疑うような目つきで、わたしの長いブロンドのポニーテールや、ダークブルーのパーカー、化粧っ気のない肌を見ている。ゴスの要素はひとつもない。

「ううん、べつに。ヘイヴンは完全にハマってるけど」

「じゃあ、きみは？　なににハマってるんだ？」

彼はあきらかに面白がっている顔つきをして、わたしから目を離さない。

返事をしようとした瞬間、ロビンズ先生が教室に入ってきた。

先生の頬が赤く上気しているのは、みんなが思っているように急ぎ足で歩いてきたせいじゃない。

ダーメンは椅子にもたれ、わたしは深く息を吸いこんでフードをおろした。

そして、思春期のもやもや、試験のプレッシャー、容姿の悩み、ロビンズ先生の破れた夢、イケてる転校生があんな女にどんな関心を持っているのだろうかというステーシア、オナー、クレイグのかんぐり……そう、みんなの心の声のなかにいつものように身を沈めた。

5

ランチのテーブルに向かうと、ヘイヴンとマイルズはもう席に着いていた。だけど、ふたりと肩をならべてダーメンが座っているのを見て、わたしはまわれ右をして逃げだしたくなった。

これ以上、ダーメンにふりまわされたくない。惹《ひ》かれている自分が怖い。彼に近づくのが怖い。

「一緒にランチするならどうぞご自由に、でも転校生をじっと見つめたりしないって約束しなきゃだめだよ。じっと見つめるのってすごく失礼なんだからね。そのこと、誰にも教わらなかった？」

まったく……。わたしはマイルズをじろっとにらむと、そのとなりの席にすべりこんだ。ふつうにしなくちゃ。ダーメンがいてもどうってことはない。

「はいはい、そうよね、わたしはオオカミに育てられたんだから」

ランチの入った袋をあけることだけに意識を注ぐ。

「ボクはドラァグクイーンとロマンス作家に育てられた」

マイルズはヘイヴンの気の早いハロウィン風カップケーキに手を伸ばし、てっぺんを飾るキャンディコーンをくすねようとしながら言う。

「あのー、それってキミじゃないでしょ。『フレンズ』のチャンドラーじゃん」とヘイヴンが笑う。「あたしなんてね、魔女の集団に育てられたんだから。みんなから愛され、崇《あが》められ、称賛されている美しきヴァンパイアの王女だったんだ。豪華なゴシック様式のお城に住んでたはずなのに、なんでこんな安っぽいグラスファイバーのテーブルにあんたたち負け犬と一緒に座るはめになったのか、さっぱりわかんない」

そこでヘイヴンはダーメンのほうへ顎《あご》をしゃくった。

「で、あんたの経歴は？」

ダーメンはどこで買ったのか、光の加減で色が変化して見える赤い飲み物を瓶からひと口すすり、わたしたち三人全員を見つめた。

「イタリア、フランス、イギリス、スペイン、ベルギー、ニューヨーク、ニューオーリンズ、オレゴン、インド、ニューメキシコ、エジプト、その合間合間にほかにも転々と、かな」

彼はさらっとそれだけ並べたてて、にっこり笑った。

「へえー、〝軍人の子ども〟ってわけ？」

　ヘイヴンは笑い、カップケーキからキャンディコーンをつまみとって、マイルズにほうり投げる。

「まえにオレゴンに住んだことがあるんだ」

　マイルズはそう言うとキャンディコーンを舌のまんなかにのせ、ビタミンウォーターをぐいとあおって流しこみながらきく。

「ポートランドにね」ダーメンがこたえる。

「あ、ううん、質問のつもりじゃなかったんだけど、まあいいか。ボクが言おうとしたのは、ここにいるエヴァー《エヴァー》がオレゴンに住んでたってことなんだけどさ」

　マイルズの言葉に、ヘイヴンが不満そうな表情になる。

　今朝あんな大失態をやらかしたんだから、ライバルなんかじゃないのに……。まだわたしのことを真実の愛への最大の障害物とみなしていて、こっちに注目が集まるのが面白くないらしい。

　ダーメンはそんなことには気づかず、わたしのほうを見た。

「オレゴンのどこ?」

「ユージーン」

　わたしは彼じゃなくサンドイッチに焦点を合わせながら、ボソッと返事した。教室のときと同じで、ダーメンが話すたびに、彼の声しかきこえなくなる。

　そう、目が合うたびに、体があたたかくなる。

足と足がぶつかるだけで、全身がぞくっとする。

おかげで本気でパニックになりはじめる。

「なんでこっちに来ることになったんだ？」

ダーメンがわたしに身を寄せると、ヘイヴンも席を詰めてさらに彼に近づく。

不安なときのいつもの癖で、唇をぎゅっと結んで、テーブルを見つめた。過去のことは話したくない。

血なまぐさい詳細を話してきかせたって意味はない。

わたしのせいで家族全員が死んでしまったというのに、なぜか自分だけが生き残ったことを説明したって、どうにもならない。

だから結局、サンドイッチのパンをちぎりながら、「話せば長いから」とだけこたえた。

ダーメンはまだこっちを見ている。

ふと、ダーメンの視線が熱く、誘惑的で、まとわりつくように感じ、ひどく落ち着かなくなる。

手のひらがじっとりと汗ばんできて、フタをあけたままの水のボトルがつるりと手からすべり落ちた。

あっというまの出来事で、とめようもない。テーブルがびしゃびしゃになってしまうだろう。

が、テーブルに落ちるその一瞬にダーメンはボトルをキャッチし、それをわたしにすっと差しだした。

彼の視線を避け、ボトルをじっと見つめる。

ダーメンの動作がすばやすぎて、その姿がぼやけて見えるほどだったことに気づいたのはわたしだけ？

マイルズはニューヨークのことをたずね、ヘイヴンはダーメンのひざの上に座っているも同然なほど彼ににじり寄っている。

わたしは深々と息を吸いこみ、昼食を片付け、さっきのは勝手な妄想だと自分に言いきかせた。

ようやくチャイムが鳴り、わたしたちは荷物をまとめて授業に向かった。ダーメンに声が届かない距離まで来るとすぐに、マイルズとヘイヴンをふりかえる。

「なんで彼がわたしたちのテーブルに座ることになったのよ？」

つい非難するような鋭い口調になってしまう。自分でもうんざりだ。

「めだたない場所に座りたがってたからさ、ボクたちが場所を提供してあげたってわけ」

マイルズはリサイクル用ゴミ箱にペットボトルを捨てると、先頭に立って校舎に向かう。

「悪気なんかないし、きみに気まずい思いをさせるための悪だくみでもないよ」

「だけど、〝じっと見つめてた〟発言はよけいでしょ」

ピリピリしすぎてバカみたいだと承知しながら、わたしは言う。

本音を言うわけにはいかない。なんでダーメンみたいな男子がわたしたちとつるむの？　という核心をつく疑問を投げかけて、大事な友だちを動揺させたくはないから。

ホントに、なんでだろう？

彼なら人気者グループにだって入れるのに、どうしてよりによってわたしたちのグループ、つまり〝最強のはみだし者トリオ〟に混じろうと思ったんだろう？

「まあ落ち着きなよ、ダーメンだって面白がってたんだし」マイルズは肩をすくめる。「それに、彼も今夜きみの家に来るって。八時頃来てって言っといたよ」

「は？　なんの話？」

そういえばランチのあいだじゅう、ヘイヴンはなにを着ていこうかと心のなかで考えていたし、マイルズはセルフタンニングをしている時間はあるかなと考えていた。どうやら勝手になにか約束していたらしい。

「ダーメンもボクらと同じくフットボールは嫌いらしいよ。きみが来る前に、〝ヘイヴンのQ&Aコーナー〟のおかげでわかったんだ」

ヘイヴンが網タイツのひざを曲げ、体をかがめて、大げさにお辞儀してみせた。

「それに彼は転校生で、ほかにはまだ知り合いもいないじゃない？　ボクらがしっかりつかまえておいて、ほかの連中とつき合うヒマを与えないようにしようと思ってさー」

「でも……」

どうつづけたらいいのかわからない。

わかっているのは、今夜も、この先も、ダーメンに家には来てほしくないってことだけ。

これまでとはあきらかになにかがちがう人。わたしにとって、オーラも心の声も感じとれない相手は初めて。そして、そんな彼に急速に惹かれている。いまのうちに、ブレーキをかけなきゃ。

そんなことを考えてぼんやりしていると、ヘイヴンがうれしそうに言った。

「じゃあ、八時過ぎに行くね。ミーティングは七時には終わるから、いったん帰って着替える時間はじゅうぶんあるし。あ、そうそう、ジャグジーのときダーメンのとなりは、あたしが予約済みだからね！」

「そんなの絶対だめ！　ボクが許さないからね！」

ヘイヴンはそう言うマイルズに肩ごしにひらひらと手をふって、教室へとスキップしていった。

わたしはマイルズにたずねた。

「あの子、今日はなんのミーティング？」

マイルズは教室のドアをあけ、ニヤリとする。

「金曜は過食症の会だよ」

ヘイヴンは言ってみれば匿名《とくめい》集会の中毒者だ。

知り合ってからの短いあいだにも、アルコール依存症、薬物依存症、共依存症、借金依存症、ギャンブル依存症、インターネット依存症、ニコチン依存症、社会恐怖症、捨てられない症候群、下品な言動愛好者……そういう人たちの自助グループに参加している。

わたしの知るかぎり、過食症の会は初めてだ。

ヘイヴンは身長一五五センチで、しなやかなオルゴールのバレリーナ体型。どう見ても過食症じゃない。

それを言うなら、アルコール依存症でも、借金依存症でも、ギャンブル依存症でも、そのほかのどの依存症でもない。ただ、自分のことで手一杯な両親に救いようのないほど無視されているせいで、自分を認めて愛情を注いでくれる相手のいる場所を求めてしまうのだ。

ゴスメイクやゴスファッションも同じことだと思う。

ヘイヴンはほんとはゴスに夢中なわけじゃない。

ほんとのゴスみたいに重い足取りで歩くかわりにいつでもスキップしてたりするし、ジョイ・ディヴィジョンのポスターを、それほど昔でもないバレリーナに夢中だった時期（プレッピースタイルに夢中だった時期のすぐあと）の名残《なごり》のパステルピンクの壁に貼っていたりするのだから。

きっと、〝ジューシークチュールの服を着たブロンドの女子だらけの街でめだつには、〝闇のプリンセス〟風のファッションをするのが手っとり早いと気づいただけだ。

ただし、本人の期待どおりにはいかなかったけど。

初めて娘のゴスファッションを見たとき、ヘイヴンの母親はため息をついただけで、車のキーをつかんでピラティスに出かけていった。

父親は不在がちで、娘の姿をまともに見る時間もなかった。弟のオースティンはショックを受けていたけど、すぐに慣れた。

高校の生徒たちの大半は、こういうファッションはテレビで見あきているのか、基本的にはヘイヴンを無視してる。

ドクロや釘《くぎ》や死人《しびと》メイクの下には、自分を見てほしい、話をきいてほしい、愛してほしい、注目してほしいとひたすら願っている少女が存在しているだけなのに。

その願いはこれまでの姿ではかなわなかった。

そんなわけで、大勢の人の集まる部屋の前に立ち、日替わりの依存症の克服にまつわるお涙ちょうだいの苦労話を創作しているからといって、わたしにヘイヴンを裁く権利なんかない。

以前のわたしは、マイルズやヘイヴンみたいな子たちとはつき合わなかった。

問題児や変人やダサい子たちとは関わりを持たなかった。美人だったり、アスリートだったり、才能があったり、頭がよかったり、リッチだったり、モテていたり、あるいはそのすべての要素がそろってる子たちの集まる人気者グループに所属していた。

学校のダンスパーティーに参加し、レイチェルという名の親友（彼女もわたしと同じでチアリーダーだった）がいて、ブランドンという彼氏だっていた。

彼はわたしがキスした六人目の相手だった（最初の相手のルーカスとは、小学校六年生のときに度胸だめしでキスしただけだし、二人目から五人目までについてはわざわざ触れるほどの価値もない）。

同じグループじゃない子たちに意地悪をしたことはないけれど、かといってわざわざ挨拶するようなこともなかった。

そういう子たちは、とにかくわたしにはなんの関係もない相手だった。だから、透明人間みたいに扱っていた。

だけどいまでは、わたしも透明人間のひとりだ。

そのことはレイチェルとブランドンが病院にお見舞いに来た日にわかった。

ふたりは表向きはすごく親切で献身的にふるまっていたけれど、心の声はまったくべつのことを告げていた。

静脈に液体を流しこむ点滴袋や、切り傷や打撲傷、ギプスで固められた腕や脚に、ふたりはおびえていた。

わたしの身に起きたことと、失ったすべてのことに対し、同情はしていたけど、額に残る赤いぎざぎざの傷痕を見つめないよう努めながら、本心では逃げだしたいと願っていた。

ふたりのオーラが一緒にぐるぐる渦を巻き、同じどんよりした茶色に混ざり合うのを見つめながら、ふたりがわたしから離れ、互いに寄り添おうとしていることを悟った。

だからいまの高校に転入した初日、ステーシアやオナーたちのグループのお決まりの転校生いじめの儀式につき合って時間を無駄にするかわりに、まっすぐマイルズとヘイヴンの仲間に加わった。

なにもきかずわたしの友情を受け入れてくれる、ふたりの〝はみだし者仲間〟に。

はた目からどう見えようと、正直言って、ふたりがいてくれなかったらどうすればいいかわからない。

ふたりとの友情は、人生の数少ない大切なもののひとつ。この友情がなかったら、わたしは〝まとも〟なふりさえできなかったと思う。

だからこそ、ダーメンに近づくわけにはいかない。

指先がちょっと触れるだけで肌がジンジンしたり、彼が口を開くだけで周囲の音が消えてしまう。

それにオーラも見えない、心も読めない。

この危険な誘惑に溺《おぼ》れるわけにはいかない。

ヘイヴンとの友情を壊すようなことはしたくない。

ダーメンを好きになってはいけない。

6

ダーメンとはふたつの授業が一緒だけど、席がとなりなのは国語だけだ。

彼が近づいてきたのは、六時間目の美術の道具を片付けて、教室を出ようとしたときのことだった。

彼はすっとやってきて、ドアを押さえてくれた。

わたしは目をふせて脇をすり抜け、床を見おろしたまま、どうすれば家に来るのをやめさせられるだろうかと考えていた。

「今夜家においでって、きみの仲間に誘われたよ」

ずんずん歩くわたしに歩調を合わせながら、ダーメンは話す。

「けど、無理みたいなんだ」

「そうなんだ!」

うっかりして、あからさまにホッとした声を出してしまった。わたしは言葉をつづけた。

「えっと、ホントに無理なの？」

彼にぜひ来てほしいと思ってるみたいに、もっと控えめに、相手を気づかうような言い方をしようと努める。手遅れだとわかっていても。

ダーメンは面白がっているような目で見つめてくる。

「ああ、そうなんだ。じゃ、また月曜に」

彼はそう言って、駐車禁止区域に停めた車へ足早に向かった。どういうわけか、もうエンジンがうなりをあげている。

わたしのマツダ・ロードスターの前では、マイルズが腕組みをして待ちかまえている。こんなふうにニヤニヤしてるのは、あきらかにムカついてるときだ。

「ねえねえ、さっき、あそこでなにがあったのか教えて。いやーな予感がするんだけど」

わたしが運転席のドアをあけると、マイルズも車に乗りこみながら言う。

「今夜はキャンセルだって。来られないらしいよ」

肩をすくめ、うしろを確認してギアをバックに入れる。

「ヒドいよ、エヴァーがなにか言ったからキャンセルしたんでしょ？」

「なにも言ってないよ」

マイルズはだまったまま、わたしをにらむ。

「ホントだって、あんたの夜がだいなしになったのは、わたしのせいじゃないよ」

駐車場から車を出し、通りを走りだしても、まだマイルズがこっちを見つめているのがわかる。

「なによ?」

「べつに」

マイルズは眉をあげ、窓の外を眺めた。

彼の考えていることはわかってるけど、運転に集中する。

しびれを切らしたマイルズがこっちを向いて口を開いた。

「いまから話すことに、絶対に怒らないって約束して」

わたしは目を閉じ、ため息をついた。ほら、はじまった。

「なんていうかさ、とにかく、きみって子がわからないんだよね。すべてが意味不明って感じ」

深々と息を吸いこみ、反応しないようにする。話はますます悪い方向に向かうとわかっているから。

「ひとつには、エヴァーってほんとは美人だしゴージャスだよね。少なくともボクはそう思ってるよ。なのに伸びきったダサいフードの下にいつも隠れてるせいで、顔がはっきり見えない。それにボクだってこんなこと言いたかないけどさ、きみのコーディネートはヒサンそのものだよ、まるでホームレスのふりをしてるみたい。そんなふりをする必要はないでしょ? おまけに自分に興味津々《きょうみしんしん》の完璧なイケメン転校生を必死に避けようとするなんて、悪いけど、おかしいとしか言いようがないよ」

マイルズはそこでひと呼吸置いて、励ますような顔を向けた。

覚悟を決めてつづきを待つ。

「もちろん、きみが――同性愛者《ゲイ》じゃなければってことだけど」

わたしは無事にハンドルを切り、ふうっと息をつく。

人の心を読めることに感謝するのは初めてかもしれない。おかげで、いまの一撃のショックが確実にやわらいだから。

「ゲイだとしても、ぜんぜん気にすることなんかないよ。見てのとおり、このボクもゲイなわけだし、きみを差別したりするはずないんだからさ」

マイルズは笑い声をあげる。いくぶん神経質な、〝いまボクらは未開拓の領域の話題に踏みこんでるんだよ〟っていう笑い。

わたしは首をふって、ブレーキを踏む。

「ダーメンに興味がないってだけで、ゲイだってことにはならないでしょ」

思いのほかムキになった言い方になってしまった。

「人を好きになるのは、見た目だけじゃないんだし」

たとえば、肌をジンジンさせるあたたかい感触とか、なにかを秘めた黒い目とか、世界から音を消し去ってくれる誘惑的な声の響きとか。

「じゃあ、ヘイヴンのためってわけ？」マイルズはわたしの話を信じていない。

「ちがうよ」

返事が早すぎたらしい。マイルズがつづけた。

「ほら！　やっぱりだ！　ヘイヴンのためなんだね。あの子が先に目をつけたって言ったから。本気で先着順を守ろうなんて、信じらんないよ！　ねえ、ヘイヴンが先に目をつけたっていう理由だけで、学校一、いや、世界一イケてる男に処女を捧げるチャンスを手放そうとしてるんだってこと、わかってるの？」

「バカみたい」

わたしはつぶやき、首をふって角を曲がると、マイルズの家のある通りに乗り入れ、車を停めた。

「あれぇ？　エヴァーってば、処女じゃないの？」

マイルズはわたしをからかうのが楽しくてたまらないらしい。

「ずっと隠してたってわけ？」

わたしはあきれながらも、思わず笑ってしまう。

マイルズは少しのあいだわたしを見つめていたあとで、バックパックをつかんで家に向かい、途中でふりかえった。

「エヴァーがどんなにいい友だちかってこと、ヘイヴンがわかってくれるといいね」

結局、金曜の夜はキャンセルになった。

キャンセルになった理由のひとつは、ヘイヴンの弟のオースティンが病気になり、彼女しか面倒を見る人間がいなかったから。

もうひとつの理由は、マイルズがスポーツ大好きな父親にフットボール観戦に引きずられていき、チームカラーを身に着けて興味のあるふりをするのを強いられたから。サビーヌ叔母さんはわたしが家でひとりで過ごすことを知ると、急いで仕事を切りあげて帰宅し、ディナーに連れていくと言った。

わたしがジーンズとパーカーばかり着ているのを叔母さんが快く思っていないのはわかってるし、こんなによくしてもらっているのだから叔母さんをよろこばせたい。

だから、最近買ってもらったきれいな青いワンピースを着て、服に合わせたパンプスを履き、リップグロス（メイクに興味を持っていた過去の暮らしの名残）を塗った。最低限のものだけをバックパックから小さなメタリックのクラッチバッグに移し、いつもポニーテールにしている髪をゆるやかに垂らす。

ドアをあけて部屋を出ようとしたとたんに、ライリーがさっと背後に現れた。

「やっと女の子っぽいカッコをする気になったんだね」

「ちょっと、びっくりさせないでよ！」

叔母さんにきこえないよう、ドアを閉めてささやく。

「ははは、大・成・功！　で、どこ行くの？」

「モナークビーチのレストラン。えっと、《セント・レジス・ホテル》にあるんだって」

不意打ちにまだ心臓がバクバクしている。

「ふんふん、セレブな店だね」ライリーは眉をあげてうなずく。

「なんでわかるの？」

行ったことあるのかな、と思いながら、ライリーをじっと見つめる。ふだんどこで過ごしているのか、まだ話してもらったことがない。

「わたしには、いろんなことがわかってるの。お姉ちゃんよりもずうっとね」

ライリーは笑ってベッドに飛び乗り、枕の位置を直してもたれかかる。

「はいはい、でもそれは当然でしょ？」

ライリーがわたしとまったく同じワンピースと靴を身に着けているのに気づき、イラッとした。ただし、四つ下で背もずっと低い妹は、ドレスアップの真似事をしてるようにしか見えないけど。

「ホントに、もっとそういう服を着たほうがいいよ。言いたくないけど、いつものカッコはお姉ちゃんにぜんぜん似合ってないもん。だってそうでしょ、あんなカッコしててもブランドンはお姉ちゃんを好きになったと思う？」

ライリーは足首を交差させ、こっちをじっと見ている。生きていようと死んでいようと、この上なくくつろいだ姿勢にはちがいない。

「そういえば、ブランドンがいまはレイチェルとつき合ってるって知ってた？　もう五か月になるんだよ。それって、お姉ちゃんより長くつづいてるってことでしょ？」

唇を噛《か》みしめて、床にかかとをコツコツ打ち鳴らし、心のなかでいつものスローガンをくりかえす。〝挑発に乗っちゃダメ、挑発に乗っちゃ――〟

「おまけに、びっくりだよ。信じらんないだろうけど、あのふたり、もうちょっとで最後まで行くところだったんだから！　ふたりは学園祭を早めに抜けだして、予定どおりそういうことになったんだけど、それが……」

ライリーは笑いだしてそこで話を中断した。

「……あー、おかしい。こんな話、バラしちゃいけないんだろうけど、とにかくブランドンは最高に気まずい痛恨のミスをやらかしちゃって、おかげでムードぶちこわしになったってわけ。お姉ちゃんもその場にいればよかったのにね。ほんと、おかしくてしょうがなかったんだから。ううん、誤解しないでね、オドロキだけど、ブランドンはお姉ちゃんが恋しくてたまらないんだよ。一、二度、うっかりレイチェルをエヴァーって呼んじゃったぐらいにね。でも引っ越しちゃったんだもん、しょーがないよねえ」

わたしはひとつ大きく深呼吸し、輿《こし》の上のクレオパトラみたいにベッドでくつろいでいるライリーをにらみつけた。

えらそうにわたしの服装に口をだし、たずねてもいないのに前の学校の友だちの近況を得意げに報告している妹を。

気の向くままにひょっこりやって来て、わたしたちみたいに現実を生きて嫌なこともつらいこともしないですむのは、さぞかしいい気分だろう。

霊の姿になってまで会いにきてくれるのはすごいことだけど、ライリーの〝突撃訪問〟

が、うっとうしくてたまらなくなることもある。小生意気な〝批評〟の連発を受けずに、残されたひとりぼっちの人生を心穏やかに過ごしたい。

「で、あんたはいつ天使学校に行く予定なの？　それとも、邪悪すぎて破門になった？」

ライリーが眉根を寄せてわたしをにらみつけているところに、サビーヌ叔母さんがドアをノックして声をかけてくる。

「エヴァー、準備できた？」

わたしは挑むようにライリーをじっと見つめた。

バカな真似ができるなら、やってみればいい。ここでどんな奇妙なことが起きているか、叔母さんに知らせてやればいい。

だけどライリーは愛らしい笑みを見せただけで、「パパとママが愛してるって伝えてって」と言い残し、すうっと消えてしまった。

7

レストランに向かう車のなか、ライリーのことで頭がいっぱいだった。

いきなりあんなことをぽろっと言うだけ言って消えちゃうなんて、失礼にもほどがある。これまでずっと、パパとママのことを話してって頼んでたのに。ほんのちょっとでもいいから教えてって頼みこんできたのに。ライリーはわたしが知りたがってることを教えるどころか、秘密めかしてふるまって、ふたりがまだ姿を見せない理由を説明しようとはしない。

人は死んだら、ちょっとは感じよく親切になるものじゃないの？

ライリーはちがったようだ。生きていた頃とちっとも変わらず、生意気で、甘やかされた、悪い子。

駐車係に車を預けて、わたしたちはホテルのなかに入った。

広々とした大理石のロビー、特大サイズのフラワーアレンジメント、海に臨む絶景を目にした瞬間、さっきまで考えていたことを後悔した。

ライリーの言うとおりだった。

本当におしゃれなレストラン。一流の高級店。ぶすっとした死に損ないの姪《めい》なんかじゃなく、デートの相手を連れてくるのにふさわしいお店だ。テーブルクロスがかけられ、小さな銀の石みたいな塩とこしょう入れと炎の揺れるキャンドルが飾られたテーブルに案内される。

席について店内を見まわし、あまりの華やかさに目を疑った。いままで行っていたレストランと比べると、なおさら。

でも、そんなこと考えちゃだめ。

ビフォー・アフターの写真を見比べて、頭のなかに保管された過去をおさめたフィルムを見直したって、どうにもならない。けれどサビーヌ叔母さんのそばにいると、どうしても比べずにはいられないこともある。叔母さんがパパと双子だというおかげで、絶えず昔を思いだしてしまうから。

叔母さんが赤ワインとわたしのためにソーダを注文したあとで、メニューを眺めて料理を選んだ。

ウェイトレスがいなくなったとたんに、叔母さんは顎までの長さのブロンドの髪を耳のうしろにかけ、上品なほほえみを浮かべて言う。

「で、調子はどう？　学校は？　お友だちは？　すべて順調？」

誤解しないでね、わたしは叔母さんが大好きだし、してもらっているすべてのことに感謝してる。

だけど、弁護士をしている叔母さんは十二人の陪審員の扱いはお手のものでも、軽いおしゃべりは苦手らしい。それでも、わたしは一応こうこたえる。

「うん、順調」

わたしも軽いおしゃべりは苦手。

叔母さんはわたしの腕に手を置いて、さらになにか言おうとするけど、口を開く前に、わたしは席を立った。

「すぐもどるから」

椅子を倒しそうになりながら、足早に店の入り口に向かった。わざわざ立ちどまって場所をたずねたりもしない。すれちがったウェイトレスは、こっちをひと目見て、入り口から長いホールの先のトイレまでまにあうか気にしていたから。

ウェイトレスが知らず知らず示した方向をめざし、巨大な金縁の鏡がずらりと一列にならんだホールを通りすぎる。

金曜日ということもあって、ホテルは結婚式の招待客であふれていた。どうやら、その結婚は問題だらけみたいだけど。

ひとつのグループが脇をかすめて通りすぎる。アルコールのせいで、燃え立つエネルギーの渦巻くオーラはバランスが崩れている。おかげでこっちまで影響を受けて、めまいと吐き気をもよおした。

ひどくふらふらするせいで、鏡をのぞくと、こっちをまっすぐ見つめかえすダーメンの姿がどこまでも連なっているのが見えたほどだ。

幻覚まで見るなんて、相当ひどい……。

トイレに駆けこみ、大理石の洗面台に手をついて、なんとか息を整えようとする。鉢植えのランの花、ローションの香り、大きな磁器のトレイに置かれたふかふかのタオルの山に意識を集中していると、次第に心が静まり、落ち着きをとりもどした。

どこへ行ってもさまざまなエネルギーを感知することに、慣れすぎていたらしい。気を抜いていると、どれほど影響を受けるか忘れていた。

さっき叔母さんの手が触れたときに伝わってきたのは、圧倒的な孤独と静かな悲しみだった。

どすっとお腹を殴られたようなショックを受けた。

それが自分のせいだと気づいたときには、なおさらショックだった。

気づかないふりをしようとしているけれど、叔母さんは少なからず孤独を感じている。ひとつ屋根の下に暮らしているとはいっても、顔を合わせる時間は短い。叔母さんはいつも仕事だし、わたしには学校があるし、夜と週末はわたしは部屋にこもっているか、友だちと出かけている。

大切な人を失って悲しんでいるのはわたしだけじゃない。

叔母さんはわたしを引きとって力になろうとしてくれてるのに、そのことを忘れてしまうことがある。叔母さんは、すべてが起きたあの日と同じさびしさと虚しさを、いまでも胸に抱えている。

だけど、手を差し伸べたい、苦しみをやわらげてあげたいと思いながらも、どうしてもできない。

わたしは傷つきすぎていて、まともじゃないから。

他人の心の声がきこえて、死んだ妹と話すような変人だから。

誰にも、叔母さんにさえも、そのことに気づかれるような危険をおかすわけにはいかない。人に近づきすぎるという危険をおかすわけにはいかない。

いちばん大事なのは、高校を無事に卒業すること。そしたらわたしは大学に行って、叔母さんは元の暮らしにもどることができる。そのときは、同じ事務所で働いているあの男の人と一緒になれるかもしれない。

叔母さんはその人のことをまだ知りもしないけれど。叔母さんの手が触れたとき、わたしには見えた男の人。

髪をなでつけ、リップグロスを塗る。秘密がばれないよう気をつけるのはもちろんだけど、もうちょっとは叔母さんをよろこばせられるよう努力しよう。そう思いながら、テーブルにもどった。

席に着くと、ソーダを飲み、ほほえんでみせる。

「もう大丈夫。本当に」信じてもらえるよううなずき、話をつづけた。

「ところで、仕事でなにか面白いことはあった？　事務所にステキな男の人はいるの？」

夕食がすみ、叔母さんが駐車係にチップを渡すあいだ、わたしは外で待っていた。花嫁になる女性と、花嫁のいちばんの〝親友〟であるはずのブライズメイドのあいだでくり広げられているドラマにすっかり気をとられていたせいで、誰かに袖を触れられたとき、びっくりして飛びあがってしまった。

ダーメン。

彼と目を合わせたとたん、体がジンジンして熱くなる。

「やあ、すごくきれいだね」

彼は服から靴へと視線を走らせたあとで、ふたたびわたしの目を見つめる。

「フードをかぶってないから、気づかないところだったよ。ディナーは楽しんだ？」

すなおにうなずく。こんなにピリピリしてるのに、まともな反応を返せたのが不思議なくらい。

「さっきロビーで見かけたんだ。声をかけようと思ったけど、急いでるみたいだったから」

ダーメンをじっと見つめた。

ここでなにをしているんだろう？

金曜の夜、高級ホテルにたったひとりで。

黒っぽいウールのブレザーに、黒いオープンカラーのシャツ、デザイナーブランドのジーンズ、それにいつものブーツ——高校生の服装にしてはセクシーすぎるみたいだけど、彼にはなぜかしっくり似合ってる。

「よその町から知り合いが来てるんだ」

まだたずねてもいないのに、彼はわたしの疑問にこたえる。

つぎになにを言おうかと考えているとき、叔母さんがやって来た。わたしは叔母さんにダーメンを紹介する。

「えっと、ダーメンとは高校が一緒なの」

それに、彼のおかげで手のひらに汗をかくし、胃がキリキリするし、ほかのことは考えられないぐらいなの……。

「彼、ニューメキシコから引っ越してきたばかりで」

車が来るまで間が持つよう願いながら、つけ加える。

「あら、ニューメキシコのどのあたり？」

叔母さんがダーメンにほほえむのを見て、わたしと同じ気分に満たされているのだろうかと思わずにいられない。

「サンタフェです」

「まあ、いいところらしいわね。ずっと行ってみたいと思ってるのよ」

「サビーヌ叔母さんは弁護士で、仕事が忙しいの」

そう言いながら、車がやって来る方向に意識を集中させた。到着まであと十秒、九、八、七――

「わたしたちはもう帰るところなんだけど、よかったら車に乗っていかない？」

叔母さんがいきなり申し出た。

えっ？　わたしはパニックになり、あんぐり口をあけて叔母さんを見た。どうしてそういう話になることに気づかなかったんだろう。お願いだから断ってと祈りながら、横目でダーメンを見る。

「ありがとうございます。でも、もどらないと」

ダーメンは親指で肩の向こうを指す。その先をたどると、この上なくセクシーな黒いドレスとストラップ付きパンプスを身に着けた、最高にゴージャスな赤毛の美女がいた。赤毛の美女はわたしにほほえみかけてくるけれど、まったく心はこもっていない。つやつやしたピンク色の唇の端をかすかにあげただけで、距離も目つきも遠すぎて、なにを考えているのか読めない。

だけど、表情や首のかしげ方から、バカにしているのがはっきり見てとれた。まるで、わたしたちが一緒にいるのが、おかしくてたまらないとでもいうみたいに。

ふりむくとダーメンがあまりに近くに立っているのに気づいて、ドキッとした。開いた唇は湿っていて、わたしの唇のすぐそばにある。彼はわたしの頬を軽く指でなぞり、その手をわたしの耳のうしろのほうへ伸ばすと、どこからかすっと深紅のチューリップをとりだした。

気づいたときには、ダーメンは彼女とホテルのなかへもどっていくところだった。

すべすべした赤い花びらに触れながら、チューリップを見つめる。

この花はいったいどこから現れたんだろう――春からはふたつの季節を越えているのに。

あの赤毛の女の人にもオーラがなかったことに気づいたのは、部屋でひとりになってからのことだった。


ぐっすり眠っていたにちがいない。

誰かが部屋のなかを動きまわる音を耳にしたとき、頭がひどくぼんやりしていて、目をあけようとさえしなかった。

「ライリー？ あんたなの？」

だけど返事はない。いつものようにふざけてるんだ。

疲れ切っていて遊びにつき合う気にはなれず、もうひとつの枕をつかんで頭の上からかぶった。

また物音がきこえる。

「ねえ、こっちはくたくたなの。意地悪したなら謝るし、動揺させたなら悪かったと思うけど、こんな時間に――」

枕を持ちあげ、片目をあけて目覚まし時計を見やる。

「えっと、午前三時四十五分にふざける気分じゃないの。とりあえず、どこか知らないけどいつも行ってる場所にもどって、ふざけるのはまともな時間にしてくれない？　それなら、わたしが中学の卒業式に来たドレスを着て現れたって、ひとことも文句は言わないって約束するから」

話しているうちに、すっかり目が覚めてしまった。

枕を脇にほうって、机の前の椅子にもたれているぼんやりした姿をにらむ。朝まで待てないほど大事な用ってなんなのよ。

「ねえ、謝るって言ったでしょ？　これ以上、どうしてほしいわけ？」

「見えるんだ？」

ぼんやりした姿は机から離れながら、たずねてくる。

「見えるに決まって――」

それが妹の声じゃないことに気づき、わたしは口をつぐんだ。

8

わたしには死者が見える。

それも四六時中。

通りでも、ビーチでも、ショッピングモールでも、レストランでも、学校の廊下を歩いているときでも、郵便局で列にならんでいるときでも、病院で待っているときでも。なぜか歯医者では一度も見たことがないけど。

でも、テレビや映画に出てくるのとはちがって、彼らはわたしを困らせはしないし、助けを求めてもこないし、立ちどまっておしゃべりすることもない。

わたしに見えているのだと気づいたとき、たいてい死者はほほえんで手をふってくる。多くの人たちと同じように、彼らも見られるとうれしいのだ。

だけど、真夜中に部屋できこえたのは、絶対にそんな死者たちの声じゃなかった。ライリーの声でもなかった。

部屋できこえた声の主はダーメンだった。

ダーメンは死者じゃない。

つまり、かなりリアルな夢を見ていたらしい。


「やあ」

ダーメンが笑顔を見せながら、チャイムに遅れて席に着く。

この時間はロビンズ先生の授業だから、この程度の遅刻なら早いと言ってもいいくらい。

これは現実。ゆうべの夢は忘れなくちゃ。

さりげなく、自然な感じで、これっぽっちも相手に興味を持っていないように見えることを願いながら、わたしは小さく頭をさげる。いまでは夢にまで見るほどだという事実を隠せることを願いながら。

「きみの叔母さん、いい感じの人だね」

ダーメンはこっちを見て、ペン先で机をたたく。コツンコツンという連続音が、神経にさわってしょうがない。

「うん、いい人だよ」

もごもご言いながら、まだ職員用トイレでぐずぐずしているロビンズ先生を心のなかで罵《ののし》る。早いとこお酒をしまって、さっさと授業を始めてよ。

「ぼくも家族とは一緒に住んでないんだ」

指先でペンを器用にくるくるまわしながら、ダーメンが口を開くと、教室のなかもわたしの頭のなかも静かになる。

唇をぎゅっと噛みしめ、隠しポケットにしまったiPodをゴソゴソいじる。電源を入れて彼の声までシャットアウトしたら、なんて感じの悪い子だと思われるだろうけど。

「もう親元を離れて、自立してるから」

「え？　ほんと？」

彼との会話は最小限におさえるとかたく誓っていたのに、きかずにはいられなかった。親元を離れて自立している人に会ったのは初めてだし、それってものすごく孤独で哀しそうだとずっと思ってたから。

ダーメンの車や服、それに《セント・レジス・ホテル》での刺激的な金曜の夜からすると、そう悪い暮らしにも思えないけど。

「ああ、マジで」

ダーメンはうなずく。彼が口を閉じたとたん、ステーシアとオナーのささやき声がはっきりきこえてくる。

わたしを変人と呼んだり、もっとひどいことを言ったり。

ダーメンはペンを空中にほうりあげた。ペンがゆっくり何度か回りながらすとんと指に落ちてくるのを、わたしはほほえみながら見つめる。

「きみの家族は？」

ダーメンがたずねる。

めちゃくちゃな椅子とりゲームみたいに、音がパッときこえたりやんだりするのが不思議でならない。わたしはいつも椅子に座れないゲーム。わたしはいつも落伍者《らくごしゃ》になるゲーム。

「え?」

宙を舞うようなダーメンの魔法のペンに気をとられていて、横目で返事をした。

オナーはわたしの服装をバカにしていて、その彼氏のクレイグのほうは彼女がなぜわたしみたいな服を着ようとしないのかと内心いぶかりながらも、それに同意するふりをしている。

おかげでわたしはフードをかぶって、iPodの音量をあげて、すべてをかき消したくなる。

なにもかもを。ダーメンもふくめて。

特にダーメンを。

「家族はどこにいる?」

ダーメンがまたたずねる。

わたしは目を閉じた——静寂が、甘い静寂が、通りすぎていくまでのわずかなあいだ。そして目をあけると、まっすぐ彼の目を見つめる。

「家族は死んだの」

そうこたえたとき、ロビンズ先生が教室に入ってきた。

「さっきはごめん」

ダーメンはランチのテーブル越しにこっちをじっと見つめている。

わたしはあたりを見まわし、ヘイヴンとマイルズが来るのをいまかいまかと待っていた。ランチの包みをあけると、サンドイッチとポテトチップスのあいだに、いきなり一輪の深紅のチューリップが現れた。

金曜の夜と同じような深紅のチューリップ……。どうやったのかは見当もつかないけど、ダーメンのしわざなのはまちがいない。

だけど、わたしの心をかき乱しているのは、不思議なマジックのトリックなんかよりも、わたしを見つめる彼の視線や、話しかたや、感情をゆさぶる——そう、感情をゆさぶる不思議な感じ。

「きみの家族のことだけど。知らなくて……」

その話は流してくれたらいいのにと思いながら、ジュースを見おろし、キャップをくるくるひねりまわした。

「そのことは話したくないの」

「愛する人を失うのがどんなものか、気持ちはわかるよ」

ダーメンはささやき、テーブルの向こうから手を伸ばしてきて、わたしの手に重ねた。

すごくいい気分で、あたたかくて、心が落ち着いて、守られている感じがする。目を閉じて、その感覚にひたる。

こんな心の安らぎって久しぶりだ。心の声ではなく、口に出した声がきこえるのがうれしい。平凡な女の子になれたみたいで——相手は平凡どころじゃない男の子だけど。

「あのー、失礼」

目をあけると、ヘイヴンがテーブルの端にもたれかかっている。黄色い目は、重ねられた手をじっとにらんでいる。

「お邪魔しちゃって悪いけど」

わたしはすっと手を引いて、ポケットに突っこんだ。

恥ずかしいものみたいに、人目にさらしてはいけないものみたいに。

いま見たのはなんでもないの、なんの意味もないの、と説明したかった。なんでもないはずがないとわかっていながら。

「あ、マイルズは？」

ほかになにを言えばいいかわからずに、やっとのことでそれだけ言う。

ヘイヴンはあきれ顔でダーメンのとなりに座った。

敵意のせいで、オーラが明るい黄色からひどく暗い赤に変わっている。

「マイルズは最近ネットで出会ってのぼせてる相手にメールしてる。〝ムラムラボーイ307〟とかいうやつに」

ヘイヴンはカップケーキに集中して、わたしと目が合うのを避けている。それからダーメンを見て、言いそえた。

「で、週末はどうだった？」

わたしに話しかけているわけじゃないと承知しながら、肩をすくめ、ヘイヴンが舌先でアイシングをぺろりとなめていつもの味見をするところを見つめた。

味見だけで食べるのをやめるところは、まだ見たことがない。

チラッとダーメンに目をやると、驚いたことに彼も肩をすくめている。わたしなんかよりずっと楽しい週末を過ごしていそうなものなのに。

「予想はつくだろうけど、あたしの金曜の夜はサイアクもいいとこ。ハウスキーパーはベガスに行ってたし、親はどこにいたんだか知らないけど帰ってくる気なんかさらさらなかったから、あたしは弟のゲロの始末ばっかりさせられたわけ。だけど土曜はその分おつりがくるぐらい楽しかった。ヤバいぐらいにね！　なんていうか、マジで、人生最高の夜だったかもしれない。急遽《きゅうきょ》決まった予定じゃなきゃ、あんたたちも絶対誘ったんだけど」

ヘイヴンはやっぱりわたしのほうは見ない。

「どこに行ったの？」

暗くて不気味な場所がもう見えていたけど、さりげない口調でたずねた。

「グループの女の子に、最高にイケてるクラブに連れてってもらったんだ」

「どのグループ？」

わたしは水をごくりと飲む。

「土曜は共依存症の会」へイヴンはニヤッと笑ってつづける。

「とにかく、その子、エヴァンジェリンっていうんだけど。治療不能って感じでね。ドナーって呼ばれてんの」

「ドナーってなんのこと？」

そこへやってきたマイルズが、スマホをテーブルに置き、わたしのとなりに腰をおろしながらたずねた。

「共依存症の人たちの話」

わたしはマイルズが話についていけるよう説明する。

「ちょっとー、ちがうよ。共依存症じゃなくて、ヴァンパイアの話だって。ドナーっていうのは、ほかのヴァンパイアに食料を提供する人のこと。ほら、血を吸わせたりして。それに対して、あたしみたいなのは〝子犬《パピー》〟って呼ばれるの。ただくっついてまわるだけだから。誰にも血を吸わせないし。まあ、いまのところはね」

「くっついてまわるって、誰によ？」

マイルズはスマホを手にとり、メールをスクロールしながら言う。

「だから、ヴァンパイアに！　もう、ちゃんと話についてきてよね。とにかく話のつづきだけど、その共依存症でドナーのエヴァンジェリンって子はね、そうそう、エヴァンジェリンは本名じゃなくてヴァンパイア名で――」

「ヴァンパイアのハンドルネームがあるわけ？」

マイルズはテーブルの上のチラ見できるところにスマホを置いた。

「まあそういうこと」

ヘイヴンはうなずき、アイシングに深々と指を突っこみ、指先をなめる。

「それってストリッパーの名前みたいなもん？　ほら、子どもの頃初めて飼ったペットの名前と母親の旧姓を合わせたみたいな？　その場合、おかげでボクはプリンセス・スレイヴィンになるんだけど」

ヘイヴンはぐっとこらえてため息をつく。

「ううん、ぜんぜんちがう。ヴァンパイアの名前はまじめなもんなの。稀《まれ》なケースだけど、あたしは名前を変える必要がないんだ。ヘイヴンっていうのは、天然由来のヴァンパイア名みたいなもんだから。添加物も防腐剤もなしの、百パーセント天然物ってわけ。ね、あたし、闇のプリンセスだって言ったでしょ！　とにかく、あたしたちはＬＡにある《ノクターナル》とかいう最高にクールなクラブに行ったの」

「《ノクターン》だ」

ダーメンがヘイヴンを凝視したまま、話に入ってきた。

「そう、それ！　やっと話の通じる相手が見つかった」

ヘイヴンはカップケーキを置き、手をたたく。

「誰か〝不死の人間《イモータル》〟に会った？」

ダーメンはヘイヴンを見つめたまま、たずねた。

「もちろん山ほどね！　クラブは超満員。ＶＩＰ魔女ルームまであってね、あたしもちゃっかり忍びこんで、血液バーでまったりしちゃった」

「身分証の提示も求められたとか？」

マイルズがスマホに指をすべらせ、メールしながらもこっちの会話に参加してきた。

「好きなだけ笑えばいいじゃん、でも超クールだったんだからね。エヴァンジェリンがあたしを置いて男と消えちゃったあとも、結局はもっとイケてる女の子と知り合えたし。そういえば、その子もこっちに越してきたばっかりなんだって。これからその子とつるんだりするようになるかも」

「やだあ、ボクたちとはもう終わりってこと？」

マイルズはわざとショックを受けたふりをしてみせる。

「あーあ、話になんない。べつにいいけど。とにかく、あんたたちより楽しい土曜の夜を過ごしたのはまちがいないね。あ、ダーメンはべつかも。クラブとかくわしそうだし。そっちのふたりはぜんぜんダメだけどさ」

「ねえ、マイルズ。フットボール観戦はどうだった？」

わたしはマイルズをひじでつついて、スマホからわたしたちに注意を引きもどそうとする。

「はっきりわかってるのは、チーム精神が過剰で、どっちかが勝って、どっちかが負けたってことだけだね。ボクはほとんどトイレでメールしてたから。この大嘘つき野郎とね！」

マイルズは首をふり、スマホの画面をいじっている。

「見てよ、これ！」と、画面を指でビシッと指した。

「相手の外見もよく知らないまま会うつもりなんてないから、週末じゅうずっと写メを送ってって頼んでたんだ。そしたら、こんなの送りつけてきた。バカな嘘つきの気どり屋め！」

なにをそんなに怒っているのかわからず、わたしはマイルズのスマホに手を伸ばした。

「なんでメールの相手の写真じゃないってわかるの？」

横からダーメンがこたえた。

「それ、ぼくの写真だから」

9

ダーメンはニューヨークに住んでいた頃、短期間モデルをしていた。その画像がサイバースペースをただよって、たまたまマイルズの相手が自分の写真だと言い張ったってことらしい。

わたしたちは画像をまわして、この奇妙な偶然をみんなで笑い合ったけれど、ひとつだけ腑《ふ》に落ちないことがあった。

ダーメンがこっちに越してくる直前に住んでいたのがニューヨークじゃなくニューメキシコなら、写真の彼はもうちょっと幼く見えるはず。

いまが十七歳だから、写真は十四歳か十五歳。そのあいだに見た目がちっとも変わらない人なんて会ったことがない。

なのに、スマホの画像は、いまのダーメンとまったく同じ顔を示している。

それって、どういうことなの？　不可解なことがまた増えてしまった。

美術のクラスに行くと、道具を入れたロッカーに直行し、すべてをまとめてつかんでイーゼルに向かう。

ダーメンがわたしのとなりにイーゼルを立てているのに気づいても、あえてリアクションしない。ひとつ大きく息を吸いこんで、スモックのボタンをかけ、筆を選び、ときどきチラチラと彼のキャンバスを盗み見て、ピカソの『黄色の髪の女』をみごとに表現している傑作にポカンと口をあけて見とれないようにした。

美術の課題は、ひとりの巨匠のスタイルを真似て、典型的な絵画を一枚選び、それを再現すること。

なぜかわたしはヴァン・ゴッホのシンプルな渦巻き模様ならまちがいない、余裕で再現できる、楽勝でAがとれると思ってしまった。

だけど、完全に判断を誤ったらしい。この無秩序に塗りたくったキャンバス。ここまで来たら、もう修正のしようもない。どうすればいいのかさっぱりわからない。

人の心が読めるようになってから、勉強する必要はなくなった。

本を読む必要すらない。本に手をのせるだけで、頭のなかに内容が入ってくる。

テストはどうかって？

もう〝抜き打ち〟テストを心配する必要はない。問題を指でなぞるだけで、解答がパッと現れる。

だけど、美術となると完全に話はべつ。才能は偽れない。

わたしの絵がダーメンの絵と正反対なのは、そういうわけ。

「それ、ゴッホの『星月夜』かな？」

絵の具をしたたらせる青いまだら模様のむざんなキャンバスを顎で示しながら、ダーメンがたずねた。

恥ずかしい。原画の影もないヘタクソな絵なのに、なんでピタリと当てられたんだろう？

ますます自分を苦しめるだけなのに、わたしは曲線を描く彼の筆づかいをもう一度チラッと見る。謎も確かに多いけど、ダーメンのいいところリストがまた増えてしまった。

冗談とかじゃなくて、たとえば国語の授業では、ダーメンはロビンズ先生の質問すべてにこたえることができた。

『嵐が丘』にすっかり目を通すのに、たったひと晩しかなかったんだから、それってちょっと不思議だ。

すべてにおいてそんな調子。はるか昔の出来事について、まるでその場に居合わせたみたいに話してみせたりもするから、歴史も得意そう。

それに両手利きでもある。そんなのたいしたことじゃないって思うかもしれないけど、彼がなんの苦労もなく片手で文字を、もう片方の手で絵を描くところを見たら、そうも言っていられないはず。

どこからともなく現れるチューリップや魔法のペンのことだって。

「まるでピカソそのものね。すばらしいわ！」

マチャド先生は艶のある長い三つ編みをなでつけながら、ダーメンのキャンバスを見つめている。

先生はこれまでの才能ある教え子たちを心のなかで思いだし、これほどの天賦《てんぷ》の才のある生徒には出会ったことがないと気づく。胸のなかは歓喜の小躍り、側転、宙返り。きれいなコバルトブルーのオーラが出ている。

「エヴァー、あなたは？」

先生は表向きはまだニコニコしてるけど、内心ではこう思っている――これはいったい、なんの絵のつもり？

「えっと、ゴッホのつもりなんですけど。『星月夜』です」

自分でも気になっていたことが先生の思考に裏づけられて、恥ずかしさに縮こまる。

「そう――なかなかの滑りだしね」先生はなごやかなさりげない表情を必死に保ちながら、うなずいてみせる。

「ヴァン・ゴッホのスタイルは見た目よりもずっと難しいのよ。とにかく金色と黄色を塗り忘れないようにね！　なんといっても、星降る夜なんだから！」

先生は輝きながら広がるオーラを身にまとって、席を離れていった。

先生がわたしの絵を嫌っているのはわかってるけど、それを表に出さないよう努めてくれたことがありがたい。それから、わたしは考えもなしに、青い絵の具をふきとる前に黄色い絵の具を筆にとる。その筆をキャンバスに押しあてると、大きな緑のしみが残った。

「どうすればそんなふうに描けるの？」

　イライラしながら首をふり、ダーメンの傑作とわたしの駄作を見比べた。みるみる自信がなくなっていく。

「誰がピカソに教えたと思う？」

　ダーメンはほほえみ、わたしと視線を合わせる。射すくめるような目に、絵筆が手からすべり落ちた。ドロリとした緑色の絵の具が靴とスモックに跳ねる。ダーメンが床から筆を拾いあげて返してくれるあいだ、わたしは息を詰めていた。

「誰にだって、最初はあるんだよ」

　くすぶるような黒い目。ダーメンの指がわたしの顔の傷痕を探す。額にある傷痕を。前髪の下に隠れている傷痕を。そこにあるとダーメンが知っているはずもない傷痕を。

「ピカソにだって先生はいたんだ」

　ダーメンは笑顔で、絵にもどった。

　彼が手を引っこめると、あたたかさも引いていく。わたしはとめていた息をふーっと吐きだした。

10

翌朝、学校に行く準備をしながら、ライリーに服選びのアドバイスを求めるという失敗をおかした。

「どっちがいいと思う?」

ブルーのパーカーをあてたあと、今度はグリーンのパーカーをあてる。

「もう一度、ピンクのをあててみて」

ライリーは鏡台にちょこんと腰かけ、小首をかしげて選択する。

「ピンクなんかないって……ねえ、決めてよ。時間ないんだから」

なんでもかんでもいちいちふざけてないで、たまにはまじめに考えてほしい。

ライリーは顎をなでて細目で見る。

「その色って、あざやかなブルーっていうか、紫がかったブルーかなあ?」

「もういい」

ブルーのパーカーをほうり投げて、グリーンのほうを頭からかぶりはじめる。

「ブルーのほうにしなよ」

途中までかぶったところで、目から上だけを出してぴたりと動きをとめた。

「マジで。そのほうが目の色が引き立つから」

はやく言ってくれればいいのに。わたしはグリーンのパーカーを脱いで、言われたとおりブルーを着る。

引きだしを引っかきまわしてリップグロスを探し、塗る寸前にライリーに言われて手をとめた。

「お姉ちゃんってば、どうしたの？ パーカー問題に手のひらの汗、メイクまでしようとするなんて」

「べつにメイクなんかしてない！」

怒鳴ってるみたいな大声が出て、自分でもビクッとする。

「専門用語の使い方に文句を言いたくはないけど、グロスは化粧品のうちだよ。つまり、まちがいなくメイクに入る。そしてお姉ちゃんは、たったいまグロスを塗ろうとしてたじゃない」

うるさい横やりだ。グロスを引きだしにもどし、かわりにいつものリップクリームに手を伸ばすと、ぼんやりした青白い輪郭を描いて唇に塗りつけた。

「もしもーし？ こっちはまだ返事を待ってるんですけど！」

無視して、部屋を出て階段をおりた。

「いいですよーだ、好きにすれば。だからって、わたしが予想するのまでやめさせられると思わないでよね」

「ご勝手に」

うしろからついてくるライリーにブツブツ言って、ガレージに向かった。

「んーと、まずマイルズじゃないのはわかってるでしょ。お姉ちゃんはぜんぜん彼のタイプじゃないから。ヘイヴンもちがう。彼女はぜんぜんお姉ちゃんのタイプじゃないから。てことは、残ってるのは――」

ライリーは鍵のかかったドアをすり抜けて、助手席に座った。わたしはひるんだところを見せないようにする。

「うーん、お姉ちゃんの友だちづき合いはそんなもんだよねえ。もう降参、教えてよ」

ドアをあけて車に乗りこみ、エンジンを吹かして妹の声をかき消す。

「なにか企んでるのはわかってるんだからね」

ライリーはエンジンのうなりに負けじと声を張りあげる。

「言っちゃ悪いけど、お姉ちゃんの態度、ブランドンとつき合いはじめる前と同じだもん。あの頃、どんだけビクビクそわそわしてたか覚えてる？　彼もわたしのこと好きかなあ、とか、ウジウジぐだぐだ。だから白状しちゃえ。不幸な相手は誰？　今度の〝えじき〟は？」

ライリーがそう言ったとたん、最高にゴージャスで、セクシーで、ホットなダーメンの姿が目の前にパッと浮かんだ。

あまりにはっきりしたイメージだから、手を伸ばせば触れられそうな気がして、わたしのものだと言いたくなる。

だけどそんなことはせずに、咳払いをして、ギアをバックに入れる。

「誰でもない。誰も好きじゃない。だけどこれだけは言っとくけど、金輪際《こんりんざい》あんたにアドバイスをもらうつもりはないから」


国語の教室に着く頃には、ライリーにずばり言われたとおり、不安で、落ち着かなくて、くらくらして、手のひらにじっとり汗をかいていた。

ダーメンがステーシアと話しているのを見ると、さらに〝被害妄想〟の項目が加わった。

いつもステーシアが人を転ばせようとバッグを置いている通路が、ダーメンのすばらしく長い脚にふさがれている。

「あの、通してくれる？」

だけど彼はわたしを無視して、ステーシアの机に腰かけたままだ。ダーメンはステーシアの耳のうしろに手を伸ばし、バラのつぼみをとりだす。

一輪の白いバラのつぼみを。

露に濡れて輝く、新鮮で無垢《むく》な白いバラのつぼみ。

ダーメンからそれを受けとると、ステーシアはダイヤモンドでももらったのかと思うぐらいかん高い歓声をあげた。

「うそっ！　ヤバーイ！　ねえねえ、どうやったの？」

ステーシアはキャーキャーはしゃいで、みんなに見せつけるようにバラのつぼみをふりまわす。

唇を噛みしめてうつむき、iPodをいじってステーシアの声がきこえなくなるまで音量をあげた。

「あの、通りたいんだけど」

もごもご言っていると、ダーメンと目が合った。

ほんの一瞬、あたたかい光が宿るのが見えたけど、すぐにその目は冷たくなる。彼は通路をあけてわたしを通した。

急いで席に向かった。

ゾンビやロボットみたいに、自分の頭で考えることもなく、感覚というものも持たず、あらかじめプログラムされた動作をしているみたいに、右、左、右、左、と機械的に脚を動かす。

席に着くと、いつもどおりノートや教科書、ペンを出して授業の準備をする。ロビンズ先生が入ってきたとき、ダーメンがどんなにいやそうに足を引きずって席にもどってきたかについては、気づかないふりをした。

「ファッグ、」

ヘイヴンは前髪を払って、まっすぐ前をにらんでいた。下品な言葉づかいの禁止は、ヘイヴンが唯一守りつづけている新年の目標だけど、それも単に〝ファック〟のかわりに〝ファッグ〟とにごして言うのを面白がっているだけのことだ。

「やっぱりね、いつまでもつづくはずがないと思ったよ」

マイルズは首をふり、ダーメンが生まれ持った魅力や魔法のペン、それにくだらないバラのつぼみで人気者グループを感心させている様子を見つめている。

「話がうますぎると思ってたんだ。初日にボクが言ったとおりになった。ボクがそう言ったの、覚えてる？」

「ううん」ヘイヴンはダーメンに視線を向けたままつぶやく。

「そんな話、ぜんぜん」

「言ったよ」マイルズはビタミンウォーターをごくりと飲んでうなずく。

「確かに言った。きみらがきいてなかっただけで」

わたしはサンドイッチを見おろし、肩をすくめる。

〝いつ誰がなにを言った〟論争に加わりたくはないし、ダーメンやステーシアや同じテーブルにいる子たちのほうは見たくもない。

国語の授業のときのあれはショックだった。出席をとっている最中に、ダーメンがこっちに身を寄せて、手紙をまわしてきた。

それはステーシアにまわすための手紙だった。

「自分でまわしてよ」

手紙に触りたくなかった。三角形に折りたたまれた、たかが一枚の紙切れが、これほどの苦痛をもたらすだなんて。

「頼むよ」ひょいとはじき飛ばされた手紙は、わたしの指先すれすれのところに着地する。

「先生には絶対見つかりっこないから」

「先生に見つかるのが問題なんじゃないよ」わたしはダーメンをにらみつける。

「だったら、なにが問題なんだ?」ダーメンは黒い目でじっと見つめてくる。

問題は、その手紙に触りたくないってことなの! 書かれている内容を知りたくないの! 手が触れた瞬間に、書かれた言葉が頭のなかに浮かんでくるから——セクシーで魅力的でうわついた生々しいメッセージがぜんぶ。

ステーシアの心の声できくだけでもじゅうぶんつらいけど、それならまだ彼女の空っぽな脳みそに内容を薄められて変換されたものとして受けとることもできる。

だけど、その手紙に触ってしまったら、そこに書かれた言葉は本物だと思い知らされる——そんなことになるのは耐えられない。

「自分でまわして」

やっとのことでそう言うと、わたしは手紙を鉛筆の先でつついて机の端から落とした。

心臓をバクバクさせている自分がいやになる。

ダーメンは笑いながら、かがんで手紙を拾いあげた。

ダーメンが手紙をステーシアにまわすかわりにポケットにすべりこませるのを見て、ひどくホッとしてる自分がいやになった……。


「もしもーし、地球からエヴァーへ、応答せよ!」

わたしは頭をふって、細目でマイルズを見る。

「なにがあったのってきいてるんだけど? 責めるつもりなんかないけど、今日ダーメンと最後に接触したのはエヴァーだし……」

なにがあったのかなんて、こっちがききたい。

昨日の美術の授業ではちがってた……。のぞきこむようなダーメンの視線、触れられて熱をおびる肌。昨日は確かに、ふたりだけのなにか――魔法と言ってもいいようなものを分かち合ったはずなのに。

ふと、ステーシアの前の子の存在を思いだした。《セント・レジス・ホテル》で見かけたゴージャスで高慢な赤毛の存在を。都合よく記憶から消していた存在を。

ダーメンがわたしを好きかもしれないなんて、無邪気に思いこんだりして、バカみたい。きっとそれがダーメンって人なんだ。

あの人はプレイボーイ。いつもこうやって人をもてあそんでるんだ。

テーブルの向こうを見ると、ダーメンはステーシアと一緒にすわり、耳、袖、胸の谷間、バッグから白いバラのつぼみをとりだして、ブーケをつくっている。

すぐあとにつづくお礼のハグの場面を見ずにすむよう、唇を噛みしめて目をそらす。

「わたしはなにもしてないよ」

しばらくして、そうこたえた。わたしだってマイルズとヘイヴンと同じぐらい、ダーメンの気まぐれな態度にとまどっている。ふたりのように素直にそれを認められないだけで。

その言葉を吟味《ぎんみ》して、信じるべきか迷っているマイルズの心の声がきこえた。そして彼はため息をつく。

「ひょっとしてエヴァーもボクと同じぐらいがっかりして、失恋の胸の痛みに苦しんでるの？」

マイルズに打ち明けたい。

ぐちゃぐちゃの汚い感情について、すべてを話してしまいたい。

昨日はダーメンとのあいだで意味のあるなにかが交わされていたのはまちがいないのに、一夜明けてみればこういう状況になっていたのだということを、相談したい。

だけど、わたしはただ首をふって荷物をまとめると、チャイムが鳴るよりずっと前に教室に向かった。

五時間目のフランス語の授業のあいだじゅう、美術をサボる方法を考えていた。

それも、真剣に。

いつもどおり唇を動かしてフランス語を発音しながらも、腹痛、吐き気、発熱、めまい、発作、インフルエンザと、あらゆる仮病を考えることで頭がいっぱいだ。

出席せずにすむなら、どんな口実でもかまわない。

それに、サボりたいのはダーメンのせいだけじゃない。

そもそもなんで美術の授業をとってしまったんだろう。芸術的センスはゼロだし、作品はヒサンだし、どのみちアーティストになるつもりもない。

それだけでもいっぱいいっぱいなのに、ダーメンの問題まで加わったら、成績平均値《GPA》が大ピンチになるばかりか、七十五分間、気まずい思いに耐えなければならない。

だけど結局、わたしは美術の授業に出席した。

最大の理由は、そうするのが正しいことだから。

道具を準備したりスモックを着たりすることに意識を注いでいて、はじめはダーメンが教室にいないことにさえ気づかなかった。

現れる気配がないまま時間が過ぎ、作品をつかんでイーゼルに向かう。

すると、例の忌々しい三角形の手紙が、イーゼルの端にそっとのせられているのが目に入った。

あまりにじっと手紙を見つめているせいで、まわりのすべてがぼんやりと暗くなる。教室全体が一点に集約される。

全世界が、細い木製のイーゼルに置かれている、表にステーシアの名前が書きなぐられた三角形の手紙だけで形成される。

教室を見まわしてもやっぱりダーメンの姿はないのに、どうして手紙がここにあるのか見当もつかないけど、そばに置いておくのもいやだ。

こんなムカつくゲームにつき合うのはまっぴら。

筆をつかんで思い切りはじくと、手紙は宙を舞って床に落ちた。

子どもっぽくてバカみたいなことをしてるのは自分でもわかってる。

マチャド先生が通りかかって手紙を拾いあげたとき、なおさらそれを自覚した。

「あらあら、落とし物よ〜！」

先生は歌うように言う。ニコニコと期待するような明るい笑顔。わたしがわざと落としたなんて思ってもいない。

「わたしのじゃありません」

絵の位置を直しながら、ボソボソつぶやく。先生から直接ステーシアに手紙を渡してくれるか、うまくすれば捨てちゃうかもしれない。

「あらそう？　じゃあ、わたしの知らないエヴァーがもうひとりいるのかしら？」

え？

わたしは先生の手から目の前にぶらさげられている手紙を受けとる。まちがいなくダーメンの筆跡で、「エヴァーへ」と表にはっきり書かれている。

なんでこんなことが起きたのかさっぱりわからないし、理にかなった説明もつかない。だって、この目で確かに見たんだから。

震える指で手紙を開きはじめる。

三つの角をすべて開いてしわを伸ばし、ハッと息をのんだ。

そこにあったのは、小さくて精密なスケッチ——一輪の美しいチューリップのスケッチだった。

11

ハロウィンまであと何日もないのに、わたしはまだコスチュームの準備が終わっていない。

ヘイヴンはヴァンパイア（やれやれ）、マイルズは海賊（マドンナの円錐《えんすい》ブラの衣装は説得してやめさせた）。だけど、わたしはなんの仮装をするのか教えないつもり。最初はいいアイディアだと思っていたのが、やたら大げさな気がしてきて、みるみる自信がなくなってきたから。

サビーヌ叔母さんが家でハロウィンパーティーを開こうとしたことには、かなりびっくりした。

最初はいやだった。だけど、叔母さんがわたしになんとか気晴らしをさせようとしているのもわかっていたし、わたしも叔母さんに安心してもらいたかったから、最終的にはパーティーをすることに賛成した。

わたしと叔母さんだと、お客さんは呼べても五人がいいとこだと思っていた。そんなの、パーティーをしてもよけいさびしくなるだけだ。

ところが、叔母さんはわたしが思っていたよりずっと人気者らしく、叔母さんの招待客はあっというまにリストの二列半を埋めた。

わたしのほうは、たったふたりの友だちと、来るかわからないそれぞれの連れだけ。

叔母さんは料理と飲み物のケータリングの手配を担当し、わたしはマイルズに音響／映像部門の担当（つまりｉＰｏｄをスピーカーにつないで、ホラー映画をレンタルするってこと）を任せ、ヘイヴンにカップケーキの用意を頼んだ。

ということで、飾りつけ委員会のメンバーは、わたしとライリーだけ。

叔母さんからはカタログと、「遠慮しないで」という使用上の説明つきのクレジットカードを渡されていたから、ふたりで最後の二日間の午後を費やして、トスカーナ様式風の半注文設計の家を、おどろおどろしい不気味な地下霊廟《れいびょう》の管理人の城へと変身させた。

それがもう楽しくて楽しくて、昔イースターや感謝祭やクリスマスに家の飾りつけをしていたときのことを思いだした。

せっせと作業に集中しているおかげで、姉妹でケンカしてるヒマもなかったし。

わたしはおもちゃのクモの巣をもうひとつ飾りつけようと、梯子《はしご》の二段目で危なっかしくバランスをとっていた。

ライリーはあきれた顔をして首をふり、段ボール箱に手を入れて、飾り用の色つき豆電球をとりだす。

「交替しようか？」豆電球のコードをほどきながら、ライリーは申し出た。

「わたしがふわっと浮けばすむことなのに、お姉ちゃん、自分で梯子をのぼりおりするなんて、バカみたい」

それはイヤだ。たとえそのほうが簡単だとしても、やっぱりどこかふつうの暮らしをしてるふりがしたい。

「で、なんの仮装をするの？人魚とか？」

「教えない」

クモの巣を天井の隅に飾りつけると、梯子をおりてできばえを確かめた。

「あんたが隠しごとをするんだったら、こっちだって教えなくてもいいでしょ」

「ずるいよ」

ライリーは口をとがらせて腕組みする。パパにはいつも効果てきめんだけど、ママには絶対通用しなかった技だ。

こんどは暗闇で光るガイコツの飾りをとりあげ、もつれた手脚を広げる。

「いいじゃない、パーティーになればわかるんだから」

「えっ、わたしも参加していいってこと？」

ライリーは興奮に大きく目を見開いて、かん高い声でたずねた。

「ダメって言ってもきかないでしょ？」

わたしは笑い、ミスター・ガイコツがお客さんたちを歓迎できるよう、入り口のそばに立てかけた。

「お姉ちゃんの彼氏も来る？」

あー、めんどくさい。またはじまった。

「だから、彼氏なんかいないって」

「ふーんだ。だまされないからね。あのパーカー大論争を忘れたわけじゃないし。それに、その人に会うのが待ちきれないんだもん。あ、見るのがって言ったほうがいいのかな。お姉ちゃんがその人を紹介してくれるとは思えないし。紹介するつもりがないんだとしたら、すっごく失礼だけどね。だって、向こうにわたしのことが見えないからって——」

「だーかーらー、招待してないんだってば、わかった？」

そう怒鳴ったとき、妹の罠《わな》にまんまと引っかかったことに気づいた。

「ほーらね！」ライリーは目を見開いて眉をあげ、にんまりとする。「わかってたもん！」

キャッキャッと笑い、飾り用の豆電球をほうり投げて、大はしゃぎでぴょんぴょん跳びはね、くるくるまわってわたしを指さす。

「わかってたもん、わかってたもん、わかってたもん！」

わたしは目を閉じた。妹の見えすいた罠に引っかかるなんて、情けない。

「あんたはなにもわかってないの」

ライリーをにらんで、首をふる。

「その人とはつき合ってもないからね、いい？　彼はただの転校生で、最初はちょっとカッコイイかもって思ったけど、ひどいプレイボーイだって気づいて、それでもう終わったって感じ。はっきり言って、いまはカッコイイとも思ってない。マジな話、そう思ったのも十秒ぐらいで、相手のことをよく知らなかったせい。それに、彼に引っかかったのはわたしだけじゃなくて、マイルズとヘイヴンも彼を取りあってたんだから。だからもう空中をパンチしたりお尻を突きだしたりするのはやめて」

言い終えたとたんに、ムキになりすぎて嘘っぽくきこえたのがわかった。

でも、言ってしまったものは取り消せない。

ライリーが部屋のなかをふわふわ飛びまわりながら歌っても、ひたすら無視するしかない。

「やっぱりね！　ちゃあんと、わかってたもん！」

ハロウィンの夜が来る頃には、家の飾りつけは完璧だった。

窓という窓、角という角にクモの巣を貼りつけ、巣のまんなかには巨大なクロゴケグモをとめてある。

天井からは黒いゴム製のコウモリを吊るし、そこらじゅうに血まみれのバラバラ死体（もちろんニセモノ）を散乱させた。

「後悔するぞ！　カアカア！　後悔するぞ！」と言うのにあわせて、光る目をギョロリと動かすプラグ差しこみ式の大ガラスの横には、水晶玉が置いてある。

ゾンビに血で汚れたボロボロの服を着せて、お客さんがまったく思いもよらない場所に配置しておいた。

玄関には、湯気をあげて煮えたぎる魔女の秘薬（実際はただのドライアイスと水）の大釜があるし、ガイコツ、ミイラ、黒猫、ネズミ（おもちゃだけど、やっぱりキモい）、ガーゴイル、棺桶《かんおけ》、黒いキャンドル、ドクロをあちこちに置いた。わたしとライリーは、裏庭までカボチャやビーチボール、ピカピカ点滅する色つき豆電球で飾りつけた。それにもちろん、前庭の芝生には等身大の不気味な死神を立たせてある。

「この仮装、どう？」

赤毛のウィッグに紫色の貝で隠した胸。ライリーはメタリックな光沢のある緑色の魚の尾をふりまわす。

「あんたの大好きなディズニーのキャラクターみたい」

顔にパウダーをはたきながらこたえた。たまにはこっちが驚かせてやれるよう、コスチュームにこっそり着替えるために、妹を追いはらう方法を考えなくては。

「ほめ言葉として受けとっとこうっと」

「好きにして」

髪をうしろになでつけ、ピンでぴたっととめて、高々とそびえるブロンドの大きなウィッグをかぶる準備をする。

「で、お姉ちゃんはなんの仮装をするの？」ライリーはこっちをじろじろ見ている。

「そろそろ教えてくれてもいいでしょ。ハラハラしすぎて、もう死にそうなんだから！」

そう言ってゲラゲラ笑いだし、お腹を抱えて体を前後に揺らし、ベッドから落っこちそうになっている。

ライリーは〝死〟をもじったジョークを言うのが大好きだ。死者である自分が、そういうジョークを言うのがおかしくてたまらないと思ってる。だけどたいていの場合、こっちはどう反応していいかわからない。

ライリーの微妙なジョークは無視して、わたしは言った。

「お願いがあるんだけど。そーっと叔母さんの仮装の様子を見に行って、もしも先っちょにでこぼこのイボのある大きなゴム製の鼻を着けようとしてたら、教えてほしいの。最高の魔女の仮装だとはいっても、あの鼻はダメ。ふつう男ってそういうのは好きじゃないから」

「うっそー、叔母さんに彼氏がいるの？」

「あの鼻を着けたら、彼氏はできないけどね」

わたしはライリーがベッドをおり、人魚の尾っぽをずるずる引きずって部屋から出ていこうとするのを見つめながら言う。

「だけど、物音を立てたり、叔母さんを怖がらせるような真似は一切しないでよ、わかった？」

閉じた寝室のドアをあけようともせず、ライリーはそのままするうっと通り抜けた。何回見ても、ひやっとする。そういう場面を数え切れないほど見ているからといって、見慣れてしまうわけじゃない。

クローゼットに向かい、奥のほうに隠しておいたバッグのファスナーをあけ、きれいな黒いドレスをとりだした。

深くあいたスクエアネック、透け感のある薄手の七分袖、ぴたっとしたボディスからふんわり広がる光沢のあるひだ——マリー・アントワネットが仮面舞踏会に行くときに着てたみたいなドレスだ（わからないけど、とにかくあの映画ではキルスティン・ダンストはそういうドレスを着てた）。

背中のファスナーをどうにかあげると、ものすごく高さのあるプラチナブロンドのウィッグをかぶり（いくらもともとブロンドとはいっても、そこまでの高さにするのは地毛じゃ絶対に無理）、赤い口紅を塗って、黒い薄皮のようなマスクで目元を覆《おお》い、ぶらぶら揺れる長いラインストーンのピアスを着ける。

すべての支度が整うと、鏡の前でくるくるまわってみた。

光沢のある黒いドレスがふわりと広がる。すごくいい仕上がりに、うきうきしてきた。

ライリーがふらりともどってきた。すぐに、やれやれという感じで話しだす。

「警報解除——やっとね！　最初、叔母さんはゴムの鼻を着けてて、そのあととって、それからまた着けて横顔を確かめて、結局またはずした。叔母さんの顔からゴム鼻をもぎとって、窓から投げ捨ててやりたくて、うずうずしちゃったよ」

まさか、ホントにそんなことをしてませんように。ライリーのことだから、なにをするかわかったもんじゃない。

ライリーは勉強机の椅子にドサッと腰かけると、ぴかぴかの緑のひれを使って椅子をぐるぐるまわした。

「最後に見たとき、叔母さんはゴム鼻をバスルームの洗面台に置いてた。それから、業者の誰かに準備のことで呼ばれて、叔母さんはお姉ちゃんが家の飾りつけをみごとにやりとげて、ひとりでぜんぶ準備したのが信じられないぐらいだとかなんとか、べらべらしゃべりつづけてたよ。ねえ、うれしくてしょうがないでしょ？ ふたりで一生懸命やった手柄をひとりじめできて」

ライリーはまわるのをやめて、わたしのことを値踏みするように長々と見つめた。

「ふうん、マリー・アントワネットだったんだ、完全に予想外。お姉ちゃん、そこまでケーキが好きってわけじゃないのに」

「あのねえ、教えといてあげるけど、アントワネットは『パンがなければケーキを食べればいいのに』なんて言ってないんだからね。悪意あるゴシップなんだから、そんなの信じちゃダメ」

話しながらも、鏡を見ずにはいられない。もう一度メイクを確かめて、ウィッグを押さえた。このままずっとずれないでいてくれればいいけど。

だけど、鏡に映るライリーが目に入ったとき、その表情がどこか気になった。

「ねえ、どうかした？」

ライリーは目をつぶり、唇をきゅっと噛みしめている。そして首をふって言う。

「お姉ちゃんはティーンエイジャーの悲劇の王妃の仮装をしてるけど、わたしはただのティーンエイジャーになれるなら、なんだってするのにな」

ライリーのほうに手を伸ばしかけたけれど、その手をおろしてもぞもぞとドレスのウエストをいじった。

そばにいることにすっかり慣れているせいで、ときどき忘れてしまうことがある。妹が本当はここにいないことや、現世を生きていないことや、もう大きくなれないことや、決して十三歳にはなれないのだということを。

そもそもすべてはわたしのせいなのだと思いだして、百万倍もつらくなる。

「ねえライリー、わたし――」

「いいの、大丈夫。さっ、そろそろお客さんをお迎えしなくちゃ！」

ライリーはほほえみ、人魚の尾っぽをふりまわして、椅子からふわふわ体を浮かせた。

ヘイヴンは、共依存症の〝ドナー〟の友だち、エヴァンジェリンを連れてきた。もちろんエヴァンジェリンもヴァンパイアの仮装だ。

マイルズは演劇クラスで知り合ったエリックと一緒に来た。怪傑《かいけつ》ゾロの黒いサテンのマスクとケープの下の顔は、かなり可愛い感じ。

「ダーメンを招待しなかったなんて、信じらんない」

ヘイヴンは挨拶もすっ飛ばして、首をふる。招待客のリストにダーメンの名前がないことを知ってから、ヘイヴンは今週ずっとわたしに腹を立てている。

わかりきったことを言い返すのには、もううんざり。

ダーメンはあきらかにわたしたちを見捨て、ずっとステーシアと同じランチのテーブルで、さらに彼女の机からもくっついて離れない。

ダーメンはステーシアにバラのつぼみを出してみせて、美術の課題の『黄色の髪の女』はどことなくステーシアの顔に似てきたように見える。

深紅のチューリップに謎の手紙、それに一度は親密な視線を交わし合ったにもかかわらず、ダーメンはもう二週間近くわたしに話しかけてこない。

でもよくよく考えるのは、悪いけどごめんだ。

好きになってはダメって思ってたんだから、こうなってよかったじゃない。彼は思わせぶりな態度をとっていただけ。オーラが見えないことも、声をきくとすべてが静まりかえることも、なにかの偶然かまちがいだったのよ——そう思わないとやりきれない。

「どっちみち、彼が来たとも思えないし」

かすれ声になってしまったことに、ヘイヴンが気づきませんように。

「きっとダーメンはステーシアか、あの赤毛か誰かと、どこかで過ごして——」

それ以上つづけたくなくて、わたしは首をふる。

「待ってよ、赤毛って？　赤毛の女までいるわけ？」

いけない、うっかり口をすべらせてしまった。

本当のところ、ダーメンが誰と一緒に過ごしていたっておかしくない。はっきりしてるのは、わたしと一緒にここにいないってことだけ。

「あんたにも会わせたいのにな」ヘイヴンはエヴァンジェリンに向かって言う。

「ダーメンって最高なんだから。ハリウッドスターみたいにゴージャスで、ロックスターみたいにセクシーで、イリュージョンまでできちゃうんだよ」

エヴァンジェリンは〝ほんと？〟という顔だ。

「その人の存在こそイリュージョンみたい。そこまでパーフェクトな人なんて、いないでしょ」

「でもダーメンはそうなの。自分の目で確かめられないなんて、ホント残念」

ヘイヴンは首元の黒いベロアのチョーカーをいじりながら、またこっちをにらむ。

「だけど、もしダーメンに会うことがあっても、彼はあたしのもんだってこと、忘れないでね。あんたと知り合うずっと前に、目をつけたんだから」

エヴァンジェリンの網タイツ、ぴったりした黒いショートパンツ、メッシュのTシャツ、そして黒ずんだオーラを見てとり、彼女にはヘイヴンの願いどおりにするつもりはさらさらないことを悟る。

「ね、エヴァーにも牙《きば》と首に塗る血糊《ちのり》を貸してあげようか？　そしたら、あんたもヴァンパイアになれるかも」

ヘイヴンはわたしと友だちでいたい気持ちと、わたしはライバルだという確信のあいだで、ぐらぐらと揺れ動いている。

わたしはただ首をふって、ふたりを部屋の奥へと案内した。ヘイヴンがなにかほかのことに興味を移して、ダーメンの件を早く忘れてくれることを願いながら。


サビーヌ叔母さんは友人とおしゃべりに興じ、ヘイヴンとエヴァンジェリンはドリンクにお酒を混ぜ、マイルズとエリックは踊っている。

ライリーはエリックのムチの先をいじって遊び、フリンジを上下左右に揺らしながら、誰か気づいているだろうかとあたりを見まわしている。

「このままパーティーに参加したいならやめなさい」という合図を出そうとした瞬間、呼び鈴が鳴り、わたしたちは先を競って玄関へと急ぐ。

ライリーより先に玄関に着いたものの、ドアをあけると、勝利にほくそ笑むことも忘れてしまった。

そこにダーメンが立っていたから。

片手に花束、もう一方の手につばの縁がゴールドの帽子を抱えている。

髪は低い位置でひとつに束ね、いつもの洗練された黒ずくめの服装にかわって、フリルの白いシャツ、金ボタンのついた上着、ショートパンツとタイツ（としか言いようのないもの）に、先のとがった黒い靴を履いている。

マイルズがこの仮装を見たら嫉妬に狂いそう。と、そのとき、ダーメンが誰の仮装をしているのかに気づき、心臓の鼓動が二拍スキップする。

「フェルゼン伯爵……」

マリー・アントワネットの公然の恋人、アクセル・フェルゼン伯爵だ。

「やあ、マリー」

ダーメンは深々と慇懃《いんぎん》にお辞儀してみせる。

「でも……この仮装、秘密にしてたのに……それに招待もしてないのに」

小声でつぶやきながら、ダーメンの肩の向こうをのぞいて、ステーシアか、赤毛の女か、どこかの女の子の姿を探した。

彼がわたしのために来たはずはない。

だけど、ダーメンはただ笑みを浮かべて、花束を差しだし、古風な口調で言った。

「ならば、これは幸運な偶然ということになるだろうね」

嘘みたい……。

背中を向けて彼を連れて玄関からリビング、ダイニングを通りすぎ、書斎に入った。

頬が燃えるように熱い。心臓がすごい速さで激しく鼓動し、胸から飛びだしてしまいそう。

どうしてこんなことになったんだろう？

ダーメンがわが家のパーティーに、わたしの完璧なパートナーの仮装をして現れた。信じられない。誰かその理由を説明して……。

「うそー、ダーメンが来てるーっ！」

ヘイヴンが歓声をあげ、腕をふりまわし、顔をパッと輝かせる——白塗りメイクで、牙をつけ、血をしたたらせているヴァンパイアの顔でできる限界まで。

だけど、ダーメンの衣装を見るとさっと顔を曇らせ、わたしを非難するようににらんできた。

「ちょっと、いつのまに打ち合わせしてたの？」

ヘイヴンはこっちに近づきながら、声を荒げないよう努めて明るくたずねる。わたしのためというよりは、ダーメンのために。

「打ち合わせなんかしてないよ」

信じてもらえることを願いながら言ってみるものの、信じてもらえないのはわかってる。だってこんなおかしな偶然、わたし自身も疑ってるぐらいだ。そんなはずはないとわかっていても、なにかの形で仮装のことを漏らしてしまったのかもしれないと思ったり。

「まったくの偶然だよ」

ダーメンはわたしの腰に手をまわしながら言う。手はすぐに離れたけれど、わたしの全身をうずかせるにはじゅうぶんだった。

「あなたがダーメンね」

エヴァンジェリンがこれみよがしに体をくねらせながら近づいてきた。

「ヘイヴンったらオーバーに言ってるんだと思ってたけど、そうでもなかったみたいね！　それ、誰の仮装？」

「フェルゼン伯爵」

ヘイヴンはわたしをにらみながら、冷たく乾いた声で言う。

「べつに誰でもいいけどね」

エヴァンジェリンは肩をすくめ、ダーメンの帽子を奪って自分の頭にちょこんとのせ、つばの下から誘うようにほほえみ、彼の手をとって引っぱっていった。

ふたりがいなくなったとたん、ヘイヴンはこっちを向いた。

「あんたって、信じらんない！」

怒った顔でこぶしをにぎってるけど、そんなものは頭のなかに渦巻いているもっと恐ろしい考えに比べたら可愛いものだ。

「あたしがどれだけ彼を好きか知ってるくせに！　信じてたから打ち明けたのに！」

「ねえ、誓って言うけど、示し合わせたわけじゃないよ。ただのすごい偶然なの。ダーメンがここでなにをしてるのかもわからないし、招待してないのは知ってるでしょ」

納得してもらいたいと思ってはいるけれど、無駄なことはわかってる。もうヘイヴンの心は決まってるんだから。

「それに気づいたか知らないけど、あんたの親友のエヴァンジェリン、犬のマウンティング状態でダーメンにくっついてるよ」

ヘイヴンは部屋の向こうに目をやって、ふん、と息を吐くと、わたしに視線をもどす。

「いいのよ、あの子は誰にでもああなの。強力なライバルなんかにはならない。あんたとはちがってね」

わたしはひとつ深呼吸をして、ヘイヴンのとなりに立つライリーがヘイヴンの言葉から動きまでひとつ残らず真似して茶化すのを見ながら、噴きださないようぐっとこらえていた。

「言っとくけど、わたしはダーメンのことはなんとも思ってないよ！　どうすれば信じてもらえるの？　教えてくれたら、言われたとおりにするから！」

ヘイヴンは肩を落とし、首をふって目をそらした。すべての怒りの矛先を自分自身に向け直して、心のなかが暗くなっている。

「わかったよ」

ヘイヴンはため息をつき、パチパチと激しくまばたきをして涙を押しとどめる。

「もうなにも言わなくていいから。ダーメンがあんたを好きならそれが現実だし、あたしにはどうにもできない。あんたが賢くて可愛くて、男たちがみんなあたしよりあんたを好きになるのは、あんたのせいじゃないもんね。特に、フードをかぶってないところを見たら」

ヘイヴンは笑い飛ばそうとするけれど、うまく笑えずにいる。

「ぜんぶただの思いこみだよ」

ヘイヴンと自分自身をも納得させたいと思いながらそう口にする。

「ダーメンとわたしの共通点は、映画と仮装の趣味が一緒ってことだけ。誓ってホントに、ただそれだけのことだよ」

無理して笑った。心から笑っているように見えているといいんだけど。

ヘイヴンは、奪いとったゾロのムチを使ってダーメンの前でデモンストレーションをしているエヴァンジェリンをチラッと見やって、わたしに言った。

「ひとつだけお願いがあるんだけど」

わたしはコクンとうなずく。

この問題をすべて終わらせられるなら、なんだってするつもりだ。

「もう嘘はやめて。あんたって、ホントに嘘がヘタだから」

……。

ヘイヴンはそう言い放つと、くるりと背を向けた。

わたしは去っていくヘイヴンを見つめることしかできなかった。

そのときぴょんぴょん飛びはねながら叫んでいるライリーに気づいた。

「すごーい、これってお姉ちゃん史上最高のパーティーだよ！　ドラマだね！　秘密の関係！　嫉妬！　女の戦い勃発《ぼっぱつ》寸前！　見逃さずにすんで、ホントによかったあ！」

ライリーを黙らせようとしたが、思いだした。

死んだ妹の声がきこえているのはわたしだけで、「静かにして」なんて言ったら変だと思われるかもしれないことを。

ふたたび呼び鈴が鳴り、パタパタ動く人魚の尾をものともせず、今回はライリーが先に玄関に着いた。

「あらあら」

玄関ポーチに立っている女の人が、なぜかライリーとわたしを見比べながら言っているように思えた。

「なにかご用ですか？」

女の人がドレスアップしていないのに気づき、たずねた。カリフォルニア風カジュアルスタイルって仮装じゃないよね？

女の人はわたしのほうを見て、茶色い目でこっちの視線をとらえながら話した。

「遅くなってごめんなさいね。知ってのとおり、なんせ渋滞がひどくて」

その人はまるで見えているみたいに、ライリーのほうにうなずいている。

「サビーヌ叔母さんのお友だちですか？」

この人は神経性のチックかなにかのせいで、ライリーの立っているほうをチラチラとうかがっているように見えるのかもしれない。紫のオーラをまとってるけど、どういうわけか心が読めない。

心が読めない人がまた登場した。わたし、どうかしちゃったんだろうか。

「エイヴァよ。サビーヌに雇われたの」

「ケータリングの人ですか？」

だったらなんで、ほかのみんなみたいに白いシャツに黒いパンツじゃないの？　エイヴァと名乗った女性は、黒いオフショルダーのトップスにスキニージーンズ、ぺたんこのバレエシューズという姿だ。

エイヴァは笑っただけで、わたしのドレスのスカートのうしろに隠れているライリーのほうに手をふっている。

ライリーは人見知りをして恥ずかしがっているとき、ママのうしろによくこんなふうに隠れてた。

「わたしは霊能者なの」

エイヴァはとび色の長い髪を顔からさらりと払いのけながら、ライリーのとなりにひざをついて言った。

「どうやらあなたには、小さなお友だちがいるみたいね」

12

霊能者だというエイヴァは、みんなへのサプライズとして呼ばれたらしい。はっきり言って、わたし以上に驚いた人はいないはず。

なんでこうなることがわからなかったんだろう？　このところ自分の世界に没頭しすぎて、サビーヌ叔母さんの世界を探るのを忘れていたんだろうか？

追い返したいのは山々だったけど、そんなわけにはいかない。エイヴァにはライリーの姿が見えているというショックに反応することもできないうちに、叔母さんが玄関に来て、彼女を通した。

「よかったわ、無事に着いて。姪とはもう会ったみたいね」

叔母さんはテーブルの準備がすっかり整っている書斎にエイヴァを案内する。

わたしは、この霊能者が死んだ妹の話に触れないか心配しながら、すぐそばをうろうろしていた。

けれど叔母さんにエイヴァのための飲み物をとってくるよう頼まれて、もどった頃にはもう占いがはじまっていた。

「これ以上列が長くならないうちに、エヴァーもならんでおいたほうがいいわよ」

叔母さんがフランケンシュタインに寄り添いながら言う。

わたしにはわかる。不気味なマスクがあってもなくても、フランケンは叔母さんの事務所で働くあのイケメンとはちがう人だ。それに、成功した大物の投資銀行家のふりをしてるけど、それもちがう。実際には、彼はいまだに母親と一緒に暮らしてる。

だけど、そんなことを話して叔母さんの上機嫌をぶちこわしたくはないから、わたしはただ首をふって言った。

「うん、あとで見てもらおうかな」

叔母さんが気分転換を楽しんでいるところが見られてうれしいし、交友関係が広いことや、誰かとつき合うことへの興味をとりもどしたことがわかってよかった。

それにライリーが、相手が気づかないのをいいことに変な踊りをしたり、きくべきじゃない会話を盗みぎきするところを見ているのは面白かった。

でも、だんだん疲れてきた。いろんな思考や光を放つオーラ、渦巻くエネルギー、そしてなによりも――ダーメンから離れたかった。

これまでできるかぎりの努力をして、ダーメンとのあいだに距離を置き、学校で見かけても平気なふりをして無視してきた。

だけど今夜、どう見てもカップルのかたわれの仮装をした彼を前にしていると、なにがなんだかわからなくなる。

ついこの前までは、ダーメンは赤毛の女かステーシアか、とにかくわたし以外の誰かに興味を持っていたはずだ。ハンサムな顔とカリスマ性と不可解なイリュージョンで、彼女たちをうっとりさせていた。

ダーメンが持ってきてくれた花束に鼻をうずめる。

二十四本の深紅のチューリップ。

チューリップは香りのいい花ではないはずだけど、なぜかこれは、人を酔わせるような甘い香りがする。

その香りを深々と吸いこみ、わたしはダーメンを好きになっていることを確信した。

そう、本当に彼が好き。

どうしようもない。好きなものは好きだから。

いくら好きじゃないふりをしようとがんばったって、真実はぴくりとも揺るがない。

ダーメンが現れるまで、わたしは自分の運命を甘んじて受け入れていた。

もちろん、一生彼氏もできないし、誰かと親しくなることもないんだと考えるのが、うれしいわけはない。だけど、人と触れ合うだけですっかり圧倒されてしまうのに、ふつうにつき合うなんて無理。

相手の考えがいつも読めてしまっては、ちゃんとした人間関係も、恋愛関係も築けるはずがない。相手の気持ちを推し量ったり、言葉や行動に秘められた意味をいちいち想像したり、くよくよ思い悩んだりすることもないのだから。

心を読めたりエネルギーやオーラが見えるなんてカッコイイと思われるかもしれないけど、ぜんぜんそんなことはない。

昔の暮らしにもどれるなら、無邪気なふつうの女の子にもどれるなら、なんだって差しだすだろう。

ときにはいちばんの親友が、あまりうれしくないことを考えることだってある。心の声のオフスイッチがないってことは、とてつもなく寛大な心が必要になる。

それがダーメンに惹かれたいちばんの理由だったのかもしれない。

彼はまるでオフスイッチそのもの。

わたしが心を読めない人。みんなの心の声をかき消してくれるただひとりの人。

彼はあたたかくて最高の気分を味わわせてくれて、まともな女の子の感覚にかぎりなく近づけてくれる。

だからこそ、まともに恋をするのが怖い。

そんなことを考えながらラウンジチェアに腰かけて、ウォーターグローブが上下に揺れて色を変え、きらきら光るプールの水面をすべるように動くさまを見つめていた。

きれいな光景にすっかり気をとられていたからか、考え事をしていたからか、いつのまにかダーメンがそこにいることに気づかなかった。

「やあ」ダーメンはほほえみかけてくる。

ひと目見ただけで、全身がかあっと熱くなる。

「いいパーティーだね。押しかけたのは正解だな」

ダーメンがとなりに腰をおろす。からかわれていると知りながら、ドキドキしすぎてなにも言い返すことができず、わたしはまっすぐ前を見つめるだけだ。

「マリー・アントワネット、似合ってるよ」

最後の最後にウィッグに差した黒く長い羽根を、彼は指で軽くたたく。

唇をぎゅっと噛みしめた。不安で、落ち着かなくて、逃げだしてしまいたい。

でも、ひとつ深々と息を吸いこんで、リラックスして流れに身を任せようとする。少しは楽しまなきゃ――たとえひと晩だけだとしても。

「フェルゼン伯爵も、似合ってる」

やっとのことで口にする。

「だろ？　アクセルって呼んでくれよ」

「衣装の虫食い穴は別料金？」

肩のそばのすり切れた箇所を示しながらたずねた。だけど、かび臭さについては触れないことにする。

ダーメンはまっすぐわたしの目を見つめた。

「虫食い穴なんかじゃない。大砲の砲火の副産物だよ。本当にきわどいところだったたって話だ」

「ねえ、わたしの記憶が正しければ、この場面であなたは黒髪の女の子を追いかけまわしてるはずじゃない？」

さらっと恋の駆け引きができた頃を思いだし、かつての自分を呼び起こす。

「ぎりぎりのところで台本が書き直しになったんだ。新しい台本、もらってない？」

ダーメンもうまく返してくる。

わたしは足を投げだしてほほえんだ。頭をからっぽにして、みんなと同じふつうに恋をしているふつうの女の子みたいにふるまうのって、なんていい気分だろう。

「新しい台本だと、このシーンに出るのはぼくたちだけだ。マリー、きみはその可愛い顔を動かさないで」

ダーメンが人差し指を伸ばして、わたしの首元をすうっと横になぞった。なぞられたあとが、心地いい熱をおびる。彼の指はわたしの耳の下でとまる。

「なんで占いの列にならばなかったんだ？」

彼はささやき、指をすべらせてわたしの顎から頰、耳のカーブをなぞっていく。やはり触れてもなにも伝わってこない。わたしはそれに安心して身をゆだねてしまう。頭がぼんやりする。唇がすぐそばにあり、ふたりの息が出会って混じり合った。

黙ってさっさとキスしてくれたらいいのに……。

「きみは懐疑主義者?」

黙っているわたしにダーメンがきいた。

「べつに……ただ、わたしは……わからない」

もごもご言いながら、気持ちがあせるあまり叫びたくなる。

なんでおしゃべりをつづけようとするの? ひょっとしたら、わたしにとって、これがふつうの男女の経験をする最後のチャンスかもしれない。こんなチャンスは二度と訪れないかもしれないのに。

「そっちはなんで占ってもらわないの?」

がっかりしているのをもう隠そうともしないで、問いかけた。

「時間の無駄だから」とダーメンは笑い飛ばす。

「心を読んだり、未来を予言したり、そんなことできるわけがない——だろ?」

わたしはプールに視線を移し、ピンク色になっているばかりか、不思議なことに球形からハート形に変わってしまったウォーターグローブを見て、目をぱちくりさせる。

「きみの機嫌を損ねてしまったかな?」

ダーメンはわたしの顎をやさしくつかみ、ぐっと自分のほうに向かせた。

これもそう。ダーメンはどこかふつうとはちがう。

このへんの子たちと同じカリフォルニアのサーファー言葉を話してたかと思えば、『嵐が丘』のページからそのまま飛びだしてきたみたいなしゃべりかたをする。

「ううん、機嫌を損ねてなんかいない」

ついつい笑ってしまう。

「なにがそんなにおかしい？」

ダーメンはわたしの前髪の下に指をすべらせ、額の傷痕を探している。わたしはさっと身を離した。

「その傷、なにがあったんだ？」

誠実さと思いやりに満ちた目で見つめられて、思わず打ち明けてしまいそうになる。けれど、打ち明けはしない。

別人になれるのは、きっと今夜だけだから。大切なものをなにもかも失ったのはわたしのせいじゃないというふりをできるのは、今夜だけ。

今夜はイチャついて、ふざけて、一生後悔するかもしれない無謀な決断をするんだ。今夜のわたしはエヴァーじゃなくて、マリーだから。彼がフェルゼン伯爵を名乗るのなら、口を閉じていますぐキスしてくれるはず。

「そのことは話したくない」

ウォータークローブがいまでは赤いチューリップの形になっているのを見て、わたしはまばたきする。

「どんなことなら話したい？」

あの瞳で、無限の水をたたえてわたしを誘うふたつのプールのような瞳で見つめながら、彼がささやいた。

「話なんかしたくない」

わたしはささやき返し、息を詰めて、重なる唇を受けとめた。

13

ダーメンの声はわたしを静寂《せいじゃく》で包みこむ。

彼が触れるとわたしの肌が目覚める。

そして彼のキスは、この世のものとは思えない。

これまで数えるほどの相手としかキスしたことがないし、エキスパートとはとても言えないけど、賭けてもいい。こんなキスは、こんな完璧ですべてを超越するキスは、一生に一度だけのもの。

ダーメンが身を離し、じっと瞳をのぞきこんでくると、わたしはまた目を閉じて、彼の襟をつかんで自分のほうに引き寄せた――ヘイヴンの声がきこえるまで。

「やだ、ずっとあちこち探しまわってたのに。ここそこ隠れてるって気づくべきだったよ」

さっと身を離した。こんなところを見つかっちゃうなんて。彼のことは好きじゃないって、さっきヘイヴンに誓ったばかりなのに。

「わたしたちは、ただ――」

ヘイヴンは手をあげてわたしの言葉をさえぎった。

「いいのいいの、もうやめて。くわしいことは言わないで。エヴァンジェリンとあたしはもう帰るって言いにきただけだから」

「もう帰っちゃうの？」

ふたりになって、どのくらい時間が経っていたんだろう。

「そう、悪いけど友だちのドリナがここに寄って、べつのパーティーに連れてってくれることになってんの。あんたたちもついて来たければどうぞ――ていっても、おとりこみ中みたいだけど」

「ドリナだって？」

全身がぼやけて見えるほどすばやくダーメンが立ちあがった。

「彼女を知ってるの？」

ヘイヴンがそうたずねたときには、ダーメンはもうその場からいなくなっていた。

あまりの速さに、わたしたちはあわててあとを追いかける。

事情を説明したくて、追いかけている途中に窓のところでヘイヴンの肩をつかんだ。でも、流れこんでくるとてつもない闇と圧倒的な怒りと絶望に満たされ、言葉が舌の上で凍りつく。

ヘイヴンはわたしの手をふりはらって肩ごしににらみつけた。

「あたし言ったよね、あんたは嘘がヘタだって」

なにも言えない……。

ヘイヴンは行ってしまう。わたしも大きく息を吸いこんでダーメンを追って、キッチンと書斎を抜けて、どうにか玄関にたどり着いた。

ダーメンは猛スピードで迷わずに進んでいる。まるでドリナがどこにいるのかわかっているみたい。

玄関ホールに足を踏み入れた瞬間、一緒にいるふたりの姿を見て凍りついた――十八世紀の華麗な衣装のダーメンと、マリー・アントワネットの恰好《かっこう》をした女の人。ドリナって、あのときの……。

目の前のアントワネットはものすごくゴージャスで、美しくて、洗練されていて、わたしは自分が恥ずかしくなる。

ドリナは顎をあげてこっちに目を向けた。深いエメラルドグリーンに輝く、ふたつの大きな目。

「あなたは確か……」

「エヴァーよ」

淡いブロンドのウィッグ、一点の曇りもないクリーム色の肌、首元を飾る真珠のネックレス。完璧なピンク色の唇からのぞく歯は、本物とは思えないほど真っ白だ。なんだかドギマギしてしまう。

わたしはダーメンのほうを見た。《セント・レジス・ホテル》にいた赤毛の女がどうしてわが家の玄関に立っているのか、納得のいく説明をしてくれることを期待して。

だけど彼は一心にドリナを見つめていて、わたしが来たことにさえ気づいていない。

「ここでなにをしてるんだ？」

ダーメンはほとんどささやき声でドリナにたずねる。

「ヘイヴンに招待されたの」

ダーメンとドリナを見やりながら、激しい不安に襲われてぞくっとした。ダーメンの様子ががらっと変わったからだ。急に冷淡でよそよそしくなり、遠い存在になった――さっきまで出ていた太陽が、雨雲に覆われたみたいに。

「どういう知り合いなの？」わたしはドリナにきいた。

「あの子とは《ノクターン》で会ったのよ。これからそこに行くところなの。彼女を借りていってもいいでしょう？」

胸のうずきも胃の痛みも無視し、細目で見ながらなんとか相手の心を読もうとした。だけどドリナの心はぴたりと閉ざされていて、近づくことができず、とりまいているはずのオーラも見えない。

「いやだ、あたしったらバカね。ききたかったのは、ヘイヴンじゃなくダーメンとの関係なのね？」

ドリナは笑い、わたしの衣装をなめるようにじっくりと見た。わたしが返事をしないでいると、彼女はうなずいて話す。

「あたしたち、ニューメキシコにいた頃の知り合いなの」

けれど、ドリナが「ニューメキシコ」と言ったとき、ダーメンは「ニューオーリンズ」と言った。ドリナは笑い声をあげるけど、目はまったく笑っていない。

「とにかく昔からの知り合いってこと」

ドリナはこっちに手を伸ばし、ビーズで縁どられた袖口を指でなぞったあと、わたしの腕をすーっとなでおろし、手首をぎゅっとつかんだ。

「ステキなドレスね。自分で縫ったの？」

わたしはドリナの手をふりはらう。バカにされたショックからというよりは、その指があまりに冷たかったからだ。

ひんやりした鋭い爪ですうっと引っかかれて、肌がぞくりとして血管が凍るように一気に冷たくなる。

「ねえねえ、彼女、サイコーでしょ？」

ヘイヴンは、ヴァンパイアとゴスロッカーとダーメンにだけ向ける畏敬《いけい》のまなざしでドリナを見ている。となりに立つエヴァンジェリンは、やれやれという顔をして、時間を確かめて言った。

「十二時までに《ノクターン》に着くんだったら、もう行かないと」

「よかったら、あなたたちもぜひ来て。デラックス・リムジンを用意してるから」

ヘイヴンをチラッと見ると、心の声がきこえてきた――エヴァー断って、断って、お願いだから断って！

ドリナはダーメンとわたしを交互に見やり、歌うように言う。

「どうする？　運転手を待たせてるんだけど……」

ダーメンを見ると、葛藤しているのがわかり、心が沈んだ。わたしは咳払いして、言葉をふりしぼる。

「行きたかったら、行っておいでよ。わたしは残らなきゃいけないけど。自宅のパーティーを離れるわけにはいかないし」

そして軽い明るい笑い声を出そうとする。ホントは息もできないぐらいなのに。

ドリナは眉をひそめて傲慢《ごうまん》な顔つきでわたしたちを見比べていた。でもダーメンが彼女ではなくわたしの手をとると、ショックを受けた表情が一瞬顔をよぎった。

「エヴァー、会えて本当によかったわ」リムジンに乗りこむ前に、ドリナは言った。

「きっとまた会えると思うけど」

車は通りに消えていった。

「で、今度は誰が来ることになってるの？　ステーシアとオナーとクレイグ？」

言葉が口をついて出たとたん、そんなことを言ってしまったのが恥ずかしくなる。自分がいかに心が狭くて、嫉妬深くて、感情的な人間か示してしまった。

こんなこと、わかってたはずなのに。そんなに驚く必要はないはずなのに。

ダーメンはプレイボーイなんだから。それも生粋《きっすい》の。今夜はたまたまわたしが相手に選ばれたっていうだけ。

「エヴァー……」

ダーメンが親指でわたしの頬をなでる。

言い訳をきかされたくなくて、身を離しかけたとき、彼がささやく。

「ぼくも行ったほうがよさそうだ」

彼の瞳のなかを探った。なにも読めない。でも、わたしの頭は真実を受け入れている。心では認めたくないけど。

ダーメンのいまの台詞《せりふ》には、欠けている言葉がある。ぼくも行ったほうがよさそうだ――そうすればドリナに追いつける。

「そう……えっと、今日は来てくれてありがとう」

キスした彼女候補のひとりというよりは、長時間働いたあとのウェイトレスみたいな口調になってしまう。

だけどダーメンはただほほえんで、わたしのウィッグのうしろから羽根を抜きとって首の下までおろし、その先端でわたしの鼻をくすぐった。

「記念にもらえるかな？」

そして返事をするまも与えず、彼は車に乗って走り去った。

階段に座りこみ、ぐらぐら揺れるウィッグごと、両手で頭を抱えこむ。このまま消えてしまえたらいいのに。過去にもどって、やり直せたらいいのに。彼にキスを許したりするべきじゃなかった。彼にこんなことをさせるべきじゃ――

「ここにいたのね！」

サビーヌ叔母さんだ。

「ずっと探してたのよ。エイヴァはあなたを占うまでいてくれるって」

「わたしはいいよ。占ってほしくないし」

叔母さんを傷つけたくはないけれど、占いなんか受ける気分じゃなかった。いまは部屋にもどって、このウィッグをはずして、夢も見ずに長い眠りに落ちたいだけ。

だけど叔母さんはパンチの飲みすぎで、酔っぱらって人の話をきいちゃいない。わたしの手をつかんで、エイヴァが待っている書斎に引っぱっていく。

「エヴァー、こっちにいらっしゃい」

エイヴァがにっこりと呼びかけてきた。わたしは腰をおろしてテーブルをつかみ、酔っぱらった叔母さんのエネルギーが消えるのを待った。

「必要なだけ時間をかけていいのよ」

目の前に広げられたタロットカードにチラリと目をやる。

「その、気を悪くしないでほしいんですけど。わたし、占ってもらいたくないの」

エイヴァと目が合い、わたしは視線をそらしてうつむいた。

「だったら、占わないことにするわ」

エイヴァは肩をすくめ、カードを集めてシャッフルしはじめた。

「サビーヌをよろこばせるために、形だけでも占ってるふりをするのはどうかしら？　叔母さんはあなたのことを心配してるのよ。自分がきちんとやれているか気にしてるわ。あなたにじゅうぶんな自由を与えているか、いい、いい、じゅうぶんすぎる自由を与えていないか、ってね。どう思う？」

そんな話、意外でもなんでもないけど……。

「それから、サビーヌは結婚するつもりよ」

え？　ほんと？　わたしはドキリとして顔をあげた。

「今日じゃないけどね。明日でもない。だから心配しないで」

「べつに、心配なんかしてない」

椅子の上で体をもぞもぞさせながら、エイヴァがカードの山を半分に分けて、三日月形に広げるのを見つめた。

「わたしは叔母さんに幸せになってほしいし、結婚することで幸せになれるなら――」

「確かにそうね。でも、あなたはこの一年で、すでにあまりにも多くの変化を経験してきたでしょう？　そして変化に順応しようといまだにもがいている。簡単なことじゃないわよね」

エイヴァはわたしの目をじっと見ている。

だけど、わたしは反応を返さない。

反応する必要がある？　エイヴァは、とりたてて重要なことも、本質を見抜くようなことも、まだなにも言ってない。人生は変化に満ちている、なんて誰にでも言える。人は成長して、変わって、先に進む。それに、叔母さんは謎の多い人でもなんでもない。なにを考えているかを知るのは、べつに複雑でも難しいことでもない。

「それで、能力はどう操ってるの？」

エイヴァがカードをいじりながら、さらっときいた。

話をどこに持っていくつもりだろう？

「なんのことですか？」

「あなたの霊能力のことよ」

エイヴァはあたりまえのことみたいにうなずいてみせる。

「なんの話かわかりません」

唇を嚙みしめ、あたりを見まわした。叔母さんとデートのお相手と、一緒に踊るマイルズとエリック、それに誰にも気づかれずにライリーも踊っている。

「はじめは大変よね……。信じて、わたしにはわかるの。祖母の死を最初に知ったのはわたしだった。祖母はまっすぐわたしの部屋に入ってきて、ベッドの足元に立ち、お別れに手をふったの。当時、わたしはたった四歳だった。キッチンに駆けこんでそのことを話したとき、両親がどんな反応をしたかは想像がつくでしょう？」

エイヴァは頭をふって笑い、つづけた。

「でもあなたならわかってくれるわね。あなたにも〝彼ら〟が見えてるんでしょう?」

わたしは両手の指を組み合わせ、ひとこともしゃべらずに、タロットカードを見おろした。

「ひどく圧倒されて、孤独に感じるかもしれない。でも、そんなふうに感じる必要はないのよ。フードの下に隠れて、好きでもない音楽で鼓膜を傷つける必要はないの。能力を操る方法はあるし、わたしはよろこんで教えるつもりよ。ねえエヴァー、そんなふうに生きることはないのよ」

テーブルのへりをつかんで立ちあがる。脚がガクガクしておぼつかず、めまいがして吐きそう。

わたしに与えられたものを〝才能〟だと思っているのなら、この人はどうかしてる。わたしにはもっとよくわかってる。これはわたしがしたすべてのこと、引き起こしたすべてのことに対する、もうひとつの罰なのだから。わたしだけに課せられた重荷で、一生つき合っていくしかないのだ。

「なんのことだか、さっぱりわかりません」

エイヴァはうなずいただけで、名刺をすべらせてきた。

「心の準備ができたら、ここに連絡して」

名刺を受けとったのは、部屋の向こうから叔母さんに見られていたし、失礼だと思われたくなかったから。それから名刺を手のひらに包み、力をこめてにぎりつぶす。

「これで終わり?」

この場から立ち去りたくてしょうがない。

「最後にもうひとつだけ」

エイヴァはタロットカードの山を茶色い革のケースにしまいながら言った。

「あなたの妹のことが心配だわ。前に進んでもいい頃だと思わない?」

わかったような澄まし顔だ。なにも知りもしないくせに、他人の人生を、それも死んだ人を批判するなんて。

「教えておくけど、ライリーはもう前に進んだの! だって死んだんだから!」

わたしはぐしゃぐしゃになった名刺をテーブルに落とした。誰に見られていても、もうどうでもいい。

だけど、エイヴァはほほえみを浮かべるだけだった。

「わたしの言いたいことはわかってるはずよ」

14

その夜、パーティーが終わって、お客さんたちもみんな帰ってしまうと、わたしはベッドに横たわって考えた。

エイヴァに言われたこと。

ライリーがこの世にとどまっていること。

それはわたしのせいだということ……。

ライリーはちゃんと前に進んで、自分の意思でこの世を訪れることを選んでいるのだと思いこんでいた。わたしが頼んでいるわけじゃないし、妹がそうしようと決めていることだから。それに一緒にいないとき、妹は天国のどこかに行ってるんだと思う。

エイヴァは霊能者の姉貴分として、力になろうとしてくれているだけだろう。でもわたしは助けなんか必要としてないってことを、彼女はわかっていない。

ふつうの女の子にもどりたい、前の暮らしにもどりたい。でもこれは自分に与えられた罰。わたしに授けられたこの恐ろしい力は、引き起こしてしまった災いと、断ち切ってしまった命に対する、当然の報いだ。

いまはこの罰を受け入れて生きるしかない——そして、ほかの誰をも傷つけないよう努めるだけだ。

ようやく眠りに落ちると、ダーメンの夢を見た。

夢はすべてがやけに力強く、鮮烈で、せっぱつまっていて、現実みたいだった。

だけど朝になる頃には、記憶に残っているのは、始まりも終わりもなくコロコロ変わるイメージの断片。

唯一はっきり思いだせるのは、ふたりが冷たい風の吹きすさぶ峡谷《きようこく》を走っていたことだけ。わたしたちは、よく見えないなにかに向かって急いでいた。


「どうしちゃったの？　なんでそんなに機嫌が悪いの？」

ライリーは、ハロウィンパーティーでエリックが着ていたのとそっくりな怪傑ゾロのコスチュームに身を包み、ベッドの端にちょこんと腰かけている。

「ハロウィンは終わったけど？」

わたしはライリーが床をピシリと打っている黒い革のムチをジロリとにらんだ。

「あっそ」

ライリーはいやな顔をして、カーペットに対するムチ打ちの刑をつづける。

「この仮装、気に入っちゃったんだもん、いいでしょ。毎日仮装しようかな」

わたしは鏡に顔を近づけて、小さな一粒ダイヤのピアスをはめ、髪をなでつけてポニーテールに結んだ。

「まだそんなカッコしてるなんて、信じらんない。彼氏をつかまえたんじゃなかったの？」

ライリーはわたしのiPodをつかみ、プレイリストをスクロールしながら、ニヤリと笑う。

ちょっと待って。いったいなにを見られたんだろう？

「ねえ、きいてる？　パーティーのとき、プールサイドで……」

まさか。顔が熱い。見られてたんだ。

「あんたになにがわかるっていうの？　たかだか十二歳のくせに！　それに、どういうつもりで人をスパイしてるのよ？」

「やめてよね、見たければずっとマシなものが見られるのに、お姉ちゃんのスパイなんかで時間を無駄にするわけないじゃん。言わせてもらうと、たまたま外に出たら、ちょうどその瞬間にお姉ちゃんがあのダーメンっていう人ののどまで舌を突っこんでたってだけなんだからね。それにホント言って、そんなもの見たくなかった」

わたしは首をふって引きだしをかきまわし、いらだちをパーカーに向ける。

「ああそうですか、ところで残念なお知らせがあるんだけど、ダーメンはわたしの彼氏でもなんでもないの。あれから話もしてない」

そう口にしたとき、腹立たしいことに胃がぎゅっと締めつけられた。洗いたてのグレーのパーカーをつかんで頭からかぶると、結んだばかりのポニーテールがボサボサになる。

「ふーん、なんだったら、彼をスパイしてあげてもいいよ。取り憑《つ》いたっていいし」

心のどこかでは、その申し出を受け入れたい気持ちもある。だけど、べつのどこかでは、いいかげん前に進んで、これ以上傷を広げないようあきらめて、ぜんぶなかったことにするべきだとわかってる。

「いいから、なにもしないで。悪いけど、わたしはただふつうの高校生活を送りたいだけだから」

「まあ、決めるのはお姉ちゃんだし」

ライリーは肩をすくめて、iPodをほうってよこす。

「でもひとつ言っとくけど、ブランドンはまたフリーになったよ」

わたしは教科書の山をつかんでバックパックに詰めながら、そのニュースをきいてもちっとも気分が晴れないことに驚いていた。

「ハロウィンにブランドンが《プレイボーイ》のバニーちゃんとイチャイチャしてるところを見て、レイチェルは彼を捨てたの。ただし、相手は本物の《プレイボーイ》のバニーちゃんじゃなくて、仮装をしたヘザー・ワトソンだったんだけど」

「マジで？　ヘザー・ワトソン？　冗談でしょ？」

想像してみようとするけれど、どうにもしっくりこない。

「誓ってホント。お姉ちゃんにも見せてあげたいよ。体重を十キロ近く落としたし、歯の矯正器具もはずして、髪をストレートにしたおかげで、まるで別人みたいなんだから。残念ながら、態度まで別人みたいになっちゃったけど。そう、〝アバズレ〟って感じ」

ライリーはわざとらしく声をひそめて言うと、床のムチ打ちを再開した。

それがホントなら、かなり不思議なことが起こってるらしい。でも、古い友だちのことはまだしも、自分のことをスパイされていないか心配だ。

「ねえ、人をスパイするなんて、絶対にやっちゃいけないことだよ。行儀の悪いことだと思わない？」

「いいじゃん。昔のご近所さんとのおつき合いをつづけるのは、いいことだもん」

「あんたも来るの？」

バックパックを肩に背負ってドアへと向かい、イライラしながらきいた。

「うん、助手席とっちゃお！」

ライリーはわたしの横をすり抜けて、階段の手すりにぴょんと飛び乗ると、ゾロの黒いマントをひらりとなびかせて、下まで一気にすべりおりた。

マイルズの家に着いたときには、彼は外で待っていて、スマホをいじっていた。

「あと――一秒だけ――待って――オッケー、終了！」

マイルズは助手席に乗りこみ、こっちをまじまじと見つめてくる。

「さあ、残らず話して！　最初から最後まで。エッチな詳細も、なにひとつ残さずにね！」

「なんのこと？」

車をバックさせて通りに出ると、マイルズのひざに座るライリーに警告の一瞥《いちべつ》をくれる。ライリーはマイルズの顔に息を吹きかけて、彼がエアコンの吹きだし口を調整しようとするのを見て笑っている。

「もうっ！　ダーメンのことに決まってるじゃん！　きいた話だと、ふたりは月明かりの下でキスして、プールサイドで銀色の月の光を浴びながらイチャイチャして——」

「へえ、それからどうなるの？」

知ってるくせに、あえてたずねる。なんとかしてこの話をやめさせたい。

「ねえ、もう話は広まっちゃってるんだから、否定しようとしても無駄だよ。ゆうべ電話するつもりだったんだけど、父さんに電話をとりあげられて、バッティングセンターに連れてかれたもんだからさ。父さんはボクが女の子みたいにバットをふるところが見られたってわけ。思いっきりナヨナヨしたところを見せてやったら、父さんぞっとしてた！　これで少しはこたえたと思うよ。そんなことより、きみたちの話。さあさあ、暴露《ばくろ》話のはじまりはじまり。ぜんぶ話しちゃえ」

マイルズはこっちを向いて、待ちきれないようにうなずいている。

「みんなが夢見てるとおり、サイコーだった？」

わたしは肩をすくめ、ライリーをチラリと見やり、「いますぐやめるか消えるかどっちかにして」と目だけで警告する。

「がっかりさせて悪いけど。話すようなことはなにもないの」

「そんなはずがないよ。ヘイヴンの話じゃ――」

唇を嚙みしめて、頭をふる。ヘイヴンがなにを話したのか、もうわかっているからといって、大声できかされたくはない。

わたしはマイルズの言葉をさえぎって話した。

「確かに、ダーメンとキスしたよ。だけど、たった一回だけ」

マイルズが眉をあげ、疑うように口元にうっすら笑みを浮かべながら、こっちを見ているのがわかる。

「二回だったかも。数えたわけじゃないし、わからないけど」

顔が熱くなる。手のひらにもじっとり汗が出てる。目は泳ぎ、奥手の女の子みたいにしどろもどろになって嘘をつく。ほんとのところ、頭のなかで何度もくりかえしていたせいで、あのキスはタトゥーみたいに脳裏に焼きついているくせに。

「それで?」

「それで――それだけ」

横をチラッと見ると、ライリーはいなくなっている。よかった。

「彼、電話してこなかったの? 携帯にメールは? パソコンのほうには? 家にちょっと寄ったりもしなかったの?」

このことはわたしだけじゃなく、わたしたちのグループの今後にとっても大事らしい。マイルズは動揺しているようだ。

わたしは首を横にふり、視線をまっすぐ前に向けた。のどがぎゅっと締めつけられるようで、目がヒリヒリしはじめる。もっと冷静に受け止められない自分に腹が立つ。

「でも彼はなんて言ってた？　パーティーから帰るときのことだけどさ。最後になにか言い残していった？」

マイルズは、寒々しく厳しいこの場面に、なにがなんでもひとすじの光を見出そうというつもりだ。

信号を曲がりながら、玄関での不可解なとつぜんの別れを思いだす。マイルズのほうに顔を向け、大きく息を吸いこんで言った。

「ダーメンの最後の言葉は、『記念にもらえるかな?』だった」

言ったとたんにわかった。それって最悪のパターンだ。

これからも訪れようと思っている場所から、記念品をもらっていく人なんかいない。

マイルズの目には、落胆の表情が浮かんでいた。

「うん、わかってる」

わたしは頭をふり、駐車場に車を乗り入れた。

ダーメンのことを考えないよう必死に努めていたけれど、教室に彼の姿がないのに気づくと、がっかりせずにはいられなかった。

おかげで、当然のごとくダーメンのことでますます頭がいっぱいになり、強迫観念すれすれだ。

あのキスが、ただの行き当たりばったりのものじゃないと思えたからって、向こうも同じように思ってるとはかぎらない。わたしには純粋でとびきりの真実のキスに感じられたからといって、彼も同じ意見とはかぎらないのだ。

いくら忘れようとしても、ダーメンとドリナがならんで立っている姿が、頭にこびりついて離れない。

完璧なフェルゼン伯爵と絵に描いたようなアントワネット。いっぽう、全身をふくらませて飾り立てたわたしは、ただのアントワネットかぶれみたい。

iPodの電源を入れようとした瞬間、ダーメンとステーシアが教室に駆けこんできた。楽しそうに笑いながら、肩を触れ合わんばかりだ。ステーシアの手には、二輪の白いバラのつぼみがある。

ステーシアの席で別れたダーメンがこっちに近づいてくると、わたしはノートをぱらぱらめくって、見ていなかったふりをした。

「やあ」

ダーメンは席に着く。変わったことなんかひとつもないみたいな態度で。わずか四十八時間前に、キスしておいて、その直後に人をポイ捨てしたとは思えない態度で。

頬杖をつき、無理矢理あくびをした。あなたなんか関係ないのよ、こっちは疲れ切ってうんざりしているの、そんなふうに見えることを願いながら、ノートの端にいたずら書きをする。でも、ひどく手が震えているせいで、ペンが床にすべり落ちた。

かがんでペンを拾いあげ、体を起こしたとき、机の上に一輪の深紅のチューリップがあった。

「どうしたの？　白いバラのつぼみは品切れ？」

平然とした態度を装って、教科書とノートをぱらぱらめくりながらたずねる。

「きみには絶対にバラのつぼみはあげないよ」

ダーメンはわたしの目を探っている。

目を合わせちゃだめ。彼のサディスティックなお遊びに巻きこまれるつもりはない。黙ってバックパックをつかみ、手を入れてなにかを探すふりをしていると、中身がチューリップでいっぱいだ。もう、なんなのよ……。

「きみはまぎれもなくチューリップの人だ——深紅のチューリップが似合う……」

「ふうん、そうなんだ。すごいねー」

バックパックを床におろし、ダーメンの反対側の椅子の端ぎりぎりまで体をずらす。もうかまわないでほしい。それに彼の言っていることは、さっぱり意味がわからなかった。

ランチのテーブルに着く頃には、いやな汗をかいていた。ダーメンは現れるだろうか、へイヴンは現れるだろうかと心配したせいだ。

あの土曜の夜以来、ヘイヴンとは会っても話してもいないけど、きっといまでもわたしを憎んでいるはず。三時間目の化学の授業中ずっと、話すことを頭のなかで練習してたのに、ヘイヴンの顔を見たとたん、言葉がスポンと頭から抜け落ちた。

「ほら、エヴァーが来た」

ヘイヴンがわたしを一瞥して、マイルズに言う。

マイルズはわたしが横に座ってもメールを打つのに夢中で気づいてさえいない。新しい友だちを探すべきなの？　誰もわたしと友だちになろうとはしないだろうけど……。

「《ノクターン》に行きそこねたなんてもったいないってマイルズに話してたんだけど、こいつったらメールばっかで、きいちゃいないんだよね」

「ちょっと、こっちは歴史の授業中ずっときかされて、授業が終わっても話がまだ終わらなかったおかげで、スペイン語の授業に遅刻するはめになったんだからね」

マイルズは首をふり、親指でメールを打ちつづける。

「行きそこねたから悔しがってるだけでしょ」

ヘイヴンはそう言うとわたしを見て、弁解しようとする。

「あんたのパーティーがイマイチだったってことじゃないよ。最高のパーティーだった。ただ――あっちのほうがあたし好みだったってだけ。ね、わかってくれるよね？」

わたしは袖でリンゴをみがいて、肩をすくめた。《ノクターン》のことも、ヘイヴンの好みのことも、ドリナのことも、これ以上ききたくない。

だけど、どうにかヘイヴンのほうを見ると、いつもの黄色いコンタクトが新しい緑のコンタクトに変わっていた。それって……。

見覚えのあるグリーン。

〝ドリナ色〟としか言いようのないグリーン。

息ができなくなる。

「あんたにも見せたかったよ、店の外には長い行列ができてたのに、ドリナを見たとたん、店の人はあたしたちをすぐに通してくれたんだから。お金も払わなくてよかったんだよ！ 料理もドリンクも、ひと晩ぜんぶタダ！ おまけにドリナの部屋に泊めてもらったんだ。彼女、落ち着き先が見つかるまで、《セント・レジス・ホテル》の高級スイートに泊まってんの。すごいんだから――オーシャンビュー、ジャグジー、もちろんミニバーも！」

ヘイヴンは興奮に見開いたエメラルドグリーンの目を向けてきて、熱狂的な反応を待っている。でも、応えてあげることができない。

唇を噛みしめて、ヘイヴンの姿を観察した。いままでよりアイライナーがスモーキーで柔らかく、ドリナっぽくなっている。血のように赤かった口紅の色は、もっと明るいローズ系の、ドリナっぽい色合いになっている。わたしの知るかぎりずっとヘアアイロンでストレートにしていた髪の毛までもが、いまではふんわりウェーブのドリナっぽい髪型になっている。洋服は体に沿うシルクのヴィンテージで、これもドリナが着そうな感じのものだ。

「ところで、ダーメンはどこ?」

知ってて当然というように、ヘイヴンはこっちを向く。

わたしはだまってリンゴをかじった。

「は? なにがあったの? あんたたち、くっついたんじゃなかったの?」

わたしがこたえるまもなく、マイルズがスマホから顔をあげて、例の顔つき――「この先、立ち入り注意!」という表情をヘイヴンに向けた。

「ふーん、そうなんだ。どうでもいいけどね。あたしならかまわないって言っときたかっただけ。だから気にしないでよ、わかった? それと、あのときはおかしな態度をとっちゃってたらごめん。でも、もうすっかり乗りこえたから。マジで。ほら、指切り」

わたしはしぶしぶ小指をからめて、ヘイヴンのエネルギーに波長を合わせる。信じられないことに、さっきの言葉は本心だ。つい先週末まではわたしを強大なライバルとみなしていたはずなのに。どういうことだかさっぱりわからないけど、いまはなんとも思ってないらしい。

「ねえ――」

きくべきか迷ったけれど、失うものはなにもない。きいてみよう。当たって砕けろだ。

ヘイヴンはニコニコしながらつづきを待っている。

「その、あんたたちが《ノクターン》に行ったときのことだけど……。ひょっとして、偶然ダーメンに会ったりしなかった?」

唇を噛みしめて返事を待った。マイルズは険しい顔を向けてきたけど、ヘイヴンは見るからにとまどった様子で、じっとわたしを見つめている。

「じつはね、あんたたちが帰ったすぐあとに、彼も帰ったの。だから、もしかしたら――」

「ううん、見かけなかったよ」

ヘイヴンは唇についたアイシングをぺろりと舌先でなめながらこたえる。

いけないとわかっていながらも、わたしはランチテーブルのカースト制度に視線をめぐらせた。ダーメンがどこにいるのか、アルファベット順のヒエラルキーを、わたしたちの座る最下層のZから頂点のAまでたどっていく。ダーメンがステーシアとバラのつぼみの野原でじゃれ合っているか、見たくもないいかがわしい行為にふけっているところが目に入ることになるの？

だけど、ステーシアのテーブルはいつもどおりだ。みんな相変わらずのおふざけに興じているけれど、今日は花は見あたらない。

ダーメンがいないから。

15

眠りに落ちたとたんに、ダーメンから電話がかかってきた。ここ二日間というもの、彼を好きにならないよう自分に言いきかせてきたというのに、声をきいたとたんに、わたしは降伏する。

「ごめん、遅すぎた？」

目覚まし時計の緑に光る数字を見た。確かに遅すぎる時間だ。

「ううん、大丈夫」

「もう寝てた？」

「うとうとしてたとこ」

体を起こし、布張りのヘッドボードに枕を立てかけて、もたれかかった。

「いまからそっちに行ってもいいかな？」

もう一度時計に目をやる。まさか、こんな時間に……？

「あまりいい考えとは思えないけど」

そうこたえたあと、電話を切られたんだと思うほど、長い沈黙がつづいた。

「ランチに行けなくてごめん」ダーメンの声がようやくきこえてくる。

「美術も。国語のあと、すぐに帰ったんだ」

「あ、そうなんだ……」

どう反応すればいいのかわからなくて、もごもごつぶやく。だって、カップルでもなんでもないんだから、彼にはわたしに報告する義務なんかないのに。

「やっぱり遅すぎるかな？ ほんとに会いたいんだ。少しだけでいい」

どうやら力関係の小さな変化が起きたようだ。今度ばかりはこっちに主導権がありそう。心のなかでガッツポーズをして、こうこたえた。

「わたしは明日の国語のクラスで会えればそれでいいけど」

「学校まで車で送っていこうか？」

その声をきいていると、ステーシアやドリナのことも、彼がキスのあと逃げるように帰ってしまったことも、すべてを忘れてしまいそうになる。終わったことは水に流して、一からやり直せるのかも。

だけど、ここまで来てあっさり降参するわけにはいかない。だから、がんばって言葉をしぼりだす。

「わたし、マイルズを車で拾わなきゃならないし。だから、また国語のクラスでね」

これ以上話してたら気が変わるかもしれない。わたしはケータイを閉じて、部屋の向こうにほうり投げた。

翌朝、ライリーがパッと部屋に現れて、目の前に立ちはだかった。

「おねーえちゃん、まだご機嫌ななめ？」

わたしはぐるっと目をまわす。

「つまり〝イエス〟ってことだね」

ライリーは笑い、鏡台の上にぴょこんと飛び乗って座り、脚をぶらぶらさせてかかとで引きだしを蹴っている。

「今日は誰の仮装？」

教科書の山をバックパックにほうりこみながら、ライリーの恰好を見た。

ぎゅっと絞ったボディス、ふわりと広がるスカート、滝のように落ちる茶色い髪。

「エリザベス・スワンだよ」

「誰だっけ？　あ、『パイレーツ・オブ・カリビアン』の？」

「決まってるでしょ」ライリーは目をつぶってあっかんべーをする。

「で、フェルゼン伯爵とはどうなってるの？」

その質問は無視だ。バックパックを肩に背負ってドアに向かう。

「あんたも来るの？」

「今日は行かない。約束があるから」

「〝約束〟ってどういうこと？」

ドアの柱によりかかり、横目でライリーを見た。

だけどライリーは首をふっただけで、鏡台からぴょんと飛び降りた。

「なんでもいいでしょ」と笑うと、壁をすり抜けて姿を消した。


マイルズが遅れたせいで、学校に着いたときには、駐車場は満車になっていた。いちばん人気のあるベストポジションをのぞいては。いちばん奥にある駐車スペース。校門にいちばん近い場所。たまたまダーメンの車のとなり。

「どうやったの？」

マイルズはバックパックをつかんでわたしの小さな赤い車から降りると、世界一セクシーなイリュージョンを見ているみたいにダーメンを見つめながらたずねる。

「なにが？」

ダーメンはわたしを見つめながらマイルズにきいた。

「駐車スペースの確保だよ。この場所をゲットしようと思ったら、新学期がはじまる前から待ってなきゃいけないぐらいなのに」

ダーメンは笑いながらずっとわたしの目を探っている。

だけどわたしは、会った瞬間から頭から離れなくなっている相手ではなく、薬剤師か郵便配達人を相手するみたいに、小さく会釈だけした。

「チャイム鳴っちゃうよ」

急ぎ足で校門をくぐり、教室に向かう。

ダーメンの身のこなしは敏捷《びんしょう》で、わたしより先に教室のドアの前に着いていた。

わたしがオナーとステーシアのほうへずんずん歩いていき、通りすがりにわざとステーシアのバッグを蹴飛ばしたとき、彼女はわたしのうしろのダーメンを見つめて話しかけた。

「ねえ、バラのつぼみをくれないの？」

「悪いけど、今日はないよ」

ステーシアはがっかり顔だ。

ダーメンは席に着き、おかしそうな顔をこっちに向けて、クックックッと笑った。

「誰かさん、ご機嫌ななめだな」

無言で肩をすくめただけで、バックパックを床に置く。ダーメンが身を寄せてきた。

「そんなにあわてることないだろ？　ロビンズ先生はまだ家にいるんだから」

「なんでそのことを――」

最後まで言い終える前に口をつぐんだ。

なんでダーメンも知ってるの？　ロビンズ先生はまだ家にいて、二日酔いで、最近出ていってしまった妻と娘を思って悲しみに暮れていることを？

「きみを待ってるあいだに、代理の先生を見かけたんだ。どうも迷ってるみたいだったから、職員室まで案内してやったんだけど、やけに混乱してる様子だったし、この教室じゃなく実験室に行っちゃうかもな」

彼がそう口にすると同時に、代理教師がこのクラスとまちがえてべつの教室に入っていくところが見えた。そっか、だから知ってたんだ。

「なあ、教えてくれ。ぼくはなんできみをそんなに怒らせたんだ?」

チラッと目をあげると、ステーシアがオナーの耳になにかこそこそ言っている。ふたりは首をふって、わたしをにらんでくる。

「あいつらは無視しろよ、バカなんだから」ダーメンはささやき、こっちに顔を近づけて手を重ねてきた。

「あまりそばにいられなくてごめん。客が来てて、出られなかった」

またただ。手が触れてもやっぱりなにも読めない。だから、よけい彼に惹かれるの?

「お客さんって、ドリナのこと?」

ああ、きいちゃった。しかもすごく嫉妬深い言い方で。自分でうんざりする。余裕の態度で落ち着いてかまえていられたらいいのに。

だけど実際には、そんな態度をとるのは無理。だってわたしは、純真というよりは偏執的《へんしってき》なタイプなんだから。

「エヴァー――」

ドリナの名前を出したからには、こっちも先をつづけなきゃ。

「最近ヘイヴンを見た？　まるでドリナの分身だよ。彼女みたいな服装をして、彼女みたいにふるまって、目の色まで同じなんだから。ホント、いつかランチのテーブルに来てよ、見ればわかるから」

まるで彼のせいだというように、ダーメンをにらむ。だけど目が合った瞬間、また相手の魔法にかかってしまう。無力な鉄のかたまりになって、彼という磁石に抵抗できず、引きつけられる。

ダーメンは大きく息を吸いこみ、首をふって言う。

「なあ、きみの思ってるようなことじゃないんだ」

彼から顔を遠ざけ、唇を嚙みしめた。

「わたしがなにを思ってるか、どうせわからないでしょ」

「埋め合わせをさせてほしい。どこか特別なところにきみを連れていきたい、どうかな？」

視線を注がれて、肌が熱くなってくる。でも、彼と目を合わせるという危険をおかしてはいけない。彼を不安にさせて、ハラハラさせたい。返事をするまでの時間を、できるだけ引き延ばしたい。

わたしは座り直して、ほんの一瞬チラリと彼を見て、こうこたえた。

「考えとく」

四時間目の歴史の教室から出ると、ドアの外でダーメンが待っていた。きっとランチに一緒に行こうと言うつもりなんだ。

「ランチに行く前に、バッグをロッカーにしまわせて」

「その必要はないよ」彼は笑って、わたしの腰に腕をまわしてくる。

「いまからサプライズのはじまりだ」

「サプライズ？」

ダーメンの目をのぞきこんだとたん、まわりの世界がぎゅっと小さくなった。雑音をよそに、世界には彼とわたしのふたりしかいなくなる。

「きみを特別なところに連れていくよ——ぼくの罪を許してもらえるぐらい、特別なところに」

「授業はどうするの？　午後の授業はサボるってこと？」

わたしは胸の前で腕組みした。もっとも、それはただのポーズに過ぎないけれど。

ダーメンは笑い声をあげて、こっちにかがみこんだ。首筋をかすめた唇が、「そうだよ」と言葉を形づくる。

彼が身を離すと、自分でも知らないうちに「わかった」とつぶやいていた。

「心配しないで」とわたしの手をぎゅっとにぎって、校門の外へと引っぱっていく。

「ぼくと一緒にいれば、いつも安全だから」

16

「ディズニーランド？」

　車を降りてみてびっくりした。どこに連れていかれるのかあれこれ予想していたけれど、まさか、ディズニーランドだなんて。

「ここは世界一幸せな場所って話だけど。来たことある？」

　わたしは首をふる。

「そうか、じゃあぼくがガイドを務めるよ」

　彼はすっと腕を組み、ゲートを通り抜けた。

　メインストリートを歩きながら、ダーメンは前にも来たことがあるんだろうかと考えた。こんなにスマートで、洗練されてて、セクシーで、カッコイイのに――ミッキーマウスが治める世界をうろつきまわるなんて、どうもピンとこない。

「やっぱり平日だと、それほど混んでなくていいな。行こう、ニューオーリンズを見せてあげるよ。気に入ってるんだ」

「お気に入りの場所ができるほど、何度も来てるってこと？」

道のまんなかで立ちどまり、じっと彼を見つめた。

「カリフォルニアには越してきたばかりじゃなかったの？」

「確かに越してきたばかりだよ。だからって、来たことがないってことにはならないだろ」

そして笑いながらホーンテッドマンションへとわたしを引っぱっていく。

ホーンテッドマンションのつぎは、カリブの海賊。乗り終わると、彼はわたしの目をのぞきこんで問いかけた。

「どっちが気に入った？」

「うーん、カリブの海賊かな」

ダーメンは黙ったままだ。

「あ、どっちもすごく面白いよ。でも、カリブの海賊にはジョニー・デップがいるから。ひいき目になっちゃうのはしょうがないでしょ？」

「ジョニー・デップ？　じゃあ、あいつがぼくのライバルってわけか？」

おかしい。そんなこと気にするんだ。

色の濃いジーンズ、黒い長袖Tシャツ、いつものブーツという彼の服装をチェックする。はっきり認めるつもりはないけど、ダーメンの肩の力の抜けたイケメンぶりに比べれば、思いつくかぎりのどんなハリウッドスターもちっぽけな存在に思える。

「もう一回乗りたい？」

ダーメンは目を輝かせた。

結局、わたしたちはもう一回カリブの海賊に乗った。それからまたホーンテッドマンションにも。

ホーンテッドマンションの終わり近くで、ゴーストがヒッチハイクする段になると、ライリーがわたしたちのあいだに割りこんで、ゲラゲラ笑って手をふりながらおどけるんじゃないかと半ば予期していた。だけど、かわりに乗りこんできたのは、ただのディズニーアニメのゴーストだった。そういえばライリーは約束があると言っていた。きっと忙しすぎて姉のスパイになんて来られないのだろう。

それぞれのアトラクションにさらにもう一回ずつ乗ったあと、わたしたちはカリブの海賊にあるレストランの水辺のテーブルに落ち着いた。

アイスティーを飲みながら、ダーメンを見つめる。わたしはすっかり楽しんでいた。

「ねえ、ここはものすごく大きなテーマパークで、まだまだアトラクションがあるって知ってる？　海賊やゴーストだけじゃないのよ」

「知ってるよ」ダーメンはにっこり笑って、シーフードのフライをフォークに突き刺すと、こっちに差しだしてくる。

「昔、ミッション・トゥ・マーズっていうアトラクションがあってね。イチャつくのにぴったりのアトラクションさ。なかがすごく暗いからなんだけど」

「それ、いまもあるの?」勢いこんで言ってしまった。恥ずかしい。

「あ、べつに乗りたいとかいうわけじゃないけど。ただ気になっただけ」

ダーメンはいかにも面白がっている表情だ。それから首をふってこたえた。

「いや、ずっと前になくなったよ」

「じゃあ、イチャつき専用のアトラクションに乗ってたのは——二歳ぐらいの頃?」

「いや……ぼくは乗ってない。ぼくが生まれる前の話だよ」


いつもなら、こういう場所はなにがなんでも避けている。人々の雑多なエネルギーや、渦巻くまぶしいオーラ、おかしな思考の数々に満ちている場所は。だけど、ダーメンと一緒だと、苦もなく楽しめる。触れ合ったり、彼が口を開くといつも、ここにいるのはわたしたちふたりだけみたいな感じがするから。

彼といると、昔の平和でふつうだった頃の自分にもどった気持ちになれる。もうこの気持ちに嘘はつけない。やっぱりわたしは彼のことが好きになっている。

ランチのあとは、パークをぶらぶらとまわって、コースター系にはすべて乗った。ウォータースライダーやずぶ濡れになる可能性のあるアトラクションは避けた。暗くなると、ダーメンはわたしを眠れる森の美女の城に連れていき、濠《ほり》のそばで花火がはじまるのを待った。

「そろそろ、ぼくは許してもらえるのかな?」

ダーメンはわたしの腰に手をまわし、首筋、顎、耳を甘噛みする。

花火がパッとはじけて、ドーンという音をたてたあとパチパチ散っていく。その音を遠くかすかにききながら、わたしたちはぴったり身を寄せ合い、唇を重ねた。

「見てごらん」

ダーメンは唇を離し、広がる夜空を指さす。あふれる紫の色の環《わ》、金の滝、銀の泉、ピンクの菊の花、そしてグランドフィナーレは、たくさんの赤いチューリップ。そのすべてがつづけざまに輝いてはじけ、足の下のコンクリートの地面を震わせ――

――待って、赤いチューリップ？

疑問でいっぱいの目をダーメンに向けるけれど、彼は黙ってほほえみながら、空に向かってうなずくだけだ。花火は散ってしまっても、思い出は光の花の残像のように、心にしっかり焼きつけられた。

ダーメンは唇をわたしの耳元に近づけてささやく。

「太ったプリマドンナが歌ったから、ショーはこれでおしまい」

「ティンカーベルをおデブ扱いする気？」

わたしはジョークで応じ、彼に手を引かれてゲートを出て、車にもどった。

こんなにふつうに楽しめたのはひさしぶりだ。また一緒に来られればいいのに。

そう思いながら自分の車に乗りこんで運転席に座ると、ウィンドウの外からダーメンがほほえんで言った。

「大丈夫、今日みたいな日はまだまだあるから。今度はカリフォルニア・アドベンチャーに連れていくよ」

「今日のがまさにカリフォルニアの冒険だと思ったけど」

ひとことも口にしないうちから、なんで彼にはいつもわたしの考えていることが、ずばりわかってしまうんだろう?

「帰りもわたしがうしろを走る?」

イグニッションにキーを挿しこみ、エンジンをかけた。

「いや、ぼくがうしろからついていくよ。無事に帰るのを見届けないとな」

駐車場から車を出し、南行きの高速に合流し、家をめざす。バックミラーを確かめると、すぐうしろにダーメンが見える。ちゃんとついてきてくれている。

これって、ダーメンは本気でわたしを彼女扱いしてくれてるってこと? さっきのキスも遊びじゃなかった気がする。ずっとわたしを大事に扱ってくれた。

わたし、ダーメンとつき合ってるんだ。

ゴージャスで、セクシーで、スマートで、チャーミングなダーメンと。

ううん、それだけじゃない。ダーメンは、ふつうにもどれたと感じさせてくれる。ふつうじゃないことを忘れさせてくれる。

助手席に手を伸ばし、袋から新品のスウェットを引っぱりだす。フロント部分のミッキーマウスを指でなぞりながら、ダーメンがそれを選んでくれたときのことを思いだした。

「ほらこれ、フードがついてないよ」

ダーメンはそう言いながら、スウェットをわたしにあてて、サイズが合うか確かめていた。

「なにが言いたいの?」

鏡に目を凝らしながら言った。ライリーと同じぐらい、彼もわたしの服装が気に入らないの?

「うーん、なんて言えばいいかな? フードをかぶってないほうが、ぼくは好きなんだけど」

ダーメンはそう言った。そしてレジの列にならんでいるときにキスしてくれた。

彼の唇の感触を思いだして、甘い気持ちになる。

着信音が鳴った。バックミラーをのぞくとダーメンもケータイをにぎっている。

「なあに」ハスキーな深みが出るよう、わたしは低くした声で電話に出る。

「やめてよね」とヘイヴンが言った。

「がっかりさせて悪いけど、相手はただのあたし」

「ああ、どうしたの?」

ダーメンがついてこられるように、車線変更の合図のウィンカーを出す。

だけど、うしろに彼の車はなかった。

サイドミラーとバックミラーにチラチラ目をやり、あわてて四車線すべてを確認したけれど、やっぱりダーメンの車はない。

「ねえ、人の話きいてんの?」ヘイヴンはあきらかにイライラしている。

「ごめん、なに?」

アクセルをゆるめ、肩ごしにふりかえり、ダーメンの黒いBMWを探していると、大型トラックがクラクションを鳴らしながら追い越していった。運転手がこっちに向かって中指を立てるのが見える。

「エヴァンジェリンがいなくなったんだってば!」

「〝いなくなった〟ってどういうこと?」

一三三号線に入ってから、ようやくたずねた。絶対に追い越されたはずはないのに、ダーメンの車はついてきていない。

「ケータイに何度もかけたのに、出ないんだ」

「それで?」

友だちに着信拒否されてるってだけの話ならさっさと終わらせて、こっちの行方不明者のことにもどりたい。無事に帰るのを見届けるって言ってたのに。

「電話に出なくて、アパートメントにもいないだけじゃなくて、あのハロウィンの夜から、誰もエヴァンジェリンを見てないんだよ」

「どういうこと?」

サイドミラーとバックミラーを確認して、両方の肩ごしにふりかえっても、やっぱりダーメンの車はない。

「エヴァンジェリンはあんたたちと一緒に帰らなかったの？」

「じつは……ちがうんだ」ヘイヴンは後悔しているような小さな声でこたえる。

さらに二台の車にクラクションを鳴らされて中指を立てられ、わたしはダーメン探しをあきらめた。ヘイヴンとの電話を切ったら、すぐにダーメンのケータイにかけて、すべてをはっきりさせよう。

「もしもーし？　きいてんの？　あのさあ、あたしにつき合ってるヒマがないんだったら、そう言ってよね。マイルズにかけることもできるんだから」

深呼吸して、なんとか自分を抑えようとする。

「ねえ、ごめんってば。運転中だから、ちょっと気が散っちゃって。それに、マイルズはこの時間、まだ演劇クラスでしょ」

気を落ち着けて、車を飛ばしてできるだけ急いで帰ろう。

「そんなの、どうでもいいよ。とにかく、まだあんたに話してなかったけど、ドリナとあたしはエヴァンジェリンを置いて帰っちゃったんだ」

「えっ？」

「だから、《ノクターン》で。置いて帰ったっていうか、エヴァンジェリンが消えちゃったんだ。店じゅう探しまわったよ、でも見つからなかった。だから、きっとどこかの男と知り合ったんだと思ったの。マジで、あの子ならありえない話じゃないし。だから、あたしたちは――そのまま帰っちゃったわけ」

「LAに置き去りにしたの？　それもハロウィンの夜に？　街じゅうのヤバイ連中が野放しになる夜に？」

そう口に出したとたん、わたしにはその場面が見えてくる——暗くていかがわしいクラブにいる三人、ドリナはドリンクを飲もうとVIPルームにヘイヴンを連れていき、わざとエヴァンジェリンをはぐれさせる。そのあとのことは見えないけれど、男なんかいなかったのはまちがいない。

「どうすればよかったっていうのよ？　知らないかもしれないけど、エヴァンジェリンは十八歳なんだよ。つまり、自分のやりたいように行動できるってことでしょ。それに、ドリナは彼女から目を離さないように気をつけておくって言ってたのに、やっぱり見失っちゃったんだから。さっきドリナと電話で話したけど、責任感じてた」

「ドリナが責任を？」

とてもじゃないけど信じられない。彼女は後悔したり、感情的になったりするようなタイプには見えなかった。

「なにが言いたいの？　ドリナのこと、知りもしないくせに」

唇を噛みしめて、アクセルをいっぱいに踏みこんだ。ひとつには、この道にはいま警察がいないとわかっているからで、もうひとつには、ヘイヴン、ドリナ、エヴァンジェリン、それにダーメンの謎の失踪、そのすべてから逃れたいから——無理だと承知してはいても。

「ごめん」

しばらくすると、ボソリとつぶやき、アクセルから足をあげてスピードを落とした。

「なんでもいいけど。あたしはただ——すごく責任を感じてるのに、どうすればいいかわからなくて」

「エヴァンジェリンの親には電話してみた？」

こたえはわかっていたけれど、質問する。

「母親は酒びたりで、アリゾナのどこかに住んでる。父親はエヴァンジェリンが生まれる前に死んだって話。アパートメントの大家は、部屋を新たに貸しだしたいから、とっとと荷物を運びだしてほしいって。警察にも届け出たけど、たいして気にかけてなさそうだった」

「わかるよ」

暗い峡谷の道路に合わせてライトを調節する。

「わかるって、どういう意味？」

「あんたの気持ちがわかるって意味」

あわててフォローした。

ヘイヴンはため息をつく。

「いまどこなの？ランチのとき、なんでいなかったの？」

「ラグーナ・キャニオンを走ってる。ディズニーランドから帰るところなの。ダーメンに連れていかれて」

思いだして笑顔になるけれど、黙ってればよかったかも。

「うそ、それって超ヤバイ」

「だよね、ダーメンには似合わないよね」

この目でちゃんと見たあとでも、ダーメンがマジックキングダムをぶらついてるところを思うと、やっぱり違和感がある。

「そうじゃなくて、ドリナもディズニーランドに行ってたってこと。何年も行ってなくて、どんなふうに変わったか見てみたいって言ってたよ。すごくない？　向こうでばったり会わなかった？」

「え、ううん」

急にムカムカしだした胃も、手のひらの汗も、圧倒的な恐怖も無視して、なんてことない口調を装ってこたえた。

「ふーん。へんなの。でもまあ、広いし混んでるもんね」

「うん、ホント、そうなの。ねえ、もう切らなきゃ。明日会えるよね？」

ヘイヴンに返事をする間も与えず電話を切り、車を道路脇に寄せて停めた。

着信履歴でダーメンを探す、でもこの前もらった電話の履歴には〝非通知〟とだけ。

よく考えたら、電話番号も知らず、どこに住んでるかもわからない。いったい、わたしは誰を好きになってしまったんだろう。

17

ゆうべ、ダーメンからやっと電話がきたけど（ディスプレイに〝非通知〟と表示されてたから、彼からだと思う）、すぐ留守電に切りかえた。そして今朝、学校に行く仕度をしながら、録音をききもせずに消去した。

だって、黙って消えてしまったことの言い訳もききたくないし、ドリナが来ていたことがどうしても気になってしまったのだ。

「なにがあったか、気にならないの？」

ライリーはわたしの勉強机の椅子に座って、くるくるまわりながらきいてくる。うしろになでつけた髪と『マトリックス』のコスチュームが、ぼやけたピカピカの黒いかたまりに見える。

「べつに」袋に入ったままのミッキーマウスのスウェットをにらみ、ダーメンに買ってもらっていない服に手を伸ばす。

「じゃあ、消去する前に留守電きかせてくれたらよかったのに。そしたら内容をかいつまんで話してあげたのになー」

「どっちもお断り」

髪をねじっておだんごにして、落ちないよう鉛筆を突き刺してとめる。

「ねえ、髪の毛にやつあたりしちゃダメだよ。だって、髪はなにも悪いことしてないでしょ?」

ライリーは笑う。でもわたしは返事する気もない。

「なによ、わけわかんない。お姉ちゃんって、なんでいつも怒ってばっかなの? お姉ちゃんは彼を高速で見失って、彼は電話番号を教えるのを忘れてた。それだけのことじゃない。いつからそんなバカみたいにくよくよ考えすぎるようになったの?」

ライリーの言ってることは正しい。わたしは怒ってる。くよくよ考えすぎてる。でも、心の声がきこえて、オーラが見えて、霊の存在が感じとれる変人になれば、ありふれた毎日にもイライラしてばかりにもなる。

だけど今回の件については、怒ってる理由はそれだけじゃない。話す気になれなくて隠していることがほかにもあるのを、妹は知らない。そう、ドリナがディズニーランドまでわたしたちをつけてきたこととか。彼女がそばにいると、ダーメンはいつもいなくなってしまうこととか……。

わたしはライリーをふりかえり、艶のあるピカピカの衣装を見て首をふった。

「いつまでハロウィンごっこをつづけるつもり?」

ライリーは腕組みをして、口をとがらせる。

「好きなだけ」

でも、下唇が震えてる。また妹にやつあたりしてしまったようだ。

「ねえ、ごめん」

バックパックをつかんで肩に背負いながら謝った。この生活が安定して、どうにかバランスを保てるようになればいいのに。

「嘘だ。悪かったなんて思ってないって、バレバレだよ」

「嘘じゃないよ、悪かったと思ってる。それにほんとにケンカしたくないの」

ライリーはカーペットの上で足をパタパタさせながら、首をふって天井を見あげている。

「あんたも来る?」

そう言ってドアに向かうけれど、ライリーは返事をしようとしない。

「ちょっと、ライリー。遅刻するわけにはいかないんだから。お願いだから決めてよ」

ライリーは目を閉じて頭をふる。ふたたび開いた目はうるんでいた。

「わたし、ここにいる必要ないんだからね!」

ドアの取っ手をにぎったまま動きをとめた。行かなきゃいけないのに、そんなことを言われたら行けるはずがない。

「なんの話?」

「ここのこと！　このことぜんぶ！　お姉ちゃんとわたしのこと。わたしはこんなことをする必要ないのに」

ライリーをまじまじと見つめた。胃が痛くなる。もうこれ以上ききたくない。死んだ妹がずっといることがあたりまえになっていたから、もうひとつの道——ライリーにはほかにふさわしい場所があるかもしれないということは、考えないようにしてた。

「でも——でも、あんたはこっちにいるのが好きなんじゃなかったの？」

のどがヒリヒリと締めつけられるようで、声が震える。

「こっちにいるのは確かに好きだよ。でも、これって正しいことじゃないのかもしれない。どこかほかの場所にいるべきなのかも！　お姉ちゃん、一度でも考えてくれたこと、ある？」

ライリーの目は苦悩と混乱に満ちている。もう完全に遅刻だけど、このまま行くわけにはいかない。

「ライリー、わたしは……。ねえ、具体的にはどういうこと？」

この朝を丸ごと巻きもどして、一からやり直せたらいいのに。

「エイヴァの話だと——」

「エイヴァ？」

ライリーはあの女といたの？　そんな……。

「うん、ほら、ハロウィンパーティーのあの霊能者。わたしのことが見えてた人だよ」

わたしは首をふってドアをあけ、肩ごしにふりかえりながら言う。

「こんなこと言いたくないけど、エイヴァはインチキ霊能者よ。ペテン師。ニセ者。詐欺《さぎ》師！　あの女の言うことなんて、ひとこともまともにきいちゃだめ。イカれてるんだから！」

「だけど、すごく面白い話もしてくれたよ」

その声があまりに不安と苦痛に満ちていて、つらくなる。いまはききたくない。

「ライリー、もうやめて」

叔母さんがもういないのはわかってたけど、玄関をチラッと見おろした。

「エイヴァのことはききたくない。まだ彼女に会いに行きたいっていうなら、好きにすればいい。わたしにはとめられないんだし。だけど、エイヴァにはわたしたちのことなんか、なにもわかってない。そのことだけは忘れないで。それに、彼女にはわたしたちのことも、わたしたちが一緒にいることも、裁く権利はまったくないんだってことも。エイヴァにはなんの関係もないんだから。これはわたしたちの問題でしょ？」

ライリーはまだ目を見開いて唇を震わせたまま。お手上げだ。

「ね、ホントにもう行かなきゃ。どうする？　来る？」

「行かない」

ライリーは怒った目でこたえる。

わたしは大きく深呼吸して、ドアをバタンと閉めた。

マイルズはいつまでも待っているようなバカじゃなかったから、わたしはひとりで学校に向かった。始業のチャイムはとっくに鳴っていたのに、ダーメンは駐車場にいた。わたしの駐車スペースを確保して、自分の車の横で待っていた。

「おはよう」

ダーメンは運転席側にまわってきて、キスしようと身をかがめる。

だけどわたしは無言でバッグをつかみ、車を出て校門へと急ぐ。

「昨日は見失っちゃってすまなかったよ。ケータイにかけたんだけど、出なかったし」

となりに来るダーメンを無視して、冷たい鉄の柵をにぎりしめ、ガタガタと力いっぱい門を揺らした。だけど、ぴくりとも動かない。完全に遅刻だ。まにあわなかった。

「留守電、きいた?」

ふたたびダーメンを無視して校門を離れ、事務室に向かう。昨日のサボりと今日の遅刻の件で、こってり絞られるだろうか。

「なあ、どうしたんだ?」

ダーメンに手をつかまれる。それだけで、体の内側から熱く溶けていきそう。

「昨日は楽しかっただろ? きみもうれしそうだったのに」

低いレンガ塀にもたれてため息をついた。体がゴムになったみたいに力が入らず、完全に無防備だ。

「それとも、ぼくに調子を合わせてただけなのか?」

ダーメンは、怒らないでほしいと目で訴えながら、わたしの手をぎゅっとにぎりしめる。

まかれた餌《えさ》に食いつきかけて、降参しそうになるけど、なんとか彼の手をふりはらって身を離した。

ヘイヴンの電話と、ダーメンの高速での謎の失踪の記憶がどっと押しよせてきたから。

「ドリナもディズニーランドに行ってるって知ってたの？」

そう口にしたとたんに、なんてちっちゃいことを言ってるんだろうと思う。だけど、一度はじめたからには、このままつづけるしかない。

「なにかきいておくべきことはある？　わたしに話しておきたいことは？」

唇を噛みしめ、最悪の事態に備えて心の準備をする。

だけどダーメンはわたしの目をじっとのぞきこみながら、こう言った。

「ドリナに興味はないよ。興味があるのはきみだけだ」

黙って地面を見つめた。彼の言葉を信じればいい、ただそれだけのことだ。ダーメンがわたしの手をにぎる。それだけで疑いがすっと消えていく。そう、単純なこと。大切なのはお互いの気持ちだけで、あとのことは関係ない。

「ほら、今度はそっちが同じ気持ちだって言う番だよ」

そう言えばいいだけ。でも、ためらってしまう。胸がドキドキしすぎて、きっと彼の耳にも鼓動がきこえているはずだ。

あまりに長いこと黙っていて、タイミングを逃してしまった。ダーメンはやさしくほほえんでわたしの腰に腕をまわし、校門のほうへと逆もどりさせた。

「いいんだ。焦らないで。急ぐことはないし、期限もないんだから。とりあえず、教室まで送るよ」

「でも、事務室に行かなきゃ。校門には鍵がかかってるって忘れちゃった？」

「いや、校門に鍵はかかってないよ」

「悪いけど、ついさっきあけようとしてみたでしょ。鍵はかかってた」

ダーメンはニヤリとする。

「ぼくを信じる？」

どういうこと？

「やってみたって損はないだろ？　ほんの何歩かよけいに歩いて、さらに何分か遅刻するぐらいだよ」

事務室とダーメンを交互に見て、頭をふって彼に従うことにした。どういうわけか、確かに門はあいていた。

「でも見たのに！　ダーメンも見たでしょ！」

どうすればこんなことが起きるのか、理解できない。

「思い切り揺すっても、びくともしなかったのに」

だけど、ダーメンはただわたしの頬にキスをして、通るよううながした。

「ほら、行って。それと、心配しなくていい、ロビンズ先生は休みだし、代理の先生はうわの空だから。大丈夫だよ」

「授業に出ないの？」

そんな、またわたしをひとりにするつもり？

なのに、ダーメンは肩をすくめるだけだ。

「ぼくは自立してるから。好きなことをするよ」

「それはそうだけど――」

あらためて気づいた。知らないのは、彼の電話番号だけじゃない。この人のことをほとんどなにも知らないんだ。不思議。ダーメンに関するすべてがまともじゃないのに、どうして彼はわたしをこんなにいい気分にさせて、ふつうに、昔の自分にもどれたように感じさせてくれるんだろう。

そういえば、ゆうべ高速で起きたことを、まだちゃんと説明してもらってない。こんなもやもやした状態じゃ、落ち着かない。

だけど、わたしがきく前に、彼は手をとって言う。

「ゆうべは近所の人から電話があったんだ。家のスプリンクラーが故障して、庭が水浸しになってるって。きみに伝えようとしたけど、電話中だったから、邪魔したくなくて」

ダーメンににぎられた手を見おろした。彼の健康的に日焼けした手とわたしの青白い手、力強い手と弱々しい手、ひどく不釣り合いな組み合わせ。

「さあ、行って。学校が終わったら会おう。約束する」

ダーメンはにっこりしてそう言うと、わたしの耳のうしろから一輪の深紅のチューリップを摘《つ》みとった。

ふだんは以前の生活について、くよくよ考えこまないようにしている。昔の家、昔の友だち、昔の家族、昔の自分……。昔のことを考えると、虚しさと絶望に圧倒され、感情の嵐に押しつぶされてしまうからだ。押しつぶされそうになると、前兆として目がヒリヒリしたり、息苦しくなる。だから、嵐がこないように先手を打つこともうまくなった。

でも、ときにはなんの前兆も心の準備もするまもなく、虚しさと絶望に直撃されてしまうこともある。そうなったら、体を丸めて嵐が通りすぎるのをじっと待つしかない。

それを授業の真っ最中に実行するのは無謀だ。

ムニョス先生がナポレオンについてぐだぐだ話しているとき、ふいにのどを締めつけられて胃をぎゅっとつかまれるのを感じた。目もヒリヒリしてくる。わたしはさっと椅子を立ってドアへと急いだ。もどりなさいという先生の声も、クラスメートのあざ笑う声も無視して。

からっぽになった心が、うつろな貝みたいに閉ざされる。息が苦しい。

涙で前が見えないまま角を曲がると、たまたまそこにいたステーシアに思い切りぶつかって突き飛ばしてしまった。ステーシアは床に倒れ、はずみで服がビリッと裂ける。

「ちょっと、なにして――」ステーシアは破れた服を見やったあと、わたしをにらみつけてきた。「よくもやってくれたわね、この変人！」

申し訳ないと思ったけれど、謝っている時間はなかった。深い悲しみにいまにものみこまれそう。そんなところをステーシアに見られるわけにはいかない。

わきをすり抜けようとしたとき、ステーシアはわたしの腕をつかんで立ちあがろうとした。彼女の肌が触れて、ぞっとする暗いエネルギーが流れこむ。さらに息が苦しくなる。

「言っとくけど、これブランドものなんだからね。きっちり弁償してもらうわよ」

腕をつかむ手に力がこめられ、気を失いそうだ。

「だけど、それで終わりだと思わないでよ。あたしにぶつかったのをとことん後悔することになるから。この高校に来るんじゃなかったと思わせてあげる」

なんとか息を吸った。胃がだいぶ落ち着くのを感じ、ふいにわたしは冷静になる。

「ケンドラみたいに?」

ハッとして、ステーシアは手の力をゆるめるけれど、放しはしない。

「彼女のロッカーにドラッグを仕込んだのはあんたなんでしょ。みんなが彼女じゃなくあんたを信じるように、信用を傷つけて退学に追いこんだのね」

頭のなかでその場面を再生しながら、わたしは言った。

ステーシアはわたしの腕から手を離し、一歩あとずさる。顔からサーッと血の気が引いていく。

「誰にきいたのよ? あのとき、あんたはまだこの高校にいなかったはず……」

わたしは肩をすくめる。確かに事実だけど、そこは重要じゃない。

「それに、ほかにもあるでしょ」

わたしはステーシアに詰め寄った。彼女の目に浮かぶ恐怖によって、圧倒的な悲しみは不思議と癒《い》え、感情の嵐も過ぎ去ってくれそうだ。

「試験でカンニングしてることも知ってるし、親や友だちや服のショップから盗んでることも——あんたにとっては、みんないいカモなんでしょ。オナーに裏切られたときに備えて、電話の内容を録音して、パソコンとケータイのメールを保存してあることも知ってる。オナーの義理の父親にあんたが色目を使ってることも。それだけでもムカムカするけど、残念ながら、さらにマズイ方向に進みつつあるみたいね。バーンズ先生だかバーナム先生だかとのこともぜんぶ知ってるのよ。ほら、あんたの中三のときの歴史の先生。誘惑しようとしたんでしょ？　先生が誘いに乗ってこないと、今度は脅迫しようとした。校長と妊娠中の気の毒な奥さんに話すって脅して……」

わたしはうんざりして首をふる。ステーシアのすることはあまりに卑劣《ひれつ》で身勝手で、現実とは思えない。

ステーシアはまだわたしの目の前に立っている。大きく目を見開き、唇を震わせて、下劣な秘密をすべて明かされたことに啞然《あぜん》としていた。

自分の能力をこんなふうに使って正体をあばいたことを、ほんとなら申し訳なく思ったり罪悪感を覚えたりするべきだろう。

でもこの卑《いや》しい、自分勝手な最悪のいじめっ子が、なすすべもなくぶるぶる震えて冷や汗をかいているのを見るのは、想像以上に痛快だった。

　吐き気も悲しみもどうにかおさまったことだし、もっとあばいてもいいのかもしれない。

「まだつづけようか？　つづけようと思えば、つづけられるんだから。ネタならまだまだたくさんあるけど、あんたにはわかりきったことよね」

　さらに詰め寄ると、ステーシアはよろよろあとずさり、わたしとの距離をできるだけとろうとする。

「あんた、なんなのよ？　魔女かなにか？」

　ステーシアはわたしから逃れたくて、なんでもいいから出口か助けが見つからないかと廊下を見渡し、かぼそい声でつぶやく。

　わたしはクスクスと笑った。認めもせず、否定もしない。今度またちょっかいを出してくるのなら、その前によく考えてみることだと思い知らせたかった。

だけどステーシアは拠《よ》りどころを見つけたようにぴたっと立ちどまり、わたしの目を見つめながらニヤリと笑って言った。

「でも、そんなの、なんの証拠もないでしょ。みんなは誰を信じると思う？　学年でいちばん人気者のあたし？　それとも、この高校はじまって以来の最悪の変人のあんた？」

　確かに一理ある。

　ステーシアは服にあいた穴をなぞり、首をふって言う。

「あたしに近づかないでよ、この変人。言われたとおりにしなかったら、神さまに誓って後悔させてやるから」

すれちがいざま思いきり肩にぶつかられて、彼女が本気だと思い知らされた。


ランチのテーブルに行くと、ヘイヴンの髪が紫色になっていた。呆然と見つめないよう努めたけれど、そのことに触れるべきなのか迷っていた。

「見えてないふりなんかしないでよね。わかってる、サイアクでしょ。ゆうべ、あんたとの電話を切った直後、赤く染めようとしたんだけどさ。ほら、ドリナみたいにゴージャスな銅色っぽい赤に。結局、こんな色になっちゃった」

ヘイヴンは髪をひと束つかんで顔をしかめる。

「まるで串に刺さったナスみたい。だけどそれも、あと何時間かの我慢だよ。放課後、ドリナがLAのセレブ御用達サロンに連れていってくれるから。一年先まで予約が埋まってるような超人気店なんだよ。なのにドリナは、こんな直前でもあたしのために予約をとってくれたんだ。もうねえ、コネがハンパないの。すごいんだから――」

「マイルズはどこ?」

ヘイヴンの言葉をさえぎってたずねる。偉大なドリナと、人気店に顔がきくってことなんか、もうひとこともききたくない。

「台詞の暗記中。コミュニティシアターで『ヘアスプレー』を上演予定だから、主役を狙ってるんだって」

「『ヘアスプレー』の主役って、女の子じゃないの?」

ランチの包みを開くと、半分にカットしたサンドイッチと、ブドウひと房、ポテトチップスひと袋、それにチューリップがまた入っている。

「まあね。とにかく一緒にオーディション受けようって誘われたけど、あたしには舞台なんて向いてないし。ところで、背が高くて黒髪に黒い瞳のイケメン、別名あんたの彼氏になったっていう男はどこ?」

ヘイヴンは紙ナプキンを開いて、それをストロベリー・スプリンクル・カップケーキのランチョンマット代わりに敷く。

ヘイヴンのダーメンへの恋心はほんとになくなったみたい。よかった。

でも、ヘイヴンに言われて、彼の電話番号も住所もききそびれてしまったことに気づく。

「たぶん、親元からの自立っていうやつを謳歌《おうか》してるんじゃないかな」

少ししてからそう言って、サンドイッチのラップをはずしてひと口かじった。

「エヴァンジェリンの件で、なにかわかったことは?」

「なにも。ねえ、これ見てよ」

ヘイヴンは袖をまくりあげ、手首の内側を見せる。

そこには彫りはじめたばかりの小さな円形のタトゥーがあった。自らの尾をくわえているヘビの粗《あら》いスケッチ。完成にはほど遠いけれど、一瞬、ヘビがずるずると這《は》うのが確かに見えた。だけど、まばたきをすると同時に、また動かなくなった。

「それ、なに?」

わたしはかすれ声でたずねる。タトゥーが発散するエネルギーがわけもなく恐ろしい。なんだろう、このいやな感じ。恐怖で吐きそうになってくる。

「いまはナイショ。完成したら見せてあげる。ホントは、まだ話してもいけなかったんだ」

そう言ってヘイヴンは袖をおろし、あたりにさっと目をやった。

「話さないって約束したから。でも、つい興奮しちゃって。秘密を守るのも得意じゃないし。特に、自分のこととなると」

どうしてこんなに胃がムカムカするんだろう? わたしはヘイヴンのエネルギーに波長を合わせようとした。けれど、なにも伝わってこない。

「誰に約束したの? なにが起きてるの?」

ヘイヴンのオーラは鈍いチャコールグレーになり、輪郭がぼやけて全体的にすり減っている。どうしちゃったの?

だけどヘイヴンは笑うばかりで、〝お口にチャック〟の真似をした。

「忘れて。待ってれば、いずれわかるから」

18

学校から帰宅すると、ダーメンがすべての疑いを消し去るような笑顔で、玄関の前の階段に座っていた。

「ゲートをどうやって通り抜けたの?」

ダーメンを通すようになんて、言った覚えはないのに。

サビーヌ叔母さんの家は高級住宅街にあって、守衛のいるゲートを通らないと敷地に入れない。

「魅力的な笑顔と高級車っていうのは、いつものものを言うんだ」

そう言って笑い、色の濃いブランドもののジーンズのお尻をパンパンと払って、わたしのあとをついて家に入ってくる。

「今日どうだった?」

よく知らない相手を家に入れないという、自分で決めたルールを破ってることは承知している。ダーメンは一応彼氏ってことになるけど、わたしは彼のことをよく知らない。かといって、追い返すこともできない。

「まあ、いつもどおり」少ししてから、そうこたえる。

「代理の先生は、二度ともどらないって誓ってた。マチャド先生からは、もう美術のクラスには来るなって言われちゃった——」

彼をチラリと見ると、あきらかに話をきいていない。作り話をつづけてみようか。ちゃんときいてるみたいにうんうんとうなずいてはいるものの、ダーメンはなにかに気をとられて遠い目をしている。

わたしはキッチンに入り、冷蔵庫に顔を突っこんでたずねた。

「そっちは？　なにしてたの？」

水のボトルを一本差しだしたけれど、彼はいらないと断って、自分で持ってきた赤いドリンクに口をつける。

「ドライブして、サーフィンして、またきみに会えるよう終業のチャイムが鳴るのを待ってたよ」

「学校に来てれば、待つことなんかなかったのに」

「はは、そうだよな。明日はそのことを忘れないようにするよ」

わたしはカウンターにもたれかかりながら、ボトルのキャップをくるくるひねりまわす。こたえてもらってないたくさんの質問を抱えて、どこから手をつけていいのかもさっぱりわからないし、この大きな家に彼とふたりきりでいるせいで、ひどく落ち着かない。

「プールサイドに行かない？」

外の空気を吸えば落ち着くかもしれない。

「いや、それより二階にあがって、きみの部屋を見せてもらいたいな」

「なんでわたしの部屋が二階にあるって知ってるの？」

「ふつう、そうだろ？」

このまま言われたとおりにするか、丁寧に追い返す方法を探すか、ふたつの選択肢のあいだでわたしは揺れた。

「なあ、嚙みついたりしないって約束するから」

手をぎゅっとにぎりしめてくる彼の笑顔はたまらなく魅力的で、その手のぬくもりがわたしを誘惑する。

結局、彼を二階に案内しながら、ライリーがいないことを祈っていた。

階段をのぼり切ったとたん、ライリーが書斎から飛びだしてきた。

「お姉ちゃん、ホントにごめん！　わたしもケンカなんかしたくな――おっと！」

ライリーはそこで口をつぐんで、フリスビーみたいに大きく見開いた目をぐりぐり動かして、わたしとダーメンを見比べた。

ここで反応してはいけない。わたしはなにもなかったかのように、そのまま自分の部屋に向かう。ライリーが気を利かせて、しばらくのあいだは姿を消していてくれることを願いながら。そう、当分のあいだは、出てこないで。

「テレビ、つけっぱなしみたいだよ」書斎に入ったダーメンが言う。ライリーは彼の横でスキップし、上から下までじろじろ見ながら、はしゃいで両手の親指を立てている。

わたしはライリーをにらみつけた。「消えて」と目で合図を送っているのに、ライリーはソファにどかっと腰をおろし、ダーメンのひざに足をのせた。

合図を無視して立ち去ろうとしない妹に怒りくるいながら、洗面所に駆けこんだ。妹がどうしようもないバカなことをやらかすのは、時間の問題だ。

パーカーを脱いで、日課どおりのことをする。歯をみがきながら、あいているほうの手でデオドラントを塗り、うがいをして、きれいな白いTシャツを着る。それからポニーテールをほどいてリップクリームを塗り、ちょっと香水をふりかけると、急いで洗面所から出る。

だけどライリーはまだいた。ダーメンの耳のなかをのぞきこんでいる。

「バルコニーに出ようよ、ここすごくいい景色なの」

ダーメンをライリーから引き離したくて、わたしは提案した。

なのに「またあとで」と断られた。ライリーが飛びあがって歓声をあげるのをよそに、彼は自分の横のクッションをポンポンとたたいている。

ソファをひとりじめしているものと信じこみ、なにも知らず座っているダーメンを見つめた。耳のなかがチクチクするのも、ひざがむずがゆいのも、首筋がぞくぞくするのも、妹の霊のせいなのに。

「あっ、洗面所に水のボトルを忘れてきたみたい」

ライリーに鋭い視線を投げかけて、洗面所にもどろうとした。どうするのが自分のためになるかわかっていれば、ライリーはついてくるはずだ。

「ぼくがとってくるよ」

それじゃダメなのに……。ダーメンはライリーがわざとぶらぶらさせている脚をすいっと避けながら、ソファとテーブルのあいだを歩いていく。偶然とは思えないほど、ライリーをうまくかわしている。

ライリーとわたしはポカンと口をあけながら互いを見やり、つぎの瞬間にはライリーは姿を消した。

「はい、どうぞ」

ダーメンは水のボトルをこっちにほうり、ついさっきは見えないはずの障害物を慎重に避けて歩いていたところを、今度はまっすぐに歩いてくる。わたしが呆然としているのに気づくと、にっこりしてたずねる。

「どうかした?」

わたしは黙って首をふり、じっとテレビを見つめながら、さっきのはただの偶然だと自分に言いきかせた。彼にライリーが見えたはずがない。

「ねえ、お願いだから、どうやってるのか説明してくれない？」

わたしたちはピザを丸一枚たいらげたあとで、外のラウンジチェアに座っていた。

ピザの大半を食べたのはわたし。ダーメンは男というよりスーパーモデルか小鳥くらいしか食べなかった。皿の上でピザをつつきまわして、ひと口だけかじって、またつつきまわして。ほとんどは自分で持ってきたドリンクをちびちび飲んでいるだけだった。

「どうやってるって、なにを？」

ダーメンはわたしの肩に軽く腕をまわし、顎をのせている。

「なにもかも！　宿題はやらないくせに、こたえはぜんぶわかってるでしょ。絵筆をとって絵の具につければ、はいできあがり、つぎの瞬間にはピカソよりもすごいピカソの絵が描けてる。まだ見てないけど、苦手なのはスポーツ？　運動神経ゼロとか？」

「そうだな、野球はあまり得意じゃない」唇をわたしの耳に押しあてて言う。

「でも、自分で言うのもなんだけど、サッカー選手としては超一流だし、サーフィンの腕前もなかなかだ」

「じゃあ、音楽が苦手なんだ。音痴だとか？」

「ギターがあれば一曲演奏してみせるよ。ピアノでもバイオリンでもサックスでもいい」

「信じられない……。ねえ、誰にでも弱点はあるはずだよ。苦手なことはないの？」

「なんでそんなことを知りたいんだ？」ダーメンはわたしをぐっと引き寄せる。

「きみが思い描いているぼくのままでいいじゃないか。完璧な幻想を、なんで崩そうとする?」

「あなたと比べると、平凡な自分が、なにもかも見劣りする気がしてくるの。だからせめて、あなたにもなにか苦手なことはあるんだって知っておきたいのよ。いいでしょ、わたしをよろこばせると思って」

「きみは平凡なんかじゃない」

彼はわたしの髪に鼻をうずめて言う。その声は至って真剣だ。

だからって、あきらめるつもりはない。ほんの少しでもいいから、ダーメンを人間的に感じられる拠りどころがほしい。

「お願い、ひとつだけでいいから。嘘をつかなきゃならないとしても、わたしに自信をつけさせるためと思って」

身をひねって彼のほうを向こうとしたけれど、さらにきつく抱きしめられて身動きがとれない。彼はまた、わたしの耳に口づけながらささやいた。

「本気で知りたいのか?」

わたしはうなずく。鼓動が激しくて、血管がドクドク脈打ってる。

「ぼくは恋愛が苦手なんだ」

顔をほてらせながら、いったいどういう意味なんだろうと考える。真剣にこたえがききたかったとはいっても、そこまで真剣じゃなくてもいいのに……。

「えっと、くわしく話してくれる?」

わたしはぎこちない笑い声をあげる。本気できぎたいのか、自分でもわからない。なにかドリナに関係がありそうで怖い――彼女に関する話題はききたくない。

ダーメンがぐっと体を押しつけ、深々と息を吐きだす。あまりにも長いこと黙っているので、もう話す気はないんじゃないかと思ったくらいだ。

ダーメンがようやく口を開いた。

「とにかく、最後にいつも――失望することになるんだ」

それ以上は説明しようとしない。

「だけど、まだたった十七歳じゃない」

彼は黙ったまま肩をすくめた。

「ねえ、いったいどれだけ失望してきたっていうの?」

ダーメンはそれにはこたえず、耳元に唇を寄せてささやいた。

「泳ごうか」

ダーメンがいかに完璧かを示すもうひとつの証拠――車に水着が用意されてる。

「だって、ここはカリフォルニアだよ。いつ水着の出番が来るかわからないだろ」

そう言って、プールの縁に立ち、にっこりほほえみかけてくる。

「トランクにウェットスーツも入ってるよ――とってきたほうがいいかな?」

「さあ、どうだろ?」わたしはプールの深いほうでプカプカ浮いていた。

「自分で確かめてみるしかないんじゃない？」

ダーメンはプールの縁ぎりぎりまでちょっとずつ近づいていって、足の親指をちょんとつける真似をしてみせる。

「一気に飛びこんじゃえば？」

「飛びこんでかまわない？」

「ひざ抱え飛びこみでも、腹打ち飛びこみでも、なんでもどうぞ」

ダーメンはこの上なく華麗な弧を描いて飛びこみ、水から顔を出した。

「サイコーだ」

彼の髪はうしろになでつけられ、肌は濡れてきらめき、まつげには水滴がついている。キスしにくるかもと思ったけれど、またもぐって泳いでいってしまった。

わたしは深々と息を吸いこんで、プライドをのみこみ、あとを追う。

「このほうがずっといい」

彼はわたしの体を引き寄せて言う。

「深いところが怖いの？」

わたしはニヤリとする。ここだと足の爪先はかろうじてプールの底に届いている。

「きみの服装のことを言ったんだ。もっとそういう恰好をするべきだよ」

わたしは白いビキニに包まれた生っちろい体を見おろした。ダーメンの完璧に鍛えあげられた褐色の肉体とならんでいると、自信がなくなってくる。

「フード付きのパーカーとジーンズに比べると、まちがいなく大きな進歩だ」

なにを言うべきかわからず、唇を噛みしめた。

「だけど、そうしなきゃならないんだから、しかたがないでしょって言いたいんだろ？」

彼の顔をまじまじと見つめる。いまの言い方には、なにかほかにも意味がありそうに思える。そう、たとえば、わたしがああいう服装をしている理由を本当は知っているみたいに。

「あの服装がステーシアとオナーの怒りを防ぐ役目を果たしてるのは、確かだもんな。あいつら、競争相手は少ないほうがいいって思ってるだろうから」

ダーメンはにっこり笑ってわたしの髪を耳のうしろに引っかけ、頬をなでる。

「待って。わたしはステーシアたちと競争してるわけ？」

わたしはダーメンから離れた。

ダーメンがステーシアとイチャついてたこと、バラのつぼみを出してみせたこと、今日の学校でのステーシアとの事件、きっと実行に移すはずのステーシアの脅し……。

ダーメンは黙ったままこっちを見ている。否定もせず、ひたすらじっと見つめるだけ。

「競争することなんかなにもないよ」

わたしは水にもぐると、プールの端まで泳いでいき、縁をつかんで水からあがった。言いたいことをちゃんと言うつもりなら、いますぐやらなきゃ。彼がそばに来たとたんに、言葉が出なくなるのはわかってるから。

「そんな気まぐれな態度をとられたら、こっちはなにがなんだかわかんないの」

プールサイドからダーメンに言う。

手も声も震えている。こんな話はなかったことにして、もう口を閉じて、さっきまで過ごしていたロマンチックな夜のつづきをしたい。だけど、どういう結果になろうと、話しておかなきゃいけないとわかってる。

「たったいままで、わたしをじっと見つめていたかと思ったら、つぎの瞬間にはステーシアとベタベタしてるじゃない」

唇を噛みしめ、返事を待った。

ダーメンもプールからあがり、こっちに近づいてくる。水に濡れた体が光って、ものすごくゴージャス。わたしは必死に呼吸を整えた。

「エヴァー、ぼくは――」

ダーメンは目を閉じてため息をついた。それから目をあけると、また一歩近づいた。

「きみを傷つけるつもりなんかまったくなかった。嘘じゃない。絶対に」

彼は両手をわたしの体にまわしてきて、自分のほうを向かせようとする。わたしがついにあきらめて正面から向き合うと、じっと目をのぞきこんでつづける。

「きみを傷つけようとしたことは一度もない。きみの気持ちをもてあそんだと思われたなら、謝るよ。この手のことは得意じゃないんだって言っただろ」

彼はにこっと笑い、わたしの濡れた髪に指をうずめて、一輪の深紅のチューリップをとりだした。

たくましい肩、厚い胸板、割れた腹筋、むきだしの手。なにかを隠しておけるような袖も、しまっておけるようなポケットもない。上半身裸のみごとな肉体と、しずくをしたたらせる水着、そして手にはバカげた赤いチューリップ……。

「どうやったの?」

チューリップがわたしの耳から出てきたはずがない。

「なんのことだ?」

「チューリップとか、バラのつぼみとか、そういうのぜんぶ」

肌に置かれた彼の手の感触も、触れられるとあたたかくなって、トロンとしてくることも、無視しようとがんばりながら、わたしはささやく。

「魔法だよ」ダーメンはにっこりする。

わたしは身を離してタオルに手を伸ばし、体にぐるぐる巻きつけた。

「なんでいつもまじめにこたえてくれないの?」

問いただすのはやめるべき? ふたりのムードが完全に冷めていく前に。

「ぼくはいつだってまじめだよ」彼はつぶやき、服を着て車のキーを探った。

わたしはタオルにくるまって震えながら、なにも言えず彼が門に向かうのを眺める。

「叔母さんが帰ってきたよ」

ダーメンはそう言い残し、夜の闇にまぎれて消えてしまった。

19

翌日、駐車場に車を乗り入れたとき、そこにダーメンの姿はなかった。車を降りてバッグパックを肩に背負い、教室に向かいながら、自分にかつを入れて、最悪の事態を覚悟する。だけど教室に着いたとたんに、やっぱり体がすくんでしまう。緑色の教室のドアをバカみたいに見つめるばかりで、どうしてもあけることができない。

ダーメンが相手だと、わたしの能力も働かなくなってしまうから、はっきり見えているのは、自分の頭のなかでつくられた悪夢だけ。

ダーメンがステーシアの机に腰かけながら楽しそうに笑い、空中からつぎつぎにバラのつぼみをとりだしているなか、わたしはうつむきながら席に向かう。彼の視線を浴びて、一瞬だけ心地よいあたたかさが体の表面をかすめるけれど、彼は背中を向けてしまう……。

そんなの、我慢できない。絶対耐えられない。

でもわかってることがある。いくらステーシアが残酷で、意地悪で、思いやりがなくて、サディストだといっても、それはありのままの彼女の姿だ。異常な秘密があるわけでも、謎に包まれているわけでもない。

わたしは正反対だ。偏執的で、秘密主義、サングラスとフードの下に隠れて、重すぎる責任を抱えているため、なにひとつシンプルにはいかない。

もう一度ドアノブに手をかけ、自分を叱りつける。こんなことでどうするっていうのよ? 高校を中退するつもり? あと一年半はやっていかなきゃいけないんだから、覚悟を決めて、さっさと入りなさい!

なのに、手が震えて、言うことをきかない。ドアの前から逃げだそうとしたとき、うしろから男子が来て、咳払いをする。

「あのさ——ドア、あけないの?」

そして口には出さなかったけど、わたしにはそのつづきもきこえた。

「キモいんだよ、この変人!」

わたしは深く息を吸いこむと、ドアをあけて、こそこそと教室に入った。

ダーメンはいなかった。予想した悪夢より、もっとつらい気分だった。

カフェテリアに入るとすぐに、すべてのテーブルをくまなく見わたして、ダーメンを探した。でも見つけられず、いつものテーブルに向かうと、同時にヘイヴンもやってきた。

「もう六日目になるけど、相変わらずエヴァンジェリンは消息不明」

ヘイヴンはテーブルにカップケーキの箱をおろし、わたしと向かい合って座った。

「共依存の匿名会にはきいてみた?」

マイルズがとなりに腰かけ、ビタミンウォーターのキャップをひねりながらたずねる。

ヘイヴンはあきれ顔を見せる。

「ねえ、匿名会なんだよ」

「だから、匿名会の指導者《メンター》のことを言ってるんだけど」

マイルズもあきれ顔を返した。

「指導者じゃなくて後援者《スポンサー》ね。うん、きいてみたけど、なんの連絡もないって。ドリナは、ちょっと心配しすぎじゃないかって。大げさに騒ぎすぎだって」

「待ってよ、ドリナ、まだこっちにいるわけ?」

マイルズの声にトゲがあることにハッとして、わたしは先行きを見守った。ダーメンとドリナのことは、特殊能力をもってしても読めないことだらけなので、わたしもマイルズと同じぐらい答えが気になっている。

「そうだよ、いまドリナはこっちに住んでるよ。なんで? なんか問題でもある?」

マイルズは肩をすくめて、ビタミンウォーターをひと口飲む。

「べつに、なにも」そう言いながらも、頭のなかではべつのことを言っている。言いたいことを口にするべきか、黙っておくか迷ううちに、黄色いオーラが黒ずんでいく。

「ただ……」

「なんなの？」ヘイヴンは口をすぼめ、眉間《みけん》にしわを寄せて、彼をにらんだ。

「だから……」

わたしはマイルズを見つめながら、念じた。そうよマイルズ、言っちゃえ！　ドリナは傲慢で、いやな女で、悪影響を与える、トラブルそのものだって。そのことに気づいてるのはあんただけじゃないよ、わたしだって気づいてるんだから、ほら、言っちゃえ、ドリナは最低だって！

マイルズはためらっている。言葉が舌先まで出かかっているのがわかり、わたしは息をのんで、それが発せられるのを待った。

彼はふうっと息を吐きだすと、首をふった。

「なんでもないよ」

ヘイヴンは怒った顔でオーラを燃やしている。オーラの縁から火花が散り、そこらじゅうをメラメラと照らす。大爆発の開始まで、あと三秒、二、一――

「ちょっと、言いたいことがあるなら、はっきり言いなよ」

ヘイヴンはカップケーキを食べるのも忘れて、グラスファイバーのテーブルを指でコツコツたたきながら、マイルズをにらんだ。マイルズの返事はない。

「もういいよ、マイルズ。あんたもだよ、エヴァー。黙ってれば罪がないってことにはならないんだからね」

マイルズは目を見開き、眉をあげて、なんとか言ってよという顔で見つめてくる。

なにか言うべきだってことはわかってる。わたしにどんな罪があるのかと、たずねるそぶりを見せるべきだって。だけど本当のところ、もうわかってる。わたしの罪は、ドリナを好きじゃないということ。彼女のことを信用できないということ。どこか疑ってかかっているばかりか、邪悪なものまで感じているということだ。そして、そうした疑いを本気で隠そうともしていない。

ヘイヴンは、黙っているわたしたちにカッとなり、ほとんど吐き捨てるように言った。

「ドリナのことを知りもしないくせに！　あんたたちに彼女をどうこう言う権利なんかないよ！　言っとくけど、あたしはドリナが好きなの。まだ短いつき合いだけど、ドリナはあんたたちふたりよりずっといい友だちだよ！」

「なにバカなこと言ってるんだよ。そんなの大嘘だよ！」

マイルズも声を荒らげる。

「悪いけど、真実だよ。あんたたちはあたしに我慢してつき合ってくれてるけど、ドリナみたいに本当にわかってくれるわけじゃない。ドリナとあたしは同じものが好きで、同じ興味を分かち合ってる。あんたたちとはちがって、ひそかにあたしが変わることを望んじゃいない。ありのままのあたしを好きでいてくれる」

「へえ、だから大変身したってわけなんだ、ドリナがありのままのきみを受け入れてくれたから？」

ヘイヴンは目を閉じて、ゆっくりと息を吸いこんだあとで、マイルズを見つめながら、荷物をまとめて椅子から立ちあがった。

「もういいよ、マイルズ。ふたりとも、勝手にすれば！」

「待ってよ。ねえねえ、冗談でしょ？　ボクはドリナがまだこっちにいるのかってきいただけだよ！　それだけなのに！　そこまで大騒ぎすることないだろ。ほら、座ってさ、とにかく落ち着きなよ」

ヘイヴンは頭をふって、テーブルに手をついた。手首に入った小さくて精巧なタトゥーはもう完成してるけど、まだ赤く炎症を起こしている。

「それ、なんて言うの？」

自分の尾をくわえているヘビのタトゥーを見つめながらたずねた。神話の生き物かなにかで、名前があるのは知ってるけど、なんだったか思いだせない。

「ウロボロス」

ヘイヴンがタトゥーに触れたとき、ヘビがチラチラと舌を動かすのが見えた。誓ってもいい、たしかに見えた。

「どういう意味の名前？」

「大昔の錬金術における永遠の命、破壊からの創造、死からの生の象徴だと思うよ」

ヘイヴンとわたしがまじまじ見つめると、マイルズは肩をすくめてつづけた。

「なに？　ボクは読書家なんだからね」

わたしはヘイヴンに向かって言う。

「そのタトゥー、化膿《かのう》してるみたい。病院で診《み》てもらったほうがいいかも」

そう口にしたとたんに、言ってはいけないことを言ってしまったと気づいた。オーラを燃えあがらせて火花を散らしながら、ヘイヴンは袖をぐいっと引っぱりおろした。

「タトゥーは大丈夫。あたしも大丈夫。こんなこと言いたくないけど、ダーメンがぜんぜん学校に来てないっていうのに、ふたりとも心配もしてないみたいだよね。ねえ、どうなってんのよ？」

マイルズはスマホを見おろし、わたしは口をつぐんだまま。ヘイヴンの指摘には確かに一理ある。

ヘイヴンは首をふり、カップケーキの箱を引っつかんで、テーブルから去った。

「はあー。いったいどうなっちゃってるの？ エヴァー、わかる？」

ランチテーブルの迷路をジグザグに通り抜け、大急ぎでどこへともなく向かうヘイヴンを見つめながら、マイルズが言った。

だけどわたしは肩をすくめるだけだ。ヘイヴンの手首のヘビの姿が頭にこびりついて離れない。確かにあのときヘビは鎌首をもたげて、ビーズのような目玉の焦点を合わせ、こっちをまっすぐ見つめていた。

家の前に車を乗り入れるとすぐに、自分の車にもたれてほほえんでいるダーメンの姿が目に入った。

「学校はどうだった?」

彼はドアをあけようと、運転席のほうにまわりこんできた。

わたしは黙ったまま、教科書に手を伸ばす。

「なるほど、まだ怒ってるわけだ」

ダーメンは玄関までついてくる。触れられていなくても、彼の発する熱が感じとれた。

「怒ってないよ」

ボソボソつぶやいて、ドアをあけてバックパックを床にドサッと落とした。

「なら、安心したよ。ふたり分の席を予約してあるんだけど、怒ってないんだったら、一緒に来てくれるよな」

あらためてダーメンを見る。黒っぽいジーンズ、ブーツ、カシミアとしか思えない黒い柔らかそうなセーター。今度はなにをするつもりだろう?

ダーメンはわたしのサングラスとイヤホンをはずし、玄関のテーブルに置いた。

「大丈夫、防御は絶対に必要ないから」

彼はわたしのフードもおろし、腕をからめて、玄関から自分の車へと連れていく。

「どこに行くの?」あっという間に骨抜きにされ、うっとりしながら、助手席に乗りこむ。

ダーメンの言うことならなんでも、喜んでつき合いたくなってしまう。

「宿題はどうなるの? この前サボった遅れをとりもどさなきゃならないのに」

「落ち着いて。宿題ならあとでできるって約束するから」

「あとでって、どれぐらいあとで?」

美しい黒髪に黒い瞳、熱をおびた視線、わたしになんでも言うことをきかせてしまう力に、いつか慣れるときは来るのだろうか。

ダーメンはほほえみ、キーもひねらず車のエンジンをかけた。

「十二時の鐘が鳴る前には。約束だ。ほら、シートベルトをして。飛ばすよ」

ダーメンの運転は速い。ものすごく速い。あれからここに着いて、車をボーイに預けるまでに、ほんの数分しか経っていないように思えた。

「ここ、どこ?」

緑色の建物と〈東門〉と記された看板を見ながらたずねる。

「どこに通じる東門?」

「うん、あれを見ればわかるんじゃないかな」

ダーメンは笑い、わたしを引き寄せた。

汗で体を光らせた四頭のサラブレッドが早足で厩務員《きゅうむいん》に引かれていく。そのうしろをピンクとグリーンのジャケットに細身の白いパンツ、泥だらけの黒いブーツを身に着けた騎手が歩いていた。

「ここって、競馬場?」ディズニーランドと同じく、意外すぎる。

「ただの競馬場じゃない、サンタアニタ競馬場だ。最高の競馬場のひとつだよ。おいで、

《フロントランナー》に三時十五分から予約を入れてあるんだ」

「フロント……なに？」わたしは固まったままたずねた。

「肩の力を抜けよ、ただのレストランだ。さあ行こう、レースを見逃したくない」

「待って、これって違法じゃないの？」

最悪のいい子ちゃん発言にきこえるのは承知のうえ。でも、ダーメンはあまりにも無謀で、法律なんかおかまいなしだし、やることが行き当たりばったりだ。

「食事するのが違法なのか？」

まだ笑顔だけど、だんだんイライラしてきているのがわかる。

「ううん、食事じゃなくて、賭けたり、ギャンブルしたりってこと」

「おいおい、これは闇賭博《やみとばく》なんかじゃなくて、ちゃんとした競馬だよ。ほら、行こう」

彼はわたしの心配を軽く笑い飛ばすと、エレベーターのほうへと引っぱった。

「でも、二十一歳以上じゃなきゃいけないんじゃないの？」

「十八歳以上だよ」

彼はボソリとつぶやき、エレベーターに乗って五階のボタンを押す。

「そうだね。わたしは十六歳だけど」

ダーメンは首をふり、身をかがめてキスしてきた。

「ルールってやつは、破るのはまずいとしても、いつだって曲げられるもんだよ。楽しもうと思ったら、そうするしかない。さあ、こっちだ」

廊下を進み、さまざまな色調のグリーンで飾られた広い部屋についた。ダーメンは受付前で足をとめ、ひさしぶりに会う友人みたいに支配人と挨拶《あいさつ》を交わしている。

「ああ、ミスター・オーギュスト、ようこそいらっしゃいました！　テーブルをご用意してあります。こちらへどうぞ」

店内はほとんど満席だ。カップルや老夫婦、ひとり者、女性のグループ、父親と若い息子といったお客で混み合っている。でも、わたしたちはゴールラインが真っ正面に見えて、競走路と緑の丘の美しい景色を臨《のぞ》む、最上のテーブルに案内された。

「トニーがすぐにご注文をうかがいにまいります。シャンパンをお持ちしましょうか？」

ダーメンはチラッとわたしを見たあとで、ちょっと顔を赤らめながら口にする。

「今日はやめておくよ」

「かしこまりました。発走は五分後です」

「シャンパン？」

わたしが眉をあげてささやいても、彼は肩をすくめただけで、出走表をめくっている。

「〝スパニッシュフライ〟はどう思う？」彼はわたしにニヤリとしながら言う。

「虫の種類じゃなくて、馬の名前だよ」

わたしはあたりの様子を見まわして、状況を把握するのでせいいっぱいだ。

広いレストランは満席。週半ばの平日で、しかもまだ昼間なのに。ここにいる人たちはみんな、仕事をサボって賭けをしてるってこと？　こんなところが存在することさえ知らなかった。まるで別世界。ダーメンはあいた時間をずっとここで過ごしているんだろうか。

「で、どうする？　賭けてみる？」

彼は一瞬チラリとこっちを見てから、ペンでサラサラと書きつける。

「どこからはじめたらいいのかさえもわからないし」

「オッズの仕組みから、パーセンテージ、統計、血統まで、きみにすべて教えてあげることもできる。だけど、いまは時間がないから、これに目を通して、ビビッと来たやつの名前を教えてくれればいい。ぼくはいつもそれでうまくいくんだ」

ダーメンが示した出走表をざっと見てみると、驚いたことに三頭の名前が、一着、二着、三着の順番で目に飛びこんできた。

「一着はスパニッシュフライ、二着はアカプルコルーシー、三着はサンオブブッダっていうのはどう？」

なんでそう思ったのかはわからないけれど、その選択にはかなりの自信があった。

「ルーシーが二着、ブッダが三着、と」

ダーメンはつぶやきながら、わたしの予想を書いていく。

「これにいくら賭ける？　賭け金は二ドルからだけど、もっと高く賭けてもいいんだよ」

「二ドルでいいよ」

急に自信がなくなって、そうこたえる。思いつきで財布をすっからかんにしたくはない。

「本当に？」

わたしはうなずく。

「きみの選択はなかなか手堅そうだから、ぼくは五ドル賭けるよ。いや、十ドルにしよう」

「十ドルはやめたら？　だって、なにも考えずに選んだだけだし、なんでそれにしようって思ったのかもわかんないんだから」

「結果はもうすぐわかるよ」彼は立ちあがり、財布に伸ばしたわたしの手をとめた。

「払いもどしのあとで返してくれればいい。馬券を買ってくるよ。ウェイターが来たら、好きなものを注文しといてくれ」

「ダーメンの分は、なにを頼んでおけばいい？」

呼びかけたけれど、あっという間に行ってしまい、わたしの声は届きもしない。

ダーメンがもどってくる頃には、馬は全頭ゲートに入っていた。そして発走の合図とともに、一斉に飛びだしていく。初めのうちは、ぼんやりと黒光りしている物体にしか見えなかった。だけど、馬がコーナーをまわって最後の直線を走ってくるときには、興奮して席を立っていた。選んだ三頭が、まさかだけど順番どおりに一着、二着、三着でゴールした。

「嘘みたい、当たった！　当たっちゃったよ！」

ニコニコしながら言うと、ダーメンは身をかがめてキスしてくる。

「競馬って、毎回こんなにドキドキするものなの？」

下を見ると、一着のスパニッシュフライが花輪をかけられて、写真撮影に備えている。

「まあね。そうは言っても、初めての大当たりは格別だけどな。やっぱり最初が最高だよ」

「どれぐらいの大当たりなのかわからないけど」

もっと自分の能力に自信を持てたらよかったのに。もうちょっと賭け金を増やしておけばよかったかな。

「そうだな、きみは二しか賭けなかったから、払いもどしは八ぐらいかな」

「八ドル？」がっかりしながら、横目で彼を見る。

「八百ドルだよ」と彼は笑う。「正確には、八百八十ドル六十セントだけど。きみが当てたのは三連単って言って、一着、二着、三着を着順どおりに的中させるやつだ」

「たった二ドルがそんな大金になるの？」

それなら常連になっている理由もわかる気がする。

ダーメンはうなずいた。

「そっちは？ なにが当たったの？ わたしと同じように賭けたの？」

「あいにくだけど、はずしたよ。ボロ負けだ。ちょっと欲張って四連単を狙いにいって、ぜんぜんダメな馬を一頭追加しちゃったんだ。だけど心配ないよ、つぎのレースでとりかえすつもりだから」

そして、彼は言葉どおり実行した。第八レースと最終レースのあとで払いもどしの窓口に行ったとき、わたしは合計で千六百四十五ドル八十セントを受けとったけど、ダーメンは五頭の馬を着順どおりに当てるという五連単を的中させ、かなりの大金を手に入れることになった。ここ数日で五連単を的中させたのは彼ひとりだったため、五十三万六千ドル四十一セントの払いもどしを受けた。たった十ドルの賭け金で。

「で、レースのご感想は？」

ダーメンは腕をからめて、レストランの外へとわたしを連れていく。

「学校に来る気になれない理由がわかった。これじゃあ、かないっこない」

勝利にハイになったまま、わたしは笑う。ひょっとして特殊な才能の有効な使い道が見つかったかも。

「ギフトショップがあるから行こう。大当たりを記念して、なにかプレゼントしたいんだ」

「いいよ、そんなの――」

だけど彼はわたしの手をぎゅっとにぎって、耳元に唇を寄せる。

「そうしたいんだ。それに、それだけの余裕はあるから。でもひとつだけ条件がある」

え？　なに？

「フードのついたパーカーだけはダメだよ。それ以外ならなんでもいいから、遠慮せず言ってくれ」

店内をふざけてまわりながら、騎手の帽子や馬の模型、寝室の壁にかけるブロンズ製の大きな蹄鉄《ていてつ》なんかをひととおり見たあと、最終的にはシルバーのブレスレットにした。付いているチャームのくつわがダイヤモンドじゃなく、ただのクリスタルだということを確認したうえで。いくらダーメンが大金を手に入れたとはいっても、さすがにダイヤはやりすぎだと思ったから。

「これで、なにがあったとしても、今日のことを絶対忘れずにいてくれるね」

駐車係が車をまわすのを待っているあいだ、ダーメンはブレスレットの留め金をとめながら言う。

「忘れられるはずないでしょ？」

だけどダーメンは肩をすくめただけで、黙って運転席に乗りこんだ。なぜか彼の瞳にひどく哀しげな喪失感《そうしつ》が浮かんでいる。そればかりは見たことを記憶から消したくなるような喪失感が。

帰りの車は行きよりさらに速く感じられて、家に着いたとき、まだ別れたくなかった。

「約束したとおり、十二時をまわる前にちゃんと着いただろ」

ダーメンが身を寄せてキスしてくる。わたしも熱っぽくキスを返した。

「家に寄ってもいいかな？」

彼は唇を耳から首筋、鎖骨《さこつ》へとずっとおろしていき、誘うようにささやく。

でもわたしは彼を押しのけて、首をふった。サビーヌ叔母さんが家にいるからではなく、宿題があるからでもない。バカみたいにあっさり彼の言いなりになるのはやめて、いいかげん自分の意志も通さなきゃと思ったから。それがちゃんとつき合うってことだから。

「また学校でね」彼に屈して気が変わる前に、車を降りた。

「ベイビュー高校のことだよ、わかってる？　あなたが通ってる学校だけど」

ダーメンは目をそらし、ため息をつく。

「またサボるつもりじゃないでしょうね？」

「学校は恐ろしく退屈だよ。毎日よく登校できるよな」

「わたしは登校してるけど？」

家にチラッと視線をやると、ブラインドの隙間からこっちをうかがっていた叔母さんが、さっと身を退くのが目に入った。

「あなたが前までやっていたのと同じことをしてるだけ。起きて、服を着て、登校するだけだよ。運がよければときには学校にいるあいだに、ひとつふたつは学ぶこともあるし」

だけど、言葉が口から出た瞬間、それは嘘だとわかる。本当は、一年を通してなにひとつ学んではいない。なんでもお見通しという状況にあって、本当の意味でなにかを学ぶのは難しい。そのことをわざわざ話したりはしないけど。

「なあ、もっとうまいやり方だってあるはずだろ」

「はっきりさせとくけど、それってズル休みと退学ってこと？ うまいやり方とは言えないよ。大学に進学して、社会に出て成功したいと思うならね」

これも嘘。ダーメンなら競馬場で今日みたいな日をあと何回かくりかえせば、かなりいい暮らしができるはずだから。

だけど彼は声をあげて笑うだけだ。

「わかったよ。きみのやり方でいこう。いまのところはね。じゃ、また明日」

わたしが家に入る前に、車は走り去っていた。

20

　翌朝、学校に行く準備をしていると、ライリーがワンダーウーマンの仮装をして鏡台に腰かけながら、セレブの秘密を暴露しはじめた。

　古いご近所さんや友だちが毎日くり広げるドタバタを見物するのにも飽きて、ハリウッドに狙いを定めたらしい。どんなタブロイド紙もかなわないほどのゴシップを提供してくれる。

「嘘でしょ！」わたしはポカンと口をあけてライリーを見る。

「信じらんない！　それ、マイルズがきいたら卒倒しちゃうよ！」

「お姉ちゃんたちには、わかんないだろうね」

　ライリーは黒髪のカールを左右に揺らしながら首をふった。もうじゅうぶんいろんなものを見たのに、さらに多くを目にしてしまった人みたいに、世のなかにうんざりしきった様子だ。

「うわべどおりのことなんか、ひとつもないんだよ。そんなの幻想もいいとこで、映画と同じぐらい、みんな嘘っぱちなんだから。広報担当の人たちが、スターの醜い秘密を表に出さないように必死に働いてるんだから」

「ほかには誰をのぞき見したの？」

もっとききたくてうずうずする。テレビを観たり雑誌をめくったりしてるときに、芸能人のエネルギーに波長を合わせることを、なんで思いつかなかったんだろう？

「じゃあ、あの人は――」

好きな女優の噂についてきこうとしたとき、サビーヌ叔母さんが部屋のドアからひょっこり顔をのぞかせた。

「あの人って誰のこと？」

ライリーはお腹を抱えて笑っている。わたしは咳払いをしてこたえる。

「え、べつになにも。なにも言ってない」

叔母さんはおかしな顔でこっちを見ている。

「やるね、お姉ちゃん。演技ヘタすぎ！」

「なにか用だった？」

ライリーに背を向け、叔母さんが部屋に来た目的に意識を集中する――心を読むと、叔母さんは週末に旅行に誘われていて、わたしにどう伝えればいいのか迷っている。

叔母さんはやけに背すじをしゃんと伸ばし、ぎくしゃくした足どりで部屋に入ってきた。

大きくひとつ息を吸って、ベッドに腰かける。青いコットンの掛け布団からはみでた糸をそわそわと引っぱりながら、どうやって切りだしたものかと考えている。

「あのね、週末、ジェフに旅行に誘われたの……。でも、まずはあなたに話しておくべきだと思って」

「ジェフって？」

ピアスを着けながら、叔母さんのほうをふりかえって、たずねた。もうわかってることだけど、やっぱりたずねておくのが筋だという気がするから。

「あなたもパーティーで会ってるわ。フランケンシュタインの仮装で来た人」

叔母さんはチラリとわたしを見た。

自分を怠慢な保護者のように感じていて、罪悪感に心を曇らせているけれど、オーラに影響はなく、ハッピーな明るいピンク色のままだ。

バックパックに教科書を詰めて時間を稼ぎ、どうするべきか考えた。まず、ジェフは叔母さんが思ってるような人じゃない。ぜんぜんちがう。だけど、わたしが見たかぎりでは、彼は本当に叔母さんが好きで、危害を加えるようなことはしない。それに、こんなに幸せそうな叔母さんを見るのはものすごくひさしぶりだから、真実を伝えるなんて耐えられない。そもそも、どうやって伝えればいい？

えっと、あのジェフのことを言ってるの？　みえっぱりの投資銀行家の？　叔母さんが思ってるような人とはぜんぜんちがうよ。だって、いまだに母親と一緒に暮らしてるんだから！　あ、なんでそんなことを知ってるのかはきかないでね。とにかくわたしを信じて。だめ。ムリ。ありえない。

それに、恋愛関係っていうものは、なるようになるものなんだし——それぞれのやり方で、それぞれのタイミングで。

わたしにしたって、いまは自分の恋愛の問題で手一杯。ダーメンとの関係が安定してきて、距離が近づいてカップルっぽくなってきたから、彼を押しのけるのはやめてもいい頃なのかも。つぎのステップに進む段階にあるのかも。

二、三日、叔母さんが家をあけるとなれば、こんなチャンスは二度とめぐってこないかもしれない。

「いってらっしゃい！　楽しんできて！」

わたしはそう返事した。叔母さんはいずれジェフの本当の姿に気づいて、前に進もうとするだろう。

叔母さんは興奮半分、安心半分で笑顔になる。そしてベッドから立ちあがった。

「今日、仕事のあとに発つことになってるの。彼はパームスプリングズに別荘を持ってるんだけど、ここから車で二時間とかからないから、なにか困ったことがあっても、そう遠くにいるわけじゃないからね」

別荘を持ってるのは、彼の母親だけどね。

「日曜にはもどるわね。それと、家に友だちを招待したければかまわないけど——このこと、話しておきたい?」

逆襲されて、凍りついた。言いたいことは、はっきりわかってる。まさか叔母さんがわたしの心を読んだの? でも、ただ単に責任ある大人の務めで、〝親〟としての新しい役割を果たそうとしてるだけだと気づき、わたしは首をふってこたえる。

「大丈夫、ちゃんとわかってるから」

それからバックパックをつかむと、ドレッサーの上で踊りながら「パーティーだー! パーティーだー!」と歌っているライリーに向かって、ぐるっと目をまわしてみせる。

叔母さんは〝思春期のデリケートな性教育〟を避けられたことで、あきらかにわたしと同じぐらいホッとした様子だ。

「じゃあ、日曜日にね」

「うん、また日曜に」


「神さまに誓って、あの人はあんたと同じチームだよ」

駐車場に車を入れながらマイルズに言った。もうすぐダーメンに会えると考えるだけで、あたたかく甘いうずきを感じる。

「やっぱりね! ゲイだってわかってたんだ。直感でね。その話、どこできいたの?」

「あ、んーと、忘れちゃった」

もごもご言いながら、車を降りる。死んだ妹がいまでは幽霊としてハリウッド屈指の情報通になったなんて、明かすわけにはいかない。

「でも事実なのは確かだよ」

「事実って、なんの？」

ダーメンだ。うしろからわたしの頬に唇を寄せてきいてきた。

「それがさあ、ジョ――」

わたしは首をふって、マイルズの言葉をさえぎった。やっとふつうの恋愛がはじまったばかりなのに、セレブに夢中だなんて薄っぺらな面を、ダーメンに見られたくない。

「なんでもないよ、えっと、あのね、マイルズが『ヘアスプレー』のトレイシー・ターンブラッドを演じるってきいた？」

話を変えたのはいいけど、それをきっかけにマイルズのマシンガントークが炸裂し、彼が手をふって教室に向かうまでつづいた。

マイルズがいなくなったとたん、ダーメンはぴたりと足をとめた。

「なあ、いいこと思いついたんだけど。このままサボって朝メシを食いに行こう」

わたしは彼に〝どうかしてる〟という表情を向けて、歩きつづけた。でもたいして進まないうちに、手をつかまれて引きもどされる。

「いいだろ」

ダーメンはわたしの目を見つめながら、こっちまで笑ってしまうぐらい楽しそうに笑う。

「だめ」

わたしはそわそわしながらあたりを見まわす。もう遅刻寸前だし、これ以上遅れるわけにはいかない。

「それに、朝ご飯は食べてきたし」

「エヴァー、お願いだ!」ダーメンはわざとらしくひざまずき、両手を合わせた。

「お願いだから。学校には行きたくないよ。ちょっとでも思いやりがあるなら、そんなことさせないよな?」

ゴージャスで、エレガントで、洗練された男の子が、ひざまずいて懇願《こんがん》する姿を披露《ひろう》してくれるなんて、想定外のプレゼントかも。でも、わたしは首を横にふるしかない。

「ほら、立って。もうすぐチャイムが――」

最後まで言い終えないうちに、チャイムが鳴った。

ダーメンはニヤリとして立ちあがり、ジーンズのひざの汚れを払うと、わたしの腰に腕をまわした。

「遅刻するよりは、行かないほうがマシってよく言うだろ?」

「誰の言葉? あなたの言いそうなことだけど」

「んー、ぼくの言葉かもしれないな。だとしても、もっといい朝の過ごし方があるって保証するよ。学校なんかに行くよりずっといい。それに、こんなものもいらない」

彼はわたしのサングラスをはずし、フードをおろす。

「さあ、いまから週末だ」

いつもの金曜日と同じで三時まで待てば週末は来るし、学校をサボるのは絶対によくない。わかっているのに、あの誘うような深い瞳に見つめられると、お手上げだ。自分をコントロールできない。頭では断ろうと思っているのに、口ではこうこたえてしまっていた。

「そうね、じゃあ校門を閉められる前に、急がなきゃ」


わたしたちはべつべつに車に乗りこんだ。話し合ったわけじゃないけど、学校にもどってくるつもりがないのはあきらかだから。ダーメンの車のうしろについて、パシフィック・コースト・ハイウェイの大きな弧を描くカーブをのぼっていく。美しく広がる海岸線、真っ白な砂浜、濃紺の海。このすばらしい土地を地元と呼べて、ここに暮らすことができて、わたしは本当に運がいい。だけど、ここに住むことになった理由を考えると、複雑な気持ちだ。

ダーメンは急ハンドルを切って右折し、車を停めた。わたしはとなりに車を停めて、ドアをあけようと近づいてくる彼にほほえみかける。

「ここ、来たことある?」

わたしは白い羽目板張りの小屋に目をやり、首をふった。

「腹は減ってないって言ってたのはわかってるけど、この店のシェイクは絶品なんだ。デート・モルトか、ピーナッツバター・シェイクか、その両方。とにかく絶対に飲んでみるべきだよ。おごるからさ」

「デート? えーと、言いたくないけど、ネーミングがひどすぎ」

彼は笑っただけで、わたしをカウンターのほうに引っぱっていって、シェイクをひとつずつ注文した。

青いペンキで塗られたベンチに運んでいくと、座ってビーチを見おろす。

「どっちの味が気に入った？」

もう一度それぞれをストローで吸いこもうとするけど、クリーミーで吸いにくい。フタをはずしてスプーンを使った。

「うん、どっちもすごくおいしい。でも、意外とデート味のほうが好きみたい」

ダーメンも飲むかと思ってシェイクを渡すと、彼は首をふって押しもどしてくる。そのさいで単純な行為のなにかが、わたしの心にまっすぐ突き刺さった。

彼にはなにかある。不思議なトリックや、姿を消すという行動だけではすまないなにかが。たとえば、決して人前で食事をとらない。なにか食べているところを見たことがない。

ところが、わたしの心に疑いが浮かんだとたんに、急にダーメンがストローに手を伸ばし、長々とシェイクを吸いこむ。身を寄せてキスしてきたとき、彼の唇は氷みたいに冷たくなっていた。

「砂浜に行こうか」

わたしたちは手をつないで、小道に沿って歩いた。互いに肩をぶつけ合いながら、ミルクシェイクをやりとりして。ほとんどはわたしが飲んでいるけれど。途中で靴を脱ぎ、ジーンズの裾《すそ》をまくった。冷たい海水に爪先をひたし、すねに波のしぶきを浴びる。

「サーフィンはやる?」

わたしは首をふり、岩場にあがった。

「教えてほしい?」彼はにっこりする。

「こんな海で?」

水は冷たかった。さっき波打ち際を歩いただけで、すっかり爪先が青くなり、感覚がなくなっている。

「お断りします」

「ウェットスーツを着て、ってつもりだったんだけどな」

「裏に毛皮の付いたウェットスーツならね」

わたしは笑い、また砂浜のほうに降りると足で砂を平らにならして、座る場所をつくった。

だけど彼はわたしの手をとって引いていき、潮だまりをいくつも通りすぎて、人目につかないところにある洞窟《どうくつ》へと案内する。

「こんな洞窟があるなんて、思ってもみなかった」

岩はなめらかで、砂はかきならされている。隅のほうにサーフボードと積みあげられたタオルがあった。

「誰も気づかない。だからぼくの荷物も盗まれないってわけ。岩に溶けこんでいるしね。たいていの連中は見もしないで通りすぎるんだ。それを言うなら、たいていの連中は生涯を通して、すぐ目の前にあるものに気づきもしない」

「だったら、あなたはどうやって見つけたの？」

わたしたちは洞窟のまんなかに敷いたグリーンの大きなブランケットに腰をおろした。

「そうだな、ぼくはたいていの連中とはちがうってことかな」

そう言って寝ころがり、わたしを引き寄せる。頬杖《ほおづえ》をついた彼にあまりにも長いことじっと見つめられて、恥ずかしくなってくる。

「なんでだぼだぼのジーンズとフードの下に隠れてるんだ？」

彼はささやき、わたしの顔の輪郭を指でなぞって、耳のうしろに髪をかけた。

「自分がどんなにきれいか、わかってないのか？」

唇を噛みしめて目をそらした。気持ちはうれしいけど、それ以上言わないでほしい。なんで自分がこんなふうなのか説明したり、弁解したりしなきゃならなくなるのはつらい。彼は昔のわたしのほうが好きみたいだけど、そこには触れてほしくない。あの女の子は、もうどこにもいないのだから。

涙が一粒頬にこぼれる。見られたくない。だけど、彼はわたしをぎゅっと抱きしめて離そうとしない。唇でわたしの悲しみの跡をぬぐいとると、そのまま唇を重ねた。

「エヴァー……」

かすれ声でうめき、熱いまなざしでわたしに覆いかぶさってきた。

体の重みがあたたかくて心地いい。でも、すぐに熱をおびてくる。

彼の顎《あご》のラインに沿って唇を這わせた。腰をぐっと押しつけられて、わたしは短くあえぎはじめる。必死に否定しようとしてきた感情が、すべて引きだされていく。だけど、あらがうのも、否定するのも、もういい。とにかくまともな自分にもどりたい。いい、こうすること以上にまともなことがある？

パーカーを脱がされ、目を閉じた。力を抜き、彼に身を任せる。ジーンズのボタンをはずされ、脱がされるがままにする。押しあてられる彼の手と指の動きを受け入れながら、この感覚は、そう、心からわきあがる夢のような充足感は――愛にほかならないと自分に言いきかせる。

だけど、下着に親指をかけられ、引きおろされそうになったとき、がばっと身を起こして彼を押しのけた。心のどこかでは、このままつづけたい、もう一度彼を引き寄せたいと望んでいた。でも、ここでじゃなく、いまじゃなく、こんなふうにじゃない。

「いや？」

ダーメンは探るようにわたしの目をのぞきこむ。

わたしは首をふって、顔をそむけた。あたたかく心地よい彼の体が、わたしの体にぴたりとくっつく。彼は唇を耳に寄せて言った。

「わかった。大丈夫だよ。本当だ。さあ、眠って」

「ダーメン？」

寝返りを打ち、となりの場所を手で探りながら、薄明かりに目を凝らす。何度もブランケットの上をポンポンとたたいていくうちに、彼がそこにいないことを確信する。

「ダーメン？　どこにいるの？」

洞窟のなかを見まわし、もう一度呼びかけてみても、返ってくるのは打ち寄せる遠い波音だけだ。

パーカーを着て外に出ると、暮れゆく午後の光を見つめながら、浜辺に目を凝らし、彼の姿を探す。

だけど、どこにも見あたらない。

洞窟にもどると、わたしのバッグの上に書き置きがあった。

サーフィンしてくる。
すぐにもどるよ。
——D

手紙を持ったまま外へと駆けもどり、海岸を行ったり来たりして、サーファーのなかにただひとりの相手を探す。だけど、サーファーはふたりしかいないし、どっちもブロンドに白い肌で、ダーメンじゃない。

また彼は消えてしまった。

21

叔母さんの家にひとりでもどると、玄関の前の階段に誰かが座っている。ドキッとしたけど、近づいてみると、ライリーだった。いったいなんなの？

「ライリー、どうしたの？」

思ったより大きな音をたてて車のドアをバタンと閉めた。

「お姉ちゃんてば、わたしのこと轢《ひ》くつもりなのかと思ったよ」

「ごめん、ダーメンかと思って」

「あーらら、あの人、今度はなにをしたの？」

ライリーが茶化してきてもわたしは無言で肩をすくめ、ドアの鍵をあけた。くわしく話すつもりなんかさらさらない。

「あんたはどうしたのよ、家から閉めだされた？」

「幽霊向けのジョークってやつだね、あー、おかしい」

ライリーはあきれ顔でキッチンに向かい、カウンターテーブルの前に腰かけた。わたしはカウンターにバッグを置き、冷蔵庫を探る。

「ねえ、どうかしたの？」

なんでこんなにおとなしいんだろう？　わたしの不機嫌がうつった？

「なんでもない」

ライリーは思案顔でこっちを見つめている。

「なんでもないようには見えないんだけど」

本当ならアイスクリームに手を伸ばしたいところ。でも水のボトルをつかみ、御影石《みかげいし》のカウンターによりかかった。ライリーの黒髪がもつれて、ワンダーウーマンのコスチュームもすっかりくたびれているのに気づく。

「で、週末はどうするつもり？」

ライリーはそう言うと、見ているこっちがひやひやするぐらい、スツールをぐーっとうしろにかたむけた。落っこちて怪我をするはずはないとわかってはいても、ひやっとする。

「だってさ、これってティーンエイジャーの夢がかなったような状況でしょ？　保護者は留守で、家には自分たちだけって」

ライリーはヒクヒクと眉を動かしてみせるけど、不自然な感じ。何食わぬ顔を装うのに必死になりすぎているようだ。

水をごくりと飲んだ。心のどこかでは、妹を信じて相談したいと思ってる。心に抱えこんでいる秘密も、いいことも、悪いことも、ひたすら忌《い》まわしいことも、すっかり打ち明けてしまいたい。この重荷にひとりで耐えるのをやめて、胸の内をすべて明かしてしまえば、どんなにすっきりするだろう。

だけど、もう一度ライリーを見たとき、妹が小学生のときからずっと、十三歳になるのを心待ちにしていたことを思いだした。ティーンエイジャーとして認められるのは十三歳から。過ぎていく一年一年を、ライリーはずっと楽しみにして過ごしていた。ライリーがこの世にとどまっているのはそのためなのかもしれない。わたしに夢を奪われたから、妹はわたしを通して青春を過ごすしかなくなったのかも。

「がっかりさせて悪いけど」少しして、話しだす。

「わたしが〈ティーンエイジャーの夢〉部門の最低の落伍者だってこと、あんたにももうわかってるんでしょ」

ためらいがちに目をあげると、妹がうんうんとうなずいているのが見える。顔がカッと熱くなる。

「オレゴンにいた頃に順調に進んでいたことはもう消えたの。友だち、彼氏、チアリーディング。ぜんぶなくなっちゃった。もう終わったの。お・し・ま・い。ベイビュー高校でどうにかできた、たったふたりの友だちとも、いまは口をきいてない。それに、想像も説明もつかない奇妙な幸運の成り行きから、ゴージャスでセクシーな彼氏をゲットできたけど、ホントのところ、評判ほどじゃないんだ。だって彼、おかしな行動をとったり、忽然《こつぜん》と消えちゃったりするし、学校をサボって競馬場で賭けようとか、そういうヤバいことにばかり誘ってくるんだから。人を悪の道に誘いこむの……」

こんな話、するべきじゃなかったのに、ついまくしたててしまった。

だけど、もう一度見あげると、ライリーは心ここにあらずといった様子でカウンターを見つめながら、黒い御影石の渦巻き模様を指でなぞっている。

「お願いだから怒らないでね」しばらくして、ライリーは口を開いた。

「わたし、今日エイヴァと一緒にいたの」

大きく見開いた暗い目で告げられ、胃にパンチを食らったみたいになる。

こんな話、ききたくない。絶対にききたくない！　カウンターについた手に力をこめ、つぎの言葉に備える。

「お姉ちゃんがエイヴァを警戒してるのは知ってるけど、話をきいてみると、なるほどって思えるところもあるんだよ。いろんなことを考えさせられるし。自分の選んできたこととか。それで、考えれば考えるほど、あの人の言うとおりかもって思えてきて」

「あの人の言うとおりって、なにが？」

のどがつかえるのを感じながら、ふりしぼるように問いかけた。今日という日が、ものすごくひどい一日から、最悪の一日になりつつある。しかも、まだまだ終わりそうにない。

ライリーはわたしから目をそらす。そして、カウンターの渦巻き模様をまだ指でなぞりながら、こたえた。

「わたしはここにいるべきじゃないって。ここにいるはずじゃないんだって」

「で、あんたはどう思うの？」

息を吸いこむ。もう話すのをやめて、ぜんぶなかったことにしてくれたらいいのに。ライリーを失いたくない。わたしに残されているのは、妹だけなんだから。

ライリーは指を動かすのをやめて、わたしを見あげた。

「わたしはここにいるのが好きだよ。もうティーンエイジャーにはなれなくても、お姉ちゃんを通じて経験したような気になれるし。ほら、身代わりみたいなもの」

やっぱりそうだった……。自分の思っていたことは正しかった。恐怖と罪悪感に襲われて、自分勝手とは思いながらも、心の重荷を軽くしようと努めて言った。

「あーあ、あんたってば最悪のティーンの見本を選んじゃったね」

「ま、そんなところ」

ライリーは笑っているけれど、目のなかの光はあっというまに消えうせる。

「それでね、もしもエイヴァが正しかったら？　わたしがずっとこっちにいるのは、まちがいだとしたら？」

「ねえ――」

玄関の呼び鈴が鳴った。それに一瞬気をとられ、目を離したすきに、妹は姿を消した。

「ライリー?!」キッチンを見まわす。

「ライリー！　どこなの？」

どこにもいない。このままにしておくなんていやだ。また姿を見せて……。

けれど、呼びかけが誰もいない空間に響くだけ。

呼び鈴が鳴りつづけている。外にヘイヴンがいるのはわかってる。なかに入れてあげないと。

「守衛さんが門を通してくれたんだ」玄関をあけると、ヘイヴンがなだれこむように入ってくる。マスカラと涙で顔がぐちゃぐちゃになり、赤毛はもつれてボサボサだ。

「エヴァンジェリンが見つかった。死んでた」

「え……？　まさか……本当なの？」

ドアを閉めようとしたとき、車が入ってくるのが見えた。ダーメンが降りてきて、駆け寄ってくる。

「エヴァンジェリンが――」

わたしはあまりのショックに、さっき置き去りにされて怒っていたことも忘れていた。

彼はうなずいてヘイヴンに声をかけた。

「大丈夫か？」

「まあね、あの子のこと、そこまでよく知ってたわけじゃないし、二、三回遊んだぐらいだけど。それにしたって、こんなのってひどすぎるよ。それに、エヴァンジェリンを最後に見たのはあたしかもしれないし……」

「彼女を最後に見たのは、絶対にきみじゃない」

どうしてダーメンが断言できるの？　なぐさめのつもりだろうか？　だけど彼の顔つきは真剣そのもので、なにかを見すえたような目をしている。

「あた――あたし、とにかく責任を感じちゃって」

ヘイヴンは両手に顔をうずめ、やだ、やだ、やだ、とくりかえしうめいた。

なんとかしてなぐさめたくて、近づこうとすると、ヘイヴンは顔をあげ、涙をぬぐって言う。

「あ――あんたに知らせておいたほうがいいと思ったの。でももう行かなきゃ。ドリナのところに行かないと」

ドリナ……。またドリナだ。わたしは眉をひそめてダーメンのほうを見た。ヘイヴンとドリナの友情は偶然からはじまったように見えるけど、絶対にそんなはずがない。ダーメンもどこかでつながっているのだという感じがぬぐい去れない。

だけどダーメンはわたしを無視して、ヘイヴンの腕をつかんで手首を凝視している。

「どこでこれを？」

力強く落ち着いているけれど、鋭い声。ふりはらわれて仕方なくダーメンが手を放すと、ヘイヴンは手首を覆い隠した。

「心配ないよ」ヘイヴンはいらだちもあらわに言う。

「ドリナに塗り薬をもらったから。軟膏《なんこう》みたいなやつ。三日ぐらいで効きはじめるって」

ダーメンはぎりぎりと音がするほど、きつく歯を食いしばっているようだ。

「いま持ってたりしないか？　その――軟膏ってやつを」

「ううん、家に置いてきた。ていうかさ、あんたたちなんなの？」ヘイヴンはわたしとダーメンを交互に見比べて言った。オーラが赤々と燃えている。

「こんなふうにあれこれきかれて、気分悪いんだけど。ここに寄ったのは、あんたたちもエヴァンジェリンのことを気にしてるかもって思ったからなのに、あたしのタトゥーに見とれてバカみたいなことしか言わないんだから、もう行くよ」

ヘイヴンは急ぎ足で車に向かった。わたしが呼びかけても、頭をふってひたすら無視。わたしの友だちはいったいどうしちゃったんだろう？　ひどく不機嫌で、遠くに感じられる。

そういえば、ここしばらくというもの、ヘイヴンとわたしのあいだには距離ができている。ドリナと出会ってからすっかり変わってしまった。

ヘイヴンが車に乗りこみ、ドアをたたきつけるように閉め、走り去っていくのを見届けると、わたしはダーメンをふりかえった。

「もうサイコー。エヴァンジェリンは死んで、ヘイヴンには嫌われて、あなたには洞窟にひとり置き去りにされて。ビッグウェーブでも来てたわけ？」

「実を言うと、確かにいい波に乗れたよ」ダーメンは熱っぽく見つめてくる。

「で、洞窟にもどると、きみがいなくなってたから、急いでここに直行したんだ」

わたしは唇を噛みしめた。そんな話にだまされると思ってるなんて、信じられない。

「悪いけど、ちゃんと見たのよ。サーフィンしてたのはふたりしかいなかった。ブロンドのサーファーがふたり、つまりどっちもあなたじゃないってこと」

「エヴァー、ぼくを見てくれないか？　ちゃんと見てくれ。なんでこんな恰好をしてると思う？」

言われたとおり、怒りに燃える目で彼の全身を見やった。ウェットスーツから海水がポタポタしたたり落ちている。

「だけど、確かめたのに。ビーチを行ったり来たりして、そこらじゅう探したのに」

自分の見たもの――というより、この場合、見なかったものに確信がある。

「とにかく、なんて言えばいいのかわからないけど、ぼくはきみを置き去りになんかしてないよ。サーフィンしてたんだ。嘘じゃない。タオルを一枚もらえないか？　床をふくのにも、もう一枚あったほうがいいな」

裏庭にまわり、ダーメンがホースの水でウェットスーツを洗い流すあいだ、わたしはラウンジチェアに座って彼を見つめていた。絶対に置き去りにされたと思ったのに。くまなく探したんだから。だけど、ホントに見過ごしただけなのかも。あのビーチは広かったし、それに、わたしはだいぶカッとなっていた。

「どうやってエヴァンジェリンのことを知ったの？」

彼が外のバーカウンターにウェットスーツを干すのを眺めながら、たずねる。そんなにあっさり怒りを静めるつもりはない。

「それに、ドリナとヘイヴンとあの不気味なタトゥーはなんなの？　言っとくけど、まじめな話、サーフィンしてたなんてことを信じるかどうか、まだ決めてないんだからね。だって、ホントに確かめたんだから。あなたの姿はどこにも見あたらなかった」

ダーメンがこっちを見た。濃いまつげに縁どられた黒く深い瞳。引きしまったしなやかな体。近づいてくる足どりは、軽やかで自信にあふれていて、まるで山猫か豹《ひょう》のように優雅だ。

「ぼくが悪いんだ」

しばらく沈黙したあと、そう言ってわたしの横に腰をおろした。わたしの両手をぎゅっと包みこんだかと思ったら、またすぐパッと放す。

「ぼくはどんなに……」

その目には哀しみの色が浮かんでいる。

「こんなこと、するべきじゃないのかもな」最後にそう言った。

「それって――別れようってこと？」

声がかすれる。不運な風船みたいに、体からスーッと空気が抜けていく。これで疑惑はすべて確定――ドリナ、ビーチでの一件、ぜんぶそう。なにもかも思っていたとおりだったんだ。

「ちがうよ、ただ……」

ダーメンは顔をそむけ、言いかけた言葉も、わたしのことも、また宙ぶらりんにする。

「ねえ、暗号を使って話すのはもうやめて。なにがどうなってるのか説明してよ。エヴァンジェリンが死んで、ヘイヴンの手首が赤くただれたひどい状態になってて、それから、最後までさせなかったからって、あなたはわたしをビーチに置き去りにして、いまは別れようとしてる……。なにかつながりがあるの？　どういうことなの？」

バラバラな出来事がつながっていた、なんてイヤだ。すべてあっさり説明がつき、どれもなんの関連もないことを示してくれればそれでいい。わたしの直感はべつのことを告げているけれど。

ダーメンはしばらくのあいだ無言でプールを見つめていたけど、最後にはわたしを見てこたえた。

「どれも関連はないよ」

だけど、ためらった末のその言葉を、信じていいのかわからない。

「エヴァンジェリンの遺体はマリブの峡谷で発見された。ぼくはここに来る途中、ラジオでそれをきいたんだ」

ダーメンは息を深く吸った。だんだん声は力強く落ち着いたものになり、同時にダーメンがリラックスして自制心をとりもどしていくのが目に見えてわかる。

「それに、確かにヘイヴンの手首は化膿してるように見えるけど、タトゥーを入れればそういうこともあるさ」

息を詰めて、残りの話を待った。わたしに関する話を。彼はわたしの手の上に自分の手を重ね、ひっくりかえして手相をなぞりながら話した。

「ドリナにはカリスマ的な魅力があるし、ヘイヴンのほうは社会に溶けこめないようなところがある。だから注目されるのがうれしいんだろう。ヘイヴンが好意の対象をぼくからドリナに移せば、きみもよろこぶんじゃないかと思ってたんだけどな」

そこでわたしの指をにぎって、にっこり笑ってみせた。

「ぼくたちのあいだに立ちはだかる者は、もういないんだから」

「だけど、なにかが立ちはだかってるんじゃない？」

消え入りそうな声でわたしは問いかけた。

ヘイヴンの手首のことやエヴァンジェリンの死について、もっと心配するべきだ。でも頭のなかはダーメンと自分のことでいっぱいになっている。美しい顔、浅黒いなめらかな肌、眉間の深いしわ……。心が揺れて、体のなかがざわざわする。彼の唇を見ていると理性が働かなくなり、本能的に求めてしまう。ほかのことが考えられなくなる。

「ぼくは今日、きみを置き去りにはしていない。それに、心の準備ができてないことを、決して無理強いしたりはしないよ。信じてほしい」

ダーメンはほほえみ、両手でわたしの顔をそっと包みこみ、唇を押しあてた。

「待つのは得意なんだ」

22

ヘイヴンは電話に出てくれない。わたしは、どうにかして気分を変えたかった。マイルズに連絡して、リハーサルのあとに寄るよう誘うと、エリックと一緒に来てくれた。わたしたち四人は食べて泳いでB級ホラー映画を観て過ごした。こんなふうにリラックスして友だちと過ごせるのは、すごくひさしぶりな気がする。

ライリーやヘイヴン、エヴァンジェリン、ドリナ、ビーチでの一件——今日の午後にくり広げられたすべてのドラマを、ほとんど忘れてしまいそう。

ときにダーメンが見せる遠い目つきにも、ほとんど気づかない。

表面は楽しそうでも、不安が底流となってふつふつと沸きたっていることを、ほとんど忘れるところだった。

そう、ほとんど。だけど、完全にじゃない。

サビーヌ叔母さんは今夜はいないから、泊まってもいいんだとはっきり意思表示したのに、ダーメンはわたしが眠りに落ちるまでいただけで、そのあとそっと帰ってしまった。いなくなるのがお決まりになっているんだろうか。

だから翌朝、彼がコーヒーとマフィンと笑顔をたずさえて玄関に現れたとき、わたしはかなりホッとした。

あれからヘイヴンの留守電に何回かメッセージも残したけれど、彼女がわたしともダーメンとも話したくないと思っているのは、心を読まなくたってわかる。心配になって、とうとう自宅に電話をかけてみた。弟のオースティンが「お姉ちゃんは見かけてない」と言う。心を読んでみたけど、嘘ではないようだ。

丸一日プールサイドでダーメンと過ごしたあとで、ピザを注文しようとしたら、ダーメンが電話を奪いとって言った。

「夕飯はぼくがつくろうと思うんだけど」

「えっ？　料理できるの？」

でも、よく考えたら、これまでのところ、彼にできないことなんかひとつもないんだった。

「腕前はきみに判断してもらうよ」

「手伝おうか？」

でも、わたしにできるのは、お湯を沸かすことと、シリアルにミルクを注ぐこと……。

彼は首をふって、キッチンに立った。

やることがないし、二階でシャワーを浴びて着替えたりしていると、夕飯ができたからおりておいでと呼ばれた。

ダイニングに入ると、またびっくりした。

叔母さんのいちばん上等の磁器、リネン、キャンドル、そして何十本ものいつもの深紅のチューリップを生けた大きなクリスタルの花瓶。それらがセンスよくテーブルセッティングされている。

「マドモワゼル」

ダーメンが笑顔で椅子を引く。フランス語の発音はなめらかで完璧。

「こんなことができちゃうなんて、信じられない」

目の前にずらりとならべられた山盛りの大皿を見つめる。料理のあまりの量に、誰かお客さんでも来るのだろうかと思うほどだ。

「ぜんぶ、きみだけのためだよ」彼は笑みを浮かべながら、またわたしが心で思っただけの質問に先まわりしてこたえる。

「わたしだけのため？　あなたは食べないつもりなの？」

完璧に調理された野菜、みごとな焼き具合のお肉、なんだか複雑そうなソース。ダーメンが、わたしの皿にきれいに盛りつけて渡してくれた。

「もちろん食べるよ。だけど、ほとんどはきみのためだ。女の子はピザだけを食べて生きていくわけにはいかないからね」

「それが、意外と生きていけちゃうもんなのよ」

わたしは笑い、ジューシーな肉にナイフを入れる。

食べながら、あれこれ質問した。ダーメンが料理にほとんど手をつけないのをいいことに、つぎつぎにきいた。これまでもききたいことはたくさんあったけど、見つめられたとたんに質問どころじゃなくなっていた。

家族のこと、子ども時代のこと、引っ越しばかりのこと、保護者から自立していること――好奇心からきいているという部分もあるけれど、ほとんど知りもしない相手とつき合うのはやっぱりヘンだし。もちろん、どうしてオーラがないの？　なんてことはきけない。変人だと思われたくはないから。

話せば話すほど、共通点の多さにびっくりする。たとえば、彼も親を亡くしていた。彼の親が亡くなったのは、ずっと幼い頃だったらしい。細かいことまでは話さなかったけど、わたしだって自分の境遇について進んで話したくないし、しつこくたずねなかった。

「それで、どの街がいちばん好きだった？」

お皿の料理をきれいにたいらげて、満腹感とけだるい心地よさをおぼえていた。

「ここだよ」

ダーメンはほほえむ。彼はロクに食べていないけど、料理をあっちこっちに動かして、さも食べているかのように、うまくごまかしている。

そんな言葉、信じられない。確かにオレンジ・カウンティはいいところだけど、ほかの刺激的な街にかなうはずがない、でしょ？

「まじめに言ってるんだ。ここにいるとすごく幸せだよ」

わたしをまっすぐ見つめて、うなずいた。

「ローマやパリ、ニューデリー、それにニューヨークにいても幸せじゃなかったっていうの？」

ふいにあの哀しみの色をたたえた目になる。ダーメンはわたしから目をそらしてさまよわせると、いつも持っている赤いドリンクをひと口ふくんだ。

「それって、なんの飲み物？」

わたしはボトルを凝視する。売ってるもの？　ビタミンドリンクかなにか？　よっぽど好きなのかな。

「これ？」ダーメンはにっこりとボトルをかかげた。

「家族に伝わる秘密のレシピなんだ」

そう言って、中身をぐるぐるまわす。赤い中身がボトルのなかで、きらきら輝いている。まるで稲妻とワインと血をかけ合わせたものに、ダイヤモンドの粉末をちょっぴり混ぜたみたい……。

「飲んでみてもいい？」

本当に飲みたいのか自分でもよくわからないけど、気になるのは確かだった。

「やめたほうがいい。きっと好きじゃないよ。薬っぽい味だから。まあ、実際薬なんだから、当然かもしれないけど」

薬だったんだ……。一瞬、呆然《ぼうぜん》としてしまった。

まさか不治の病？　恐ろしい病気？　死に至る病……？　そうよ、こんな完璧な人がいるはずないと思ってた。

ダーメンは笑い声をあげながらわたしの手をとる。

「心配ないよ。ときどきちょっとエネルギー不足になるだけだ。これを飲めばラクになる」

「どこで手に入れてるの？」

ボトルをまじまじと見て、ラベルや製造年月日、なんらかの印を探したけれど、なにも貼られていない。ボトルはなめらかで、つるんとしている。

「言っただろ、家族に伝わる秘密のレシピだって」

そう言って、ボトルを長々とあおり、中身を飲み干してしまった。そして、まだ料理の残るテーブルから離れる。

「泳がないか？」

「食後一時間は休まなきゃいけないって、学校で教わらなかった？」

彼は笑みを浮かべてわたしの手をとった。

「心配しなくていい。溺れさせたりしないから」

昼間はずっとプールで過ごしていたから、ジャグジーにつかることにした。しばらく楽しんで、手と足の指がしわしわになりはじめると、水着のまま大判のタオルを体に巻きつけ、わたしの部屋に向かった。

部屋に入ってバスルームに行くと、ダーメンもついてきた。濡れたタオルを床に落とし、水着だけになる。ダーメンが背中からわたしを抱き寄せ、ひとつに溶け合うほど体をぴったり密着させた。彼の唇がうなじをかすめる。

もうダメかも。頭がちゃんと働いているうちに基本的なルールをはっきりさせておいたほうがよさそうだ。

「えっと、泊まってもらってもいいんだけど」

身を離しながら、もごもごつぶやく。面白がっているようなダーメンの視線に、気まずさで頬が燃えるように熱くなる。

「だからね、なにが言いたいかっていうと、泊まっていってほしいの。本当に。だけど、だからってわたしたちが、その――」

わたしったらなに言ってるの？　もう彼にも当然わかってるはず。洞窟でも、ほかのどこででも、わたしは最後のところで彼を押しのけてるんだから。

自分でも、どうしようもないバカだってわかってる。誰だって、親や監督役のいない週末が、のどから手が出るくらいほしいはずだ。なのに、わたしときたらせっかく自由が与えられたのに、もっともな理由もなくバカみたいなルールを主張してる……。

ダーメンはわたしの顎をやさしくつかんで、上を向かせた。

「大丈夫だよ、エヴァー、もうこのことは話し合っただろ」

そして髪を耳のうしろにかけて、首筋に唇を押しあてる。

「待つのが得意っていうのは、嘘じゃない。きみを見つけるまで、長いこと待ちつづけてきたんだ――まだまだ待てるさ」


あたたかいダーメンの胸に抱かれ、彼の息づかいを感じながら眠りに落ちた。彼とベッドにいることに興奮しすぎて、ぜんぜん眠れないんじゃないかと心配してたけど、すぐとなりにいてくれることで安心に包まれていた。

夜中に目が覚めた。時計を見ると、三時四十五分。

ダーメンがベッドにいない。ブランケットを払いのけ、窓に駆け寄る。洞窟で目を覚ましたときとまた同じなの？ 車は？ 驚いたことに、車はちゃんとあった。

「ぼくを探してる？」

ふりかえると、ダーメンがドアのところにいた。心臓がバクバクいって、顔がカッと熱くなる。

「わ、わたし――寝返りを打ったら、あなたがいなかったから、それで――」

自分がバカみたいで、ちっぽけで、恥ずかしいほど愛に飢えているみたいに思えてくる。

「水を飲みにちょっと下におりてたんだよ、ごめん」

彼はほほえみ、わたしの手をとってベッドに連れもどした。

だけど、ベッドに入るときに彼がいたところをさっと触ってみると、そこにぬくもりはない。シーツは冷え切っていた。ちょっとのはずがない。ダーメンは長いあいだベッドを抜けだしていたんだ。

つぎに目を覚ましたとき、またもひとりだった。だけど、ダーメンがキッチンで動きまわる音がする。ローブをはおって下におりた。

「いつから起きてたの？」

汚れひとつないキッチンを見て、わたしはたずねる。ゆうべの汚れた食器はきれいに片付き、なかったはずのドーナツ、ベーグル、シリアルがかわりに用意されている。

「早起きなんだ。だから、ちょっと片付けてから、店にひとっ走りしてきたよ。買いすぎたかもしれないけど、きみがなにを食べたいかわからなかったから」

そしてにっこり笑って、カウンターの向こうからこっちにまわってきて、わたしの頬にキスをする。

差しだされたしぼりたてのオレンジジュースに口をつけ、わたしはたずねる。

「あなたは飲まないの？　まだ断食中？」

「断食だって？」

「そうよ、とぼけないでね。あなたみたいに少食な人、見たことがない。あなたはあの……薬を飲むだけで、あとは皿をつついているだけ。一緒にいると、自分がブタになったみたい奮闘している。

「じゃあ、これでいいかな?」

ダーメンは笑ってドーナツを半分かじった。砂糖がけの柔らかいかたまりをかみ砕くのに奮闘している。

わたしは窓の外に目をやった。カリフォルニアの気候にはまだ慣れない。季節はもうすぐ冬になるというのに、あたたかい晴天ばかりがつづいている。

「今日はどうする?」

ダーメンに目をもどしてたずねたけど、彼は腕時計を見て言った。

「もう帰らないと」

「でも、まだ朝だよ。それに叔母さんは遅くまで帰ってこないのに」

未練がましくきこえる声も、彼が車のキーをとりだすのを見て胃がぎゅっと痛くなる自分もいやだ。

「家に帰って、いくつか用をすまさなきゃならないんだ。きみが明日、学校でぼくに会いたいと思ってるなら、なおさらだよ」

ダーメンが頬、耳、うなじに唇を軽く触れてくる。

「ああ、学校。学校があったよね。わたしたち、まだ通ってるんだっけ?」

クスクス笑う。最近、つづけてサボってしまったことは都合よく頭から閉めだして。

「学校が大事だと思ってるのはきみだろ。ぼくの好きにさせてくれるなら、毎日が土曜日なのにな」

「でも、そしたら土曜日が特別じゃなくなっちゃう。毎日同じになるでしょ。永遠に怠惰《たいだ》な日々がつづく。それって、目標をめざしてがんばることも、なにかを楽しみに待つこともなくなって、ただひたすらに快楽主義的な同じ時間をくりかえすだけじゃない。しばらくしたら慣れちゃって、すばらしいって感じなくなるかも」

「そうとはかぎらない」

「ともかく、あなたの謎の用事ってなんなの？」

一緒にいないときの、ごくふつうの日常の過ごし方が知りたい。彼の暮らしぶりをチラッとでもかいま見られたら……。

「まあ、家事とかいろいろだよ」

笑いながらはぐらかした。帰る気なのは見え見えだ。

「じゃあ、わたしも手伝――」

「おいおいやめてくれ。ぼくの洗濯なんかしなくていいよ」

ダーメンは片足ずつ交互に体重を移しかえている。まるでレースの前のウォーミングアップでもしてるみたいに。

「でも、あなたの住んでるところを見てみたい。自立してひとり暮らししてる人の家って、行ったことないから、興味があるの」

さばさばした口調になるよう努めたのに、必死の泣き言みたいになってしまう。

ダーメンは首をふって、会うのが待ちきれない恋人候補でも見るみたいに、玄関のドアを見つめた。

白旗を掲げて降参する潮時だ。でも最後にもうひと押しせずにはいられなくて、わたしは問いかけた。

「どうしてダメなの？」

「そりゃあ散らかってるからさ。そう、サイアクにとっ散らかってるんだ。そんなところを見られて、きみに幻滅されたくないからね。それに、そばにいられたら片付けどころじゃなくなるだろ。きみのせいで気が散っちゃって」

ダーメンはニコッとしてみせるけど、唇はぎゅっと引き結ばれ、目にはいらだちの色が浮かんでいる。いかにもその場しのぎの言葉だ。

「今夜、電話するよ」そう言うと、背中を向けた。

「わたしがあとをつけることにしたら？　そしたらどうする？」

ダーメンは急に険しい顔になった。わたしのヒステリックな笑いもぴたりとやむ。

「あとをつけたりするのはよせ、エヴァー」

その言い方をきいて、わたしは考えこむ。彼は「あとをつけたりするのはよせ、絶対に《エヴァー》」と言ったんだろうか？　それとも、「あとをつけたりするのはよせ、エヴァー」だった？

どちらにしても、意味は同じだ。

ダーメンが帰ってしまったあと、わたしは電話をつかんでヘイヴンにかけてみた。すぐ留守電に切り替わってしまうけど、もうメッセージを残したりはしない。だって、すでに何度かメッセージを残しているし、かけ直してくるかどうかは彼女次第だから。

二階にあがってシャワーを浴びた。そのあと宿題を片付けることにして机の前に座ったものの、ダーメンと彼の謎めいた奇妙な行動に、思いを引きもどされる。これ以上はもう無視できない。

たとえば——わたしには彼の心がまったく読めないのに、なんで向こうはいつもわたしの考えていることがずばりわかるの？　それに、たった十七年という短いあいだに、たくさんの外国の街に移り住んで、芸術、サッカー、サーフィン、料理、文学、世界史、そのほか思いつくかぎりのあらゆる科目を習得できるもの？　すばやいあの動きは、いったいなんなの？　バラのつぼみとチューリップと魔法のペンは？　おまけに、彼はさっきまでフツーの男子みたいに話してたと思えば、つぎの瞬間には『嵐が丘』のヒースクリフや、『高慢と偏見』のダーシーや、ブロンテ姉妹の作品の登場人物みたいなしゃべりかたをする。

気になることはまだまだある。ライリーが見えるみたいにふるまったときのこと、ダーメンにはオーラがないということ、ドリナにもオーラがないということ、ドリナとの本当の関係についてなにか隠していること——そして今度は、住んでいる場所をわたしに知られるのをいやがった。

一緒に寝たっていうのに。

まあ、ほんとにただ眠っただけだけど。それにしたって、せめて（ぜんぶとは言わないにしても）いくつかは疑問にこたえてもらう権利はあるんじゃないの？　学校に忍びこんで彼の記録を探すつもりはないけれど、調べてくれそうな相手に心当たりはある。

そう、ライリーだ。でも、この件に死んだ妹を巻きこんでいいものか迷う。

あれからライリーは姿を見せない。わたしに怒っているんだろうか。

呼びだしたいけど、これまではその必要がなかったから、どうすればいいのかさえわからない。大声で名前を呼べばいいの？　キャンドルに火を灯すとか？　それとも目を閉じて、祈りを捧げるとか？

キャンドルに火を灯すのはちょっとやりすぎな感じがするから、ただ部屋の中央に立ち、目をぎゅっとつぶって呼びかけてみた。

「ライリー？　ねえ、わたしの声がきこえるなら出てきて。どうしても話がしたいの。ていうか、ちょっと頼みたいことがあるんだけど。でも、あんたがやりたくないっていうなら、ぜんぜんかまわないし、恨んだりしないから。ちょっとヘンなお願いだってわかってるし。えっと、こんなふうに突っ立ってひとりごとを言ってるのって、バカみたいだから、きこえてるなら、なにかのサインで知らせてくれない？」

とつぜん、ステレオからライリーがいつも歌っていた曲が大音量で流れてきた。目をあけると、ゲラゲラ笑いころげている妹の姿がある。

「もう、やだー。お姉ちゃんってば、ブラインドを閉じて、キャンドルに火を灯して、ベッドの下から降霊の道具をとりだす二秒前って感じなんだもん!」

ライリーは首をふって、こっちを見ている。

「見てたの? わたしったらバカみたい」

「うん、確かにバカっぽかったよ。じゃあ、はっきりさせておくけど、お姉ちゃんは妹に彼氏のスパイをさせて、堕落の道に引きずりこもうとしてるんだね?」

「なんでわかったの?」

びっくりして妹をまじまじ見つめる。

「やめてよ」ライリーはあきれた顔をして、ベッドにすとんと腰をおろす。

「心が読めるのは自分だけだと思ってるの?」

「なんでそのことを?」

「エイヴァにきいた。でもお願いだから怒らないでよね、おかげで最近のお姉ちゃんのイケてないファッションの理由がわかったんだから」

「それより最近のあんたのイケてないファッションはどうなのよ?」

スターウォーズの仮装を示して言い返す。

だけど、ライリーは肩をすくめるだけだ。

「で、彼氏の住所を知りたいの、知りたくないの?」

わたしはベッドに移動し、となりに腰かける。

「正直言って、よくわからないの。もちろん、知りたいのは知りたいよ。でも、あんたを巻きこむのはよくない気がして」

「でも、もう調べてたとしたら？　もう知ってるとしたら？」

ライリーが得意げな顔をした。

「学校に忍びこんだの？」この妹はほかになにをしでかしてきたの？

「ううん、もっといいこと。家まであとをつけたんだ」

口をポカンとあけてライリーを見つめた。

「でも、いつ？　どうやって？」

「ちょっとお姉ちゃん、わたしは行きたいところに行くのに車なんかいらないんだよ。それに、お姉ちゃんが彼にすっかり夢中なのはわかってるし、確かにかなりカッコイイもんね。でも、あの人がまるでわたしのことが見えてるみたいに行動した日のこと、覚えてる？」

忘れられるはずがない。

「わたし、パニクっちゃって。だから、ちょっと調べてみることにしたんだ」

「それで？」

身を乗りだす。

「それで、んーと、なんて言ったらいいのかな、誤解しないでほしいんだけど――あの人、ちょっとヘンだよ。だってね、ニューポートコーストの大きな家に住んでるんだよ。あの若さでひとり暮らしで、それだけでもおかしいでしょ。どこでお金を手に入れてるの？　働いてるわけでもないのに」

競馬場に行った日のことを思いだした。でも黙っておこう。

「だけど、もっとおかしなことがあるんだよ」ライリーは話をつづける。

「なんといっても奇妙なのは、家のなかがからっぽだってこと。家具がぜんぜんないの」

「男なんてそんなもんでしょ」

なんで彼を弁護してあげなきゃいけないのかわからないけど。

「そりゃそうだけど、言ってるのは、ものすごくヘンだってこと。壁掛け式iPodドックと薄型テレビぐらいしかないんだから。マジで。ホントにそれだけ。嘘じゃなくて、家じゅう調べたんだよ。まあ、ひとつだけ鍵のかかった部屋は調べなかったけど」

「あんたなら、鍵のかかった部屋でも入れたでしょ？」

ここ一年で、何度となくライリーが壁を通り抜けるところを見てきた。

「入らなかったのは、ドアのせいじゃないよ。自分で入ろうとしなかったの。だってさ、いくらわたしが死んでるからって、なにも怖くないってわけじゃないんだから」

ライリーは顔をしかめてみせた。

「だけど、彼は引っ越してきてからまだそんなに経たないし。そうよ、家具を入れるのに、まだ手がまわらないだけかも。だからわたしに来てほしくないんだ。そんな状態を見られたくなくて」

頭のなかで自分の言葉を反芻《はんすう》する。あーあ、わたしってば、思ってた以上にどうしようもない。

「自分の目で確かめてみたら?」

「どういうこと?」

ライリーはベッドから立ちあがり、鏡の前に向かって、そこに映る自分の姿を見つめて衣装を直した。

「ねえ、ライリーってば」

妹はなにかを隠している。なんでこんなに秘密めいたそぶりをするの?

「お姉ちゃん、きいて」ライリーはようやくこっちをふりかえって言う。

「勘ちがいかもしれない。だってわたしなんか、なにも知らないただの子どもなんだから。それに、なんでもないことなのかもしれないけど……」

「けど……?」

ライリーは深々と息を吸いこんだ。

「けど、自分の目で確かめるべきだと思う」

「じゃあ、彼の家まで案内して」

「ダメ。行かない。あの人、絶対わたしのことが見えてるもん」

「どうせ同じよ、わたしなんてどこにも隠れようがないんだから」

それでもライリーは譲らなかった。

「ダメなもんはダメ。でも、地図を描いたげる」

ライリーは地図を描くのがあまりうまくなかったから、かわりに通りの名前をリストにして、どこで左折してどこで右折するか教えてくれた。東西南北で言われると、わたしはいつもわけがわからなくなってしまうから。

「本当に行かないの？」

バッグをつかみ、部屋を出ながらもう一度誘った。

ライリーはうなずき、階段の下までついてくる。

「ねえ、お姉ちゃん……。能力のこと、わたしにぜんぶ話してくれればよかったのに。服装のことをバカにしたりして、悪いことしちゃったなあと思って」

わたしは玄関のドアをあけて、肩をすくめた。

「あんた、ホントにわたしの心が読めるの？」

「お姉ちゃんがわたしと通じ合おうとしてるときだけね。ダーメンのことをスパイしてほしいって言いだすのは、時間の問題だと思ってた」ライリーは笑い声をあげる。

「でもね、お姉ちゃん……」

悪い予感がする。なにを言おうとしているの？

「しばらくわたしが姿を見せなくても、お姉ちゃんに怒ってるからじゃないし、懲《こ》らしめようとしてるからでもないし、そういうことじゃないからね。お姉ちゃんが大丈夫かとか、これからも様子を確かめるって約束するけど、しばらくいなくなるかもしれない。ちょっと忙しくなりそうだから」

どういうこと？　ちょっと待ってよ。パニックの徴候があらわれはじめる。

「でも、もどってくるんでしょ？」

「うん、ただ……。もどってくるって約束するよ。ただ、いつになるかはわからないけど」

笑みを浮かべているけど、あきらかに無理してる。

「わたしを置いていくつもりじゃないよね？」

息ができなくなりそう。ライリーがうなずくのを見て、ようやく息を吐きだした。

「じゃあ、なにがあるのかわからないけど、気をつけてね」

妹を抱きしめて、ぎゅっとつかまえて、行かないでと説得したい。だけど、それは無理だとわかってる。

かわりにわたしは車に乗りこみ、エンジンをかける。

23

ダーメンが住んでいるのは、ゲート付きコミュニティだった。ライリーはそのことを言い忘れていた。大きな鉄の門も制服を着た守衛も、幽霊の出入りをとめることはできないから、さして問題とは思わなかったんだろう。

幽霊じゃないけど、わたしもゲートは簡単にくぐり抜けられる。

出てきた警備の人に、ほほえみかけた。

「こんにちは、ミーガン・フォスターです。ジョディ・ハワードに会いにきたんですけど」

いいかげん、たまたま知った名前を告げると、警備の女性はパソコンでチェックする。

「フォスターさんですね。これを運転席側の窓に見えるように置いてください」

警備の女性は、〈ビジター〉という文字と日付がはっきり記された黄色い紙をくれた。

「通りの左側は駐車禁止、停められるのは右側だけですよ」

門が開いた。ジョディの家のある通りを過ぎたことに気づかれませんようにと願いつつ、ダーメンの家をめざした。

丘の頂上にたどり着く手前で、リストにあった通りを二回ほど左折した。ダーメンの家のあるブロックのつきあたりで車を停めて、エンジンを切る。

さっきの勢いはなくなって、すっかり怖じ気《おけ》づいてしまっている。

わたしってどれだけヤバい彼女なのよ？　まともな人間なら、死んだ妹に頼んで彼氏のスパイをさせるなんて、思いつきもしないだろう。人生も恋愛も、もうなにもかもがまともじゃなくなってるのかもしれない……。

心臓が異常なほどバクバクいって、手のひらがじっとり汗ばんでいる。それを無視して、呼吸に意識を集中し、なんとか落ち着つこうとした。

清潔で整然とした高級住宅地。天気は快晴、暑いけど気持ちのいい日で、誰もが自転車に乗るか、犬の散歩をするか、庭仕事をするかしていた。

スパイ行為を働くには、最悪なことこの上ない。運転しているあいだは、とにかくここにたどり着くことにばかり気がいっていて、いざ到着したらどうするつもりなのか考えてもいなかった。

なにひとつプランがない。

いまさら、そんなことはたいした問題じゃないのかも。この先、起こりうる最悪の結果は、ダーメンに見つかって「変な女だ」って思われることぐらいだろうけど、それなら今朝のしつこくて未練がましくて必死な態度を見れば、とっくに彼はその結論に到達してるかもしれないから。

ここまできたら、自分の気持ちに従おう。ライリーも「自分で確かめて」と言ってたじゃない。

車を降りて、袋小路の奥の、熱帯植物ときれいに刈りこまれた芝のある彼の家に向かった。こそこそ忍び歩いたり、無駄に人目を引いたりするようなことはしない。自分にはそこにいる当然の権利があるかのように、ゆったりした足どりでまっすぐ進んでいき、彼の家の大きな両開きのドアの前に立った。

これからどうしよう。

一歩さがって窓を見あげると、ブラインドはおろされ、カーテンも引かれていた。留守だろうか。なにを言うつもりなのかもわからないまま、唇を嚙んで、インターフォンを押し、息を詰めて待つ。

だけど、誰も出てこない。数分が過ぎ、もう一度押してみる。それでもダーメンは出てこない。

ドアの取っ手をひねると、鍵がかかっていた。いったん歩道へ行き、近所の人が見ていないことを確認して、横手の門をくぐり抜け、こっそり裏へとまわった。

プールや手入れされた庭、すばらしい眺めにもほとんど目をくれずに、まっすぐ庭に面した大きな窓のところへ行った。だけど、そっちも鍵がかかっている。

いまのうちに引き返そう、と思ったそのとき、頭のなかで声がきこえた。

——キッチンの窓。

見ると確かに、ちょうど指をすべりこませられるほどの隙間があいている。わたしは窓を押しあげた。

手をかけてよじのぼり、窓をくぐる。部屋の床に足が着いた。ああ、これで一線を越えてしまった。侵入者だ。

これ以上、つづけるべきじゃない。もう一度窓から外に出て、車までダッシュしなさい。手遅れになる前に、静かで安全な家にもどるの。

だけど、頭のなかの小さな声がせきたてる——ここまで来たんだから、どういう結果が待ち受けているのか、確かめればいい。

家のなかを見てまわった。広くてからっぽのキッチン、がらんとした書斎、テーブルも椅子もないダイニング、小さな石鹸《せっけん》がひとつと黒いタオルが一枚しかないバスルーム。

ライリーの言葉は正しかった。ここは空き家みたいにがらんとしていて不気味だ。個人的な思い出の品も、写真も、本もない。あるのは、黒いフローリングの床と、オフホワイトの壁。食器棚にはなにも入っていない。思い切って冷蔵庫を開くと、あの奇妙な赤い液体のボトルが数え切れないほど詰めこまれていた。

リビングのほうにはライリーが話していたテレビと、話には出てこなかったリクライニングチェア、DVDがうず高く積まれているのが見える。ほとんどが外国語でなんのDVDなのかわからない。

もうじゅうぶんだ。帰るべきだとわかっていながらも、正体不明のなにかにうながされ、階段のところで足をとめた。

踏み板が足の下できしみ、ギシッという音ががらんとした空間に恐ろしいほど響きわたる。ビクビクしながら、手すりにつかまって階段をあがった。どうにかあがりきると、ライリーに教わった鍵のかかったドアのところへ行った。ただし、今回ドアはわずかにあいていた。

なんらかの指示がほしくて、頭のなかの声を求めながら、そっとドアに近づく。だけど頭のなかにはなにもきこえない。きこえるのは自分の鼓動と荒くなる息づかいだけ。

手のひらを押しあててドアを開く。ドアの向こうには、まるでヴェルサイユ宮殿から飛びだしてきたみたいな、きらびやかに飾り立てられた豪華絢爛《けんらん》な部屋があった。

みごとに織られたタペストリー、年代物のラグ、クリスタルのシャンデリア、金の枝付き燭台《しょくだい》、ぶ厚いシルクのカーテン、ビロード張りの長椅子、本が山積みになった大理石のテーブル。壁は金縁の額におさめられた大きな絵で埋めつくされている。

絵を見て、息がとまりそうになった。ダーメンだ、すべてが。

さまざまな時代のさまざまな衣装を身に着けたダーメンだった。うち一枚は、白馬にまたがり、腰に銀の剣を帯び、ハロウィンの夜に着ていたのとまったく同じ上着を着ていた。

絵に近づき、上着の肩の部分に穴を探す。大砲の砲火のせいだと彼がふざけて言っていたほころびを。
ほころびはあった。どういうこと？　これはなにかの魔法か、手のこんだ策略か、夢なのだろうか。指で絵をなぞる。指先をすべらせてずっとおろしていくと、いちばん下に小さな真鍮《しんちゅう》の飾り板があり、こう記されていた――

ダーメン・オーギュスト・エスポシト　一七七五年　五月

そのとなりにある、青を背景に地味な黒っぽいスーツを身にまとった厳めしい表情のダーメンの肖像画を見たとたん、鼓動が激しくなる。

ダーメン・オーギュスト　パブロ・ピカソ作　一九〇二年

そのとなりは、重々しい質感の渦巻き模様で描かれた肖像画。

ダーメン・エスポシト　ヴィンセント・ヴァン・ゴッホ作

あらゆる巨匠の手で描かれたダーメンの肖像画……。
わたしはビロード張りの長椅子に座りこんだ。目がかすみ、ひざがガクガクしている。いくつもの可能性に思いをめぐらせてみるが、どれも同じぐらいバカげている。なにか答えを探りたくて手近にあった本をつかみ、扉のページを開くと署名があった。

——ダーメン・オーギュスト・エスポジトへ　　ウィリアム・シェイクスピア

古い本で偽物には見えない。手から本がすべり落ちた。つぎの本に手を伸ばす。

『嵐が丘』だ。

——ダーメン・オーギュストへ　　エミリー・ブロンテ

どの本もダーメン・オーギュスト・エスポジトか、ダーメン・オーギュストか、ダーメンとだけ名前が書かれている。すべて一世紀以上前に死んだ作家の署名入りだ。

心臓がバクバクいって手が震える。目を閉じ、呼吸を落ち着かせようと集中する。

きっとぜんぶなにかの冗談なんだ、ダーメンは異常な歴史マニアで、アンティーク収集家で、度を超した絵画の模造者だった。ううん、それともお祖父さんもそのお祖父さんもみんな同じ名前で気味が悪いほど顔もそっくりなんだ。そしてここにあるのは、代々伝わる家宝で……。

だけど、背すじを走る寒気が、否定できない真実を訴えてくる――ただのアンティークでも、先祖伝来の家宝でもない。すべてダーメンの財産で、長い年月をかけて収集してきたお気に入りの宝物だったとしたら？　ここはそれを飾ってある部屋、誰にも見られないように鍵をかけて……。

彼は何者なの？　ひょっとして……。

動揺して気分が悪くなり、ふらふらと立ちあがると、よろめきながら廊下に出る。この不気味な部屋から、古めかしい豪華なものでいっぱいのぞっとする部屋から、この霊廟《れいびょう》みたいな家から、とにかく逃げだしたい。できるかぎり遠く離れて、どんな状況になっても二度とここにはもどりたくない。

階段をちょうどおりきったところで、耳をつんざくような悲鳴とくぐもったうめき声がきこえてきた。考えるより先に、声のした廊下のつきあたりまで走っていく。

ドアを開くと、床にダーメンの姿があった。服は破れ、顔には血がしたたっている。ダーメンの体の下にいるのは、ヘイヴンだった。

どういうこと？　その血はなに？

ヘイヴンは手脚をばたつかせてうめいている。

「エヴァー！」

ダーメンがパッと立ちあがった。

わたしは無我夢中でヘイヴンに近づこうと突進し、ダーメンが押さえつけるのもかまわず、もがき、蹴りつけた。

ヘイヴンの肌は青白く、白目を剝《む》いている。一刻も無駄にできないはずだ。

「ヘイヴンになにをしたの?!」

「エヴァー、頼むからやめてくれ」

罪があるのはあきらかな状況なのに、ダーメンの声はあまりにも自信に満ちていて、落ち着きすぎていた。

「なにをしたのよ!」

わたしは叫び、全力をふりしぼって蹴り、殴り、嚙みつき、悲鳴をあげ、引っかくけれど、ダーメンには到底かなわない。彼は片手でわたしを押さえながら、表情ひとつ変えず攻撃に耐えている。

「お願いだから説明させてほしい」

死にものぐるいで蹴りつけるわたしの足をかわしながら、ダーメンは言う。

大量に血を流し、苦痛に顔をゆがめている友人を見つめながら、恐ろしい結論に思い至る。だからダーメンはわたしを家に来させようとしなかったんだ!

「ちがう! それはまったくちがうんだ。きみは完全に誤解してる。確かに、こんなところを見せたくはなかったが、きみが考えているようなことじゃない」

彼に高く抱えあげられて、わたしの脚はぬいぐるみの人形みたいにぶらんと垂れる。わた

しがこんなに殴ったりもがいたりしているにもかかわらず、彼は汗ひとつかいていない。

だけど、ダーメンのことはどうでもいい。自分のことだってどうでもいい。心配なのはヘイヴンのことだけだ。唇が青ざめてきて、息づかいは恐ろしいほど弱々しくなっている。

「ヘイヴンになにをしたの？」

ありったけの憎しみをこめて、ダーメンをにらみつけた。

「なにをしたのよ、このバケモノ！」

「エヴァー、頼むからきいてくれ」

これほど怒っているのに、アドレナリンが放出しまくっているのに、肌に触れる彼の手からは、やっぱりあたたかいうずきを感じてしまう。だめ、しっかりするのよ。わたしは、必死でわめき、叫び、蹴りつけようとするけれど、ダーメンの動きがすばやすぎて、どれもからぶりに終わってしまう。

「きみにヘイヴンを救うことはできない。信じてくれ、彼女を救えるのはぼくだけだ」

「あなたは救おうとしてるんじゃなくて、殺そうとしてるんでしょ！」

ダーメンは疲れた表情を浮かべて、かすれ声で言う。

「そんなことは絶対にない」

また身をもがいてみても、無駄だった。彼には勝てない。降参して目を閉じ、ぐったりと体の力を抜いた。

これでおしまいなんだ。わたしもこの世を去るんだ。

が、彼が押さえつける力をゆるめた瞬間に、力いっぱい股間を蹴りあげた。ブーツが狙いをとらえ、わたしは床にどさりと投げだされる。

ヘイヴンに駆け寄り、血まみれの手首に指をすべらせ、脈を探した。

不気味なタトゥーの中央にふたつの小さな穴があいているのを見つけて、やっぱり、と怖じ気づく。でも、とにかくヘイヴンを助けなければ。お願い息をして！　どうにか持ちこたえて。

救急車を呼ぼうと、携帯電話に手を伸ばすと同時に、立ちあがったダーメンが背後から近づいてきて、電話を奪って言った。

「こんなことはしたくなかったんだが」

24

目を覚ましたとき、わたしはサビーヌ叔母さんに見おろされながら、ベッドに横たわっていた。叔母さんの心のなかには不安が渦巻いていたけど、表情はホッとしている。

「エヴァー。よかったわ、目を覚まして。こんなに眠るなんて、どうやら週末はたっぷり遊んだようね」

薄目をあけてまず叔母さんを、つぎに時計を見る。そして、いまが何時か気づいて、あわててベッドを飛びだした。

「ねえ、大丈夫なの？」叔母さんはうしろからついてきた。

「ゆうべわたしが帰ってきたときには、もう眠ってたでしょう。それからずっとよ。具合が悪いんじゃないわよね？」

どうこたえたらいいのかわからず、わたしはシャワーに向かう。具合は悪くないけれど、なんでそんなに長く眠ってしまったのか、わけがわからない。

「なにかわたしが知っておいたほうがいいことは？　話しておきたいことはない？」

叔母さんはドアの向こうからたずねてくる。

目を閉じて週末をふりかえった。ビーチのこと、エヴァンジェリンのこと、ダーメンが泊まっていって夕食をつくって、翌日は朝食を用意してくれたこと――。

「ううん、べつになにもなかった」そう、それ以外なにもなかったはずだ。

「ならいいのよ。学校に遅刻したくなければ、急いだほうがいいわよ。本当に大丈夫なのね？」

「うん」

明るく、きっぱりと、できるかぎりしっかりした声を出そうと努めると、蛇口をひねってシャワーを浴びた。なんだかぼーっとしている。嘘をついているのか、本当のことを言っているのか、自分でもわからなかった。

学校に向かうあいだずっと、マイルズはエリックの話ばかり。日曜の夜にメールで破局するに至るまでのことを細かに説明してくれた。ぜんぜん平気だし、エリックにはなんの未練もないんだ、とわたしに信じこませようとしてるけど、それこそが本当はそうじゃないことを証明している。

「ねえ、ボクの話、きいてる？」マイルズは顔をしかめる。

「もちろん」

学校の手前で赤信号に引っかかっているあいだ、頭のなかで週末の出来事をふりかえってみるけれど、いつもあの朝食のところで記憶がとぎれてしまう。いくら思いだそうとしても、そのあとのことはなにひとつ思いだせない。

「どうだかね」マイルズは薄笑いを浮かべ、窓の外を眺める。

「ボクの話が退屈なら、そう言えばいいでしょ。でも嘘じゃなくて、エリックのことは完全に吹っ切れたんだ。あのときのことはもう話したっけ、エリックがさあ――」

「ねえ、ヘイヴンと話した?」

「ううん。エヴァーは?」

「話してないと思う」

ヘイヴンの名前を口にしただけで、なぜか不安でたまらなくなる。信号が青にかわった。

「話してないと思う?」マイルズは座り直しながら、目を見開く。

不思議に思いながら、アクセルを踏みこんだ。

「うん、金曜日から」

駐車場に入り、車によりかかってわたしを待つダーメンの姿がいつもの場所に見えると、いつも以上にドキンとした。

「少なくとも、ボクたちのうちひとりは、ハッピーエンドの見込みがあるってわけね」

一輪の深紅のチューリップを手に、運転席側にまわってくるダーメンを見ながら、マイルズが言った。

「おはよう」

ダーメンはほほえみ、わたしに花を、頬にキスをくれる。わたしはもごもご支離滅裂の返事をして、校門に向かった。チャイムが鳴って、マイルズは教室へ走っていき、ダーメンはわたしの手をとって国語のクラスに入った。

「ロビンズ先生は向かってきてるところだよ」ダーメンはわたしの耳にささやき、からめた指に力をこめて、ステーシアの脇を通りすぎる。ステーシアはむっとした顔で通り道に足を出したものの、最後の最後に引っこめた。

「先生は奥さんに帰ってきてもらおうと禁酒してるんだ」

耳元にダーメンの唇が寄せられると、なぜかぞくっとして足を速めた。

今日はどうして不気味で気にさわったりするんだろう？　席に着いて教科書をとりだし、iPod用のポケットに手を入れたところで、家に置き忘れてきたことに気づいてパニックになる。

「必要ないよ」ダーメンは手を重ねてきて、指をなでながら言う。

「いまはぼくがいるから」

目をつぶった。ロビンズ先生が来るまで、あと三秒、二、一――

「なあ、エヴァー」わたしの手首の血管を指でなぞりながら、ダーメンはささやきかけてくる。「具合、大丈夫か？」

唇を引き結んでうなずく。

「よかった」ダーメンはそこでいったん口をつぐんだ。

「最高の週末だったよ。きみも同じ感想だといいけど」

目をあけると同時に、ロビンズ先生が教室に入ってきた。先生の手はまだ少し震えてるけど、いつもほど目は腫れてないし、いつもほど顔も赤くない。

「昨日は楽しかった、だろ？」

ダーメンの瞳をのぞきこんだ。手を重ねられているだけで、肌はあたたかくうずく。わたしはうなずいた。それが彼の求めている反応だとわかっていたから。でも、本当に楽しかったのかはわからなくなっていた。

そのあとの数時間は、授業と混乱でぼんやりと過ぎて、ランチのテーブルでやっと昨日なにがあったのかを知った。

「海に入ったなんて信じられないよ」マイルズはヨーグルトをかき混ぜながら言う。

「どれほど冷たいかって考えなかったの？」

「エヴァーはウェットスーツを着てたし。そうだ、あのウェットスーツ、ぼくの家に置き忘れていったよ」

わたしはサンドイッチの包みを開きながら考えた。そんなこと、なにひとつ覚えてない。ウェットスーツなんか持ってもいないのに。持ってたっけ？

「えっと、それって金曜の話じゃない？」

そうたずねると、金曜の出来事が一気によみがえってきて、顔が熱くなる。

ダーメンは首を横にふる。

「金曜は、ぼくはサーフィンしたけど、きみはしてないだろ。レッスンしたのは日曜だよ」

思いだそうとするけれど、何度考えても頭が真っ白になるだけ。

「で、エヴァーのサーフィンの腕前は？」

マイルズはスプーンをなめながら、ダーメンからわたしへと視線を移す。

「それが、凪《なぎ》だったから、たいして波には乗れなかったんだ。ほとんどはブランケットにくるまって、浜辺に寝そべって過ごしてた。うん、エヴァーは寝そべるのは上手だったよ」

ダーメンは声をあげて笑った。

ブランケットの下でウェットスーツは着ていたのか脱いでいたのか、そこでなにか起きたのか気になった。金曜日の洞窟でのことを埋め合わせようとしたとか？　でも、そのときのことを記憶から閉めだして、思いだせなくなるなんてことは、ありえるだろうか？

マイルズは眉をあげてこっちを見ているけれど、肩をすくめてごまかし、サンドイッチをひと口かじった。

「どこのビーチで？」

マイルズにきかれたけど、覚えていないから、ダーメンを見る。

「クリスタルコーヴだよ」

ダーメンはこたえ、赤いドリンクに口をつける。

「きみたちさあ、話すのはぜんぶ男の担当っていう、よくいるカップルになり果てちゃったわけじゃないよね？　レストランでも、エヴァーの分はダーメンが注文するわけ？」

　またダーメンのほうを見たけれど、彼がこたえる前にマイルズが言う。

「エヴァーってば、きみにきいてるんだよ」

　二度のレストランでの食事を思いだしてみた。最後はひどく奇妙な終わり方をしたけど、ディズニーランドで楽しく過ごしたときの食事と、大金を勝ちとった競馬場での食事。

「自分の分は自分で注文してるよ。ねえ、スマホ、貸してもらえない？」

　マイルズはポケットからスマホをとりだし、こっちにすべらせた。

「なんで？　ケータイ忘れたの？」

「うん。ヘイヴンにメールして、居場所を確認したいの。なんだかものすごく胸騒ぎがして」

　自分でもわけがわからないのに、どう説明したらいいのだろう。

「とにかくヘイヴンのことが頭から離れないの」

　ちっちゃなキーボードを指でたたきながら言う。

「ヘイヴンなら病気で休んでるよ。インフルエンザみたい。それと、エヴァンジェリンのことを悲しんではいるけど、ボクたちのことはもう怒ってないって」

「ヘイヴンと話してないって言わなかった？」

　手をとめてマイルズを見あげた。車のなかでは確かにそう言ってたのに。

「歴史の授業中にメールしたんだ」

「じゃあ、無事なのね？」

理由はわからないけど、神経過敏になっているみたい。胃がチクチクしている。

「ゲーゲー吐いて、友だちを亡くして落ちこんでるけど、まあ、無事っちゃ無事だよ」

マイルズにスマホを返した。病気なら、休んでるところを邪魔してもしょうがない。

ランチのあいだ、ダーメンはわたしの脚に手を置き、マイルズはエリックのことを話しつづけ、わたしはサンドイッチをちょっとずつ口に運びながら、うなずいたりほほえんだりした。でも、ずっと漠然とした不安がつきまとっていた。

なんでまたよりによって、学校をサボってくれたらいいのにと思う日にかぎって、ダーメンはちゃんと出席してるんだろう。教室から出るたびに、ドアの外で心配そうに待っていて、具合は大丈夫かときいてくる。いったいどうしたの？　少しイライラしてきた。

だから、最後の美術の授業が終わって、彼が車で家までついていくと言ったとき、わたしはこう言った。

「えっと……もしかまわなければ、しばらくひとりになりたいの」

「なにも問題はないんだね？」

わたしは無言でうなずき、車に乗りこむ。どうしたんだろう。今日はふたりのあいだに距離を置きたくてたまらない。

「いくつかやらなきゃいけないことがあるだけだから。また明日会えるでしょ?」

そしてすばやく駐車場から車を出して、走り去った。


家に着くと、異常に疲れていた。

サビーヌ叔母さんが帰ってきてまた心配しはじめる前に少し昼寝しておこうと、ベッドに直行した。だけど、目を覚ましたのは夜中だった。また死んだように眠ってしまったらしい。

服は汗でぐっしょり濡れている。うなされていたみたいで、鼓動が激しい。ふと、部屋にいるのは自分ひとりじゃないとはっきり感じた。

枕に手を伸ばし、柔らかい羽毛がなにかの楯《たて》になるとでもいうみたいに抱きしめ、目の前の闇にささやく。

「ライリー?」

妹ではないはずだとわかりつつも呼んだ。答えはない。

柔らかくくぐもった音がした。息を詰め、耳を澄ます。窓のあたりで、カーペットの上をスリッパで歩くような音がする。

「ダーメン?」

闇をのぞきこんでみても、小さな衣擦《きぬず》れの音のほかはなにもわからない。

電灯のスイッチに手を伸ばした。とつぜんの明るさに目を細くしながら、侵入者の姿を探す。

誰もいない。絶対に誰かがいる、絶対にひとりじゃないと思ったのに。

枕をつかんだままベッドを降り、窓に鍵をかけた。それからクローゼットとベッドの下をのぞいてみる。遠い昔の夜、ブギーマンがいないことを確かめてくれていたパパみたいに。

なにも見つからず、わたしはまたベッドにもぐりこんだ。いま見た夢のせいで不安になってしまったのだろうか。

夢は前にも見たのと似ていた。

夢のなかで、わたしは風の吹きすさぶ暗い峡谷を走っていた。身につけているのは薄っぺらな白いワンピース。風が肌に激しく吹きつけ、骨の髄《ずい》まで冷え切っている。それなのに、わたしは走ることに必死で、寒さにほとんど気づいてもいない。湿ってぬかるんだ土に足跡をつけながら、靄《もや》がかかってよく見えない逃げ場所をめざしている。

わかっているのは、わたしは柔らかく輝く光に向かって走っていたということだけだ。

そして、夢のなかで、ダーメンから逃げようとしていた。

25

翌日、いつもの駐車スペースに車を停めると、車を飛び降りて、ダーメンの脇を走り抜けた。

校門のそばで待っているヘイヴンに駆け寄る。ふだんはできるかぎり人との接触は避けているけれど、今日はヘイヴンの肩をつかんでぎゅっと抱き寄せた。

「はいはい、わかったよ、あたしも愛してる」

ヘイヴンは照れくさそうに笑い、頭をふってわたしの体を離す。

「かんべんしてよね、あんたたちにいつまでも怒っていられるわけないじゃん」

ヘイヴンの赤毛はパサパサでコシがなくなり、爪の黒いマニキュアは剝げ、目の下はいつにも増して黒く、顔は見るからに青白い。もう大丈夫だからと言われても、また手を伸ばしてヘイヴンを抱きしめずにはいられない。

「具合はどう？」

わたしはヘイヴンをまじまじ見つめながら、心を読もうとした。でもオーラが半分透きとおったような弱々しい灰色に見えるほかは、たいして読みとれない。

「あんたったら、いったいどうしちゃったの?」

ヘイヴンは首をふって、わたしを押しもどす。

「この愛情表現はなんなのよ? あんたに言ってるんだよ、永遠のiPod&フードのコンビネーションのあんたにね」

「病気だってきいて、昨日は学校を休んでたから――」

なんてバカっぽい返事。

「ちゃんとわかってるよ。こうなったのは、あんたのせいなんでしょ?」

ヘイヴンはダーメンを指した。

「あんたの存在が、この氷みたいに冷たい友だちを溶かして、あたたかくて涙もろい、うすぼんやりしたお人好しに変えちゃったんでしょ」

ダーメンは声をあげて笑っているけれど、目はぜんぜん笑ってない。

「ただのインフルエンザだったんだ。エヴァンジェリンのことですっかり落ちこんでたから、症状が悪化したみたい。ものすごく熱っぽくて、何度か気を失ったぐらいなんだから」

「ホントに?」

わたしはダーメンから離れ、ヘイヴンとならんで歩いた。

「うん、あんなに妙なことってなかったよ。毎晩、ベッドに入るときに着てた服と、目が覚めたときに着てる服がぜんぜんちがってさ。寝る前に着てた服を探しても、見つからないし。まるで消えちゃったみたいなんだよ」

「ま、きみの部屋はかなり散らかってるからね。じゃなきゃ、幻覚を見てたのかもね——ひどい高熱を出したときには、よくあることでしょ」マイルズが笑う。

「まあね。だけど、黒いマフラーがぜんぶなくなっちゃったから、弟のやつを借りるはめになっちゃった」

ヘイヴンは青い毛糸のマフラーの端を持ちあげて、くるくるふりまわした。

「家できみの世話をしてくれる人はいたのか?」

ダーメンがすっとわたしの横に来て手をとった。指と指がからまり、全身に一気にあたたかさが広がる。

「冗談でしょ? あたしだってあんたと同じぐらい親から世話を放棄されてるようなもんだよ。それに、部屋のドアにはずっと鍵をかけてたし。部屋で死んでても、誰にも気づかれなかっただろうね」

「ドリナはどうしたの?」

その名前を口にしたことで、胃がぎゅっと縮こまる。

「ああ、ドリナ? ドリナはニューヨークだよ。金曜の夜に発ったんだ。それはともかく、あんたたちは同じインフルエンザにかからないといいね。朦朧《もうろう》とした状態でなかなかイケてる夢も見たけど、あんたたちは気に入らないだろうから」

ヘイヴンは教室のそばで足をとめ、壁にもたれかかった。

「峡谷の夢、見なかった？」

わたしはダーメンの手をふりはらい、ヘイヴンと顔がくっつきそうなほど接近した。

「ちょっとちょっと、近すぎだって！　峡谷は出てこなかったよ。ただのワイルドなゴス関係の夢。説明しづらいけど、血と血糊がたっぷりのね」

〝血〟という言葉を耳にしたとたん、すべてが真っ暗になって、意識が遠のいた。

「エヴァー？」ダーメンが叫ぶ。わたしが床に倒れる寸前に、受けとめてくれたようだ。

「大丈夫か？」

目をあけると、ダーメンの瞳がのぞきこんでいる。その表情に、強烈な視線のどこかに、ひどく懐かしさを覚えた。だけど、記憶が形をとりはじめたかと思ったら、ヘイヴンの声にかき消されてしまう。

「エヴァー、気をつけなよ。あたしも最初の症状はちょうどこんな感じだったんだから。失神したのはもうちょっとあとだったけど、最初にひどいめまいの発作が起きたのはまちがいないから」

「妊娠してるとか？」

通りかかった生徒にきこえるぐらい大きな声で、マイルズが言う。

「ありえない」あたたかく力強いダーメンの腕に包まれているおかげか、気分がよくなっている。

「ホントにもう大丈夫だから」

よろめきながら身を離した。

「ねえ、家に連れて帰ったほうがいいんじゃない？」マイルズはダーメンに言った。

「すごく具合が悪そうだよ」

「そうだよ」ヘイヴンがうなずく。

「マジで休んだほうがいいって。インフルエンザだったら大変だよ」

わたしがいくら大丈夫と言っても、誰もとりあってくれない。気づいたときには、ダーメンに腰を抱かれて、彼の車に連れもどされていた。


「こんなのってバカみたい」

ダーメンはとりあわず、さっさと駐車場から車を出し、学校をあとにする。

「ホント、わたしなら大丈夫だって。それに、またサボったりしたら、きっと落第させられちゃう！」

「誰も落第なんかさせられないよ。きみはさっき気を失ったんだぞ？　あのまま頭を打ってたら大変だった」

「でも、頭を打たなかったんだから、もう大丈夫。ホントに。わたしのこと、本気でそんなに心配なら、学校の保健室に連れていくべきでしょ。誘拐する必要なんかなかったのに」

「誘拐なんてしてないよ」ダーメンはあきらかにイラついている。

「きみの世話をして、大丈夫か確かめたいだけだ」

「へえ、今度はお医者さんになったつもり？」

だけど、ダーメンはなにも言わない。パシフィック・コースト・ハイウェイに車を走らせ、わたしの家に向かう道を通りすぎ、大きくて立派な門の前で車を停める。

「どこに行くの？」わたしはたずねる。

彼が門の警備の人に親しげにうなずいてみせると、ゲートが開いた。

「ぼくの家」彼はボソッとつぶやく。

ダーメンの家？

丘をのぼって、何度か曲がると、袋小路の奥にあるがらんとしたガレージにたどり着いた。

ダーメンはわたしの手をとって、設備の整ったキッチンを通り抜け、書斎に入る。美しい家具の置かれた部屋。もっと学生寮っぽい雰囲気を想像してたけど、ぜんぜんちがう。

「ホントにここに住んでるの？」

シェニール織りの豪華なソファに手をすべらせながら、視線をめぐらせていくと、精巧な細工のランプ、ペルシャ絨毯《じゅうたん》、抽象主義の油絵のコレクション、黒ずんだ木製のコーヒーテーブルと、その上に置かれた美術書、キャンドル、そしてわたしの写真をおさめた写真立てが目に入る。

「この写真、いつ撮ったの？」

テーブルから写真立てをとりあげ、まじまじ見つめる。写真を撮られたときの記憶がまったくない。

「まるでこの家に初めて来たみたいだな」

「初めてだもん。でしょ？」

「来たことあるだろ？　日曜日に。ビーチのあとにさ。きみのウェットスーツだって二階に干してあるし。ほら、座って」ソファのクッションをポンポンとたたく。

「体を休めたほうがいい」

写真立てをつかんだまま、ふかふかのクッションに沈みこみ、いつ撮った写真だろうと考える。わたしの髪は長く垂らしてあって、頬をかすかに紅潮させ、ピーチ色のパーカーを着ている。これ、どこにやったっけ。そして、顔は笑っているけど、目は笑っていない。

「学校で撮った写真だよ。きみに気づかれないようにね。スナップ写真が好きなんだ。人の本質をとらえる唯一の方法だから」

ダーメンはそう言って、わたしの手から写真立てをとり、テーブルにもどした。

「さあ、目を閉じて休んで。お茶を淹れるよ」

お茶が入ると、彼はわたしの手にカップを持たせ、ぶ厚いウールの毛布をかけて、体をくるんでたくしこむ。

「すごくうれしいけど、必要ないよ」カップをテーブルに置いた。腕時計に目をやる。いますぐここを出れば二時間目にまにあうだろうか。

「ほんと。わたしは大丈夫だから。学校にもどらなきゃ」

「エヴァー、きみは失神したんだぞ」

ダーメンはわたしの横に腰かけ、髪をなでながらわたしの顔を探るように見る。

「よくあることだよ。貧血じゃない？」

こんなに大騒ぎされるのがきまり悪い。どこも悪くないと自分でわかっているから、なおさらだ。

「ぼくの見ているときには、こんなこと一度もなかった」

彼はささやき、その手を髪から額の傷痕へとすべらせる。

「やめて」

触れられる直前にわたしは身を引いた。

「どうしたんだ？」

「もしインフルエンザだったら、うつしたくないし」

この傷痕はわたしのもの、わたしだけのものだから。決して忘れないよう、絶えず思いださせるもの。だから形成外科医に診せて〝直す〞のを拒んだのだ。起こったことは決して直せないという証に。わたしだけの痛みだから、前髪の下に隠して、誰にも触れさせない。

ダーメンはただ笑っただけだ。

「ぼくは病気にはならないよ」

「へえ、今度は〝病気にならない〞ですって？」

彼は肩をすくめ、わたしの口元にカップを運び、飲むよううながす。

ほんの少しだけ飲むと、顔をそむけてカップを押しのけ、つづけた。

「つまり、あなたは病気にならなくて、ズル休みしても問題にはならなくて、サボっても成績はオールAで、絵筆を手にとれば、ピカソより上手なピカソの絵が描けるわけね。どんな五つ星レストランのシェフにも負けない料理の腕前で、ニューヨークではモデルをしてて。つい最近まではサンタフェ、その前にはロンドン、ルーマニア、パリ、エジプトに住んでて。働いてなくて、自立してて、なのに豪華に飾りつけられた何百万ドルもしそうな夢の家に住んで、高級車を乗りまわして――」

「ローマだ」

「え？」

「ぼくがルーマニアに住んでたって言っただろ、正しくはローマだ」

「どうでもいいよ、大事なのは――」

「大事なのは？」ダーメンはこっちに身を寄せてくる。

「なんだ？」

大きく息を吸いこみ、視線をそらす。彼が来てからわたしはふりまわされてばかりいる。それになにかがおかしい。そう、ふつうじゃない。わたしへの態度も、急に消えることも、そして豪華な暮らしも……。彼に強烈に惹かれているのは認めるけど、このまま関係をつづけていいの？

もうちょっとでなにかがわかりそうなのに。ここのところずっと心を悩ませているなにかが。ダーメンに関わることで、彼のどこかこの世のものとは思えないような本質に関わること――彼もライリーみたいに死者なの？　ううん、それはありえない、彼の姿はみんなに見えているんだから。じゃあ、なに？

「エヴァー」

ダーメンは手のひらをわたしの頬にあてて、また自分のほうを向かせようとする。

「ぼくは――」

だけど言い終わる前に、わたしはソファを降りて彼の手を逃れ、その瞳を見ないようにして言った。

「家に連れて帰って」

26

ダーメンがうちの私道に車を乗り入れると同時に、わたしは車から飛び降りて玄関に走った。

ライリーがいてくれることを期待し、祈りながら、階段を一段飛ばしであがる。妹に会いたい。わき起こっているむちゃくちゃな考えのすべてを、妹に話したい。こんなことを説明できそうな相手なんかライリーしかいないし、わかってくれそうなのもライリーしかいない。

書斎、バスルーム、バルコニーを確かめ、自分の部屋に立って大声で妹の名前を呼んだ。なんとも説明しようがないけれど、めまいがして、熱っぽくてだるくて、体がぶるぶる震えて、パニックになっている。

ライリーはどこにもいない。ベッドに崩れ落ち、体をボールみたいに小さく丸めて、妹を失った悲しみをふたたび味わった。

「エヴァー、ねえ、大丈夫？」

サビーヌ叔母さんはバッグを落として、わたしの横にひざまずく。熱くじっとりした肌に触れるその手は、冷たくて頼もしい。

目を閉じて首をふる。めまいの発作を起こしたり、ここのところ疲労がつづいたりしてはいるけれど、病気じゃないのはわかってる。少なくとも叔母さんが言っているような意味での病気ではない。これはもっと複雑で、そう簡単には治らない。

寝返りを打ち、枕カバーの端で涙をぬぐってから、叔母さんのほうを向いて言った。

「ときどき――ときどき、急に悲しくてたまらなくなるの。それに、悲しみはちっとも薄れない」

我慢できずに悲しみをぶつけてしまった。息が詰まり、堰《せき》を切ったように涙があふれだす。

叔母さんはわたしを見つめ、悲哀の浮かぶ顔をやわらげて言う。

「いつか悲しみが薄れるときがくるのかは、わからないわ。虚しさや喪失感に慣れて、なんとか一緒に生きていく術《すべ》を身に着けるしかないんじゃないかしら」

そしてやさしくわたしの涙をぬぐいとった。

叔母さんがわたしの横に来たが、体がくっついても、もうわたしは離れようとはしない。ただ目を閉じて、彼女の痛みと自分の痛みを感じ、やがてすべてが混じり合い、始まりも終わりもないできたばかりの深い傷になるがままに任せる。

わたしたちはそんなふうにして、ずっと前にそうするべきだったやり方で、泣いて、話して、痛みを分かち合った。もっと早くおたがいを受け入れていればよかったのだ。追いはらわなければよかった。

しばらくそうしていると、落ち着いてきた。叔母さんは夕飯のしたくをするために起きあがると、トートバッグのなかを探って言う。

「そうそう、車のトランクになにが入っていたと思う？　あなたがここに引っ越してきてから、ずっと借りっぱなしになってたのよ。こんなに長いあいだ持ってることに気づかなかったなんてね」

出てきたのはピーチ色のパーカーだった。

わたしがすっかり忘れていて、学校の最初の週からずっと着ていなかったものだ。その頃はまだ出会ってもいなかったのに、ダーメンのコーヒーテーブルに飾られた写真のなかのわたしは、これを着ていた。

つぎの日、学校に着くと、ダーメンの前を通りすぎ、彼がいつもわたしのためにキープしてくれている忌々《いまいま》しい駐車スペースを通りすぎ、世界の裏側みたいに遠い場所に駐車した。

「いったいどうなっちゃってるの？」マイルズは信じられないという顔でポカンと口をあけている。

「いつもの場所を通りすぎるなんて！　おかげでどれだけ歩かなきゃならないと思ってるのさ?!」

わたしはドアをバタンと閉め、駐車場をずんずん歩き、車によりかかって待っているダーメンのすぐ目の前を足早に通りすぎる。

「ちょっと、おーい！　三時の方向に黒髪で黒い瞳の長身のハンサムがいたのに、通りすぎたよ！　どうなっちゃってんの？　きみたち、ケンカでもしてるとか？」

マイルズに首をふって、腕をふりはらった。

「どうもしてない」

そう言って、大股で校舎へと向かう。

ダーメンはわたしのずっとうしろにいたはずなのに、教室に入って席に向かうと、彼はもう来ていた。

彼を無視するために念を入れて、フードをかぶってｉＰｏｄの電源を入れ、ロビンズ先生が出席をとるのを待った。

「エヴァー」

ダーメンにささやきかけられても、まっすぐ前を向いて、後退しつつあるロビンズ先生の生え際に集中して、自分の名前が呼ばれて「はい」とこたえる順番が来るのをひたすら待っていた。

「なあ、動揺してるのはわかってる。説明させてほしいんだ」

前を向いたまま、きこえないふりをする。

「エヴァー、頼むよ」

彼が存在してさえいないかのようにふるまう。そして、ロビンズ先生がわたしの名前を呼ぼうとしたまさにそのとき、ダーメンはため息をつき、目を閉じて言った。

「わかったよ。しかたない。きみにわかってもらうにはこうするしかなさそうだ」

つぎの瞬間、ゴンッ！　という恐ろしい音が教室に響きわたった。

十九人分の頭が机にぶつかる音。

ダーメンとわたし以外の全員の頭が。

教室を見まわし、なにが起きたのか理解しようとするが、呆然とするばかり。

ダーメンがなにかしたの？　いったいなにを？　非難をこめて見つめる。

「こうなることを避けたかったのに」

「いったいなにをしたの？」

みんなの力の抜けた体を見つめているうちに、ぞっとする考えが浮かぶ。

「まさか……殺したのね！　みんなを殺したんでしょ！」

「おいおい、かんべんしてくれ。ぼくをなんだと思ってるんだ？　殺すわけないだろ。そいつらはただ……ちょっと昼寝してるだけだよ」

逃げなくちゃ。椅子の端に体をずらし、ドアから目を離さず、逃げだす方法を考えた。

「やってみればいい。だけど、たいして遠くには行けないだろうな。忘れた？　きみのほうが先に出発したのに、ぼくのほうが早く教室に着いたこと」

ダーメンは脚を組んでわたしを見つめている。顔つきは穏やかで、この上なく落ち着いた声だ。

「わたしの心が読めるの？」

声がかすれる。もっと気まずい考えをいくつか思いだし、頬が熱くなってくるのを感じながら、机の縁をにぎりしめる。

「だいたいはね。うん、まあほとんどいつも」

「いつから？」

一か八かで逃げられるかもしれない。そのほうがいいに決まってる。でもこのまま逃げずに、疑問に対する答えを知ってから死ぬほうがいいのかも……。

「初めてきみを見た日からずっと」

ダーメンは低い声でこたえる。一心に見つめられ、わたしの体じゅうにあたたかいものが流れこんでくる。

「それっていつなの？」

彼の家のコーヒーテーブルの上にあった写真を思いだし、声が震えた。いったいいつから彼にストーカーされていたんだろう？

「ストーカーなんかしてないよ。少なくとも、きみが思っているようなやり方ではね」

「あなたの言葉なんて信じられない」

「ぼくはきみに嘘をついたことはない」

「いま嘘をついてるじゃない！」

「大事なことについては、一度も嘘をついたことはないよ」

ダーメンは視線をそらした。

「へえ、ホントに？　この高校に通いはじめるずっと前に、わたしの写真を撮ったことについてはどうなの？　その件は、恋人と分かち合うべき重要事項のリストのどこに当てはまるわけ？」

ダーメンはため息をつき、目に疲れの色を浮かべた。

「じゃあ、死んだ妹と一緒に過ごしてるってことは、きみのリストのどこに当てはまるんだ？」

いちばん言われたくないことを言われて、立ちあがった。震える手に汗をかき、心臓が激しく跳ねる。

「わたしのことなんか、なにもわかってないくせに」

ぐにゃりと力の抜けたみんなを見つめた。確かに死んではいないようだ。口をあけたままのステーシア、体が揺れるほど大きないびきをかいているクレイグ、ロビンズ先生は見たことがないほど幸せそう。

「全校がこの状態？　それとも、この教室だけ？」

「はっきりとはわからないけど、たぶん全校じゃないかな」

ダーメンはうなずき、あたりを見まわしながら笑みを浮かべている。あきらかに自分の仕事ぶりに満足している様子だ。この人はいったい何者？

わたしはさっと席を立つと、教室のドアから飛びだし、廊下を走り、中庭を横切り、事務室を通り抜けた。机で眠っている事務員や秘書のぐったりした体の脇を駆け抜け、ドアを飛びだして駐車場に入り、赤い小型のマツダ・ロードスターのところまで走っていくと、ダーメンが指先にわたしのバッグをぶらさげながら、すでに待ちかまえていた。

「言っただろ」

彼は肩をすくめ、バックパックをわたしに返す。

わたしは、汗びっしょりで、我を忘れて、完全にパニックになっていた。

その瞬間、忘れていた場面が目の前につぎつぎに映しだされた。

血まみれのダーメンの顔、手脚をばたつかせてうめくヘイヴン、古いものに囲まれたぞっとする不気味な部屋、冷蔵庫の赤いドリンク。すべての記憶がよみがえった。

あのときのことを思いださないよう、彼に心を操られていたのだ。

そんなことができる相手にかなうはずはない。だからといって、戦いもせずにむざむざやられるつもりはない。

「エヴァー！」

ダーメンは怒鳴り、わたしのほうに手を伸ばしかけて、その手を体の脇におろす。

「ぼくがきみを殺すためにこんなことをしたと思ってるのか？」

ダーメンの目は怒りに燃え、せっぱつまった様子だ。

「そのつもりなんでしょ？」ダーメンをにらみつけた。

「ヘイヴンはぜんぶ熱に浮かされて見たワイルドなゴスの夢だと思いこんでるけど。わたしだけは、真実にたどり着いた。わたしだけは、あなたがどれほど恐ろしいモンスターか知っている。ひとつだけわからないのは、なんでチャンスのあるときにわたしとヘイヴンのふたりとも殺さなかったの？　なんでわざわざ記憶を封じて、わたしを生かしておいたの？」

「ぼくは決してきみを傷つけたりはしない。きみは完全に誤解してる。ぼくはヘイヴンを傷つけようとしたんじゃなく、救おうとしてたんだ。きみはきく耳を持たなかった」

「だったら、なんでヘイヴンは死にかけてたのよ？」

唇を噛みしめて震えをとめる。彼の目をじっと見つめているけれど、その目がもたらすあたたかさを必死で遠ざけた。

「ああ、確かに瀕死《ひんし》の状態だった」いらだった口調。

「彼女の手首のタトゥーは最悪の状態で感染してた――死に至るところだったんだ。きみが来たとき、ぼくは病原菌を吸いだしてるところだったんだ。ヘビに嚙まれたときにするみたいにね」

「そんな子どもだましの嘘、よく言えるわね。自分の見たものはわかってる」

ダーメンは目を閉じ、大きく息を吸いこんだ。

「どう見えたかはわかってるよ。きみがぼくを信じてないことも。だけど、ぼくは説明しようとしたのに、きみは話をきこうとしなかったから、こんなことをするしかなかったんだ。嘘じゃない、きみは完全に誤解してるんだ」

ダーメンの黒い目は熱意に満ち、両手は力を抜いて広げているけれど、わたしはだまされない。ひとことだって信じるつもりはない。相手は何百年も、ううん、ことによると何千年もかけて、こういうふるまいを完成させてきてて、すごく上手に見せかけてるけど、それでもやっぱり見せかけに過ぎないんだから。

それに、たどり着いた答えが信じられなくても、頭では納得できなくても、どんなに異常だとしても、それしかない。それしかつじつまが合わない。

「はっきり言えるのは、棺《ひつぎ》だか魔女の群れのなかだか、とにかくここに来る前に住んでいた場所にもどってほしいってことだけ。それに——」

息が苦しい。恐ろしい悪夢に捕らえられているみたいだ。いますぐ目が覚めてほしい。

「わたしのことはほっといて——いいから消えて！」

ダーメンは目をつぶって頭をふり、笑いを嚙み殺した。

「エヴァー、ぼくはヴァンパイアじゃないよ」

「へえ、そう？　だったら証明してよ！」

ロザリオとニンニクと木の杭があればよかったのに。

だけど、彼は笑うばかりだ。

「バカなことを。そんなものは存在しないよ」

「ちゃんと見たんだから」

血とヘイヴンとあの奇妙で不気味な部屋を頭に思い描いた。わたしが思い浮かべると同時に、彼の目にも同じものが見えるはずだと承知のうえで。マリー・アントワネットやピカソ、ヴァン・ゴッホ、エミリー・ブロンテ、それにウィリアム・シェイクスピア――生きていた時代が何世紀もちがう人々――との友情について、彼はどう説明するつもりだろう？

「そうか、それをいうなら、ぼくはレオナルド・ダ・ヴィンチ、ボッティチェリ、フランシス・ベーコン、アルバート・アインシュタイン、それにジョン、ポール、ジョージ、リンゴともいい友だちだったよ」

彼はそこでわたしのキョトンとした顔に気づいた。

「おいおい、ビートルズのことだよ！　まいったな、おかげで老けこんだ気分だ」

わけがわからない。わたしはその場にただ立ちつくしていた。でも、彼がこっちに手を伸ばしかけたとき、身をかわすだけの分別はまだ残っていた。

「ぼくはヴァンパイアじゃない。不死の人間《イモータル》なんだ」

「そう。ヴァンパイアも不死の人間も同じでしょ」

声をひそめて毒づく。呼び方のちがいで議論するなんてバカみたい。

「ところが、この呼び方については議論するだけの価値がある。そこには大きなちがいがあるからね。知ってのとおり、ヴァンパイアは空想の産物で、小説や映画、それにきみの場合で言えば、豊かすぎる想像のなかだけに存在する作りもの、、、の存在だ。でもぼくは空想の産物じゃない。不死の人間、つまり、ひとつづきのライフサイクルで何百年ものあいだ地上をさまよっているんだ。とはいえ、きみが思い描いている幻想とはちがって、血を吸ったり、生け贄《にえ》を捧げたり、想像するかぎりのぞっとする行為のおかげで不死でいられるわけじゃない」

じゃあ、あの奇妙な赤いドリンクは、血じゃないってわけ？　不死のジュースかなにかみたいなものなの？

「不死のジュースか。いいね。売りだしたら流行りそうだ」

ダーメンは面白そうに笑う。だけどわたしが笑ってないのを見ると、表情をやわらげた。

「エヴァー、お願いだ、ぼくを怖がることなんかないんだよ。ぼくは危険でも邪悪でもないし、きみを傷つけるようなことは絶対にしない。ただもの、、、すごく長生き、、、、してるだけの男だよ。長生きしすぎてるかもしれないけどな。だからって悪人だってことにはならない。永遠に死なないだけなんだ。信じてほしい。ぼくはきみが心配で……」

彼が手を伸ばしてきたけれど、わたしはあとずさった。脚がガクガクしてる。これ以上ききたくない。

「嘘よ！　こんなのどうかしてる！　あなたはどうかしてる！」

彼の瞳は、なぜか後悔の色で満ちている。

「初めてぼくを見たときのことを覚えてるか？　ちょうどこの駐車場だった。目と目が合った瞬間に、見覚えがあるという感覚に襲われただろう？　それに、昨日気を失ったとき、きみは目をあけるとぼくの目をまっすぐ見つめて、もうちょっとで思いだしそうになっていた。あと一歩で思いだすというところで、糸がぷっつり途絶えてしまった」

わたしはぴくりともせず、その場に立ちすくんで彼を見つめた。やっとわかった。これから彼がなにを言うつもりなのかがはっきり感じとれた。

でもそれはききたくない。

「やめて！」

頭がくらくらして、ひざが折れかけてまともに立っていられなくなる。

「あの事故の日、ぼくがきみを見つけたんだ。ぼくがきみをこの世に連れもどしたんだ！」

涙で目をかすませながら、首をふる。嘘よ！

「エヴァー、きみがもどってくるときのぞきこんだのは、ぼくの目だったんだ。ぼくはあそこにいた。きみのとなりにいたんだよ。ぼくがきみを連れもどした。きみを救ったんだ。思いだしたんだろ。思いだしたってことが、きみの心のなかに見えてるよ」

「いや！」耳を押さえ、目を閉じて、叫ぶ。

「やめて！」

これ以上ききたくない。

「エヴァー」彼の声はわたしの心にも感覚にも侵入してきた。

「悪いが事実なんだ。だけど、ぼくを怖がる理由はどこにもないんだよ」

立っていられない。へなへなとへたりこみ、地面にひざをついた。悲しみに襲われ涙がどっとあふれてしまう。息が乱れ、肩が震える。

「なんの権利があって、よけいなことをしたのよ！　わたしがこんなふうになったのは、あなたのせいだったのね！　ひとりっきりの死に損ないの人生……。どうしてほっといてくれなかったの？　どうして家族と一緒にそのまま死なせてくれなかったの？」

「またきみを失うなんて耐えられなかった」

彼はボソリとつぶやき、わたしの横にひざまずいた。

「今度ばかりは。もう二度といやだ」

彼の言っていることがどういう意味なのか見当もつかないけれど、説明してほしくはない。限界まできかされたから、もう話はやめてほしい。とにかくもう終わらせたい。

ダーメンは苦痛の表情を浮かべた。

「エヴァー、頼むからそんなふうに思わないでくれ、頼むから――」

「じゃあ――じゃあ、家族はみんな死んじゃったのに、わたしだけ生き返らせようって適当に決めたわけ？」

悲しみは圧倒的な怒りにかき消された。

「なんで？　なんでそんなことをしたの？　あなたの話が本当なら、あなたに死者を生き返らせるほどの力があるなら、なんでみんなを救ってくれなかったの？　なんでわたしだけなの？」

わたしの視線にこめられた敵意に、ダーメンはたじろぐ。自分に向けられた憎しみの小さな矢に。そして目を閉じて話す。

「ぼくにそこまでの力はない。それに手遅れだった。きみの家族はもう向こうに移動していたから。だけどきみは――きみは居残っていた。だから、きみは生きたがってるんだと思ったんだ」

車にもたれ、目をつぶり、息も絶え絶えになりながら考えた――じゃあ、こうなったのは本当にわたしのせいなんだ。震える木々や花に気をとられて、いつまでもぐずぐずと、あの忌々しい野原をさまよっていたから。みんなは前に進み、向こうの世界に渡ったのに、わたしは彼の罠《わな》に引っかかったんだ……。

ダーメンは一瞬わたしを見て、すぐに視線をそらす。

人を殺せそうなぐらいの怒りなのに、よりにもよってその怒りの矛先を向けるべき相手は、殺したくても死なないなんて。不死の人間だなんて。

「消えて！」

クリスタルの散りばめられたブレスレットを手首からはずし、彼に投げつけた。ブレスレットのことも、彼のことも、なにもかも忘れてしまいたい。見るのもきくのも、もう限界。

「いいから――消えて。もう二度と会いたくない」

「エヴァー、本気じゃないなら、そんなことを言わないでくれ」

動揺して疲れ切って、両手に顔をうずめた。もう涙も言葉も出ない。彼にはわたしの心の声がきこえるはずだから、目を閉じて考える――

――あなたは決してわたしを傷つけたりしないって言うけど、自分のしたことを見てよ！　わたしからすべてを奪った。なんのために？　わたしがひとりぼっちになれるように？　残りの人生を怪物として生きられるように？　あなたが憎い。わたしをこんなふうにしたあなたが憎い。あなたは自分勝手なだけ。もう二度と会いたくない――

何度も何度も心のなかに言葉をめぐらせた。

ふつうになりたい、お願いだからもう一度わたしをふつうにもどして。どこかに消えて、わたしをひとりにして。あなたなんか大嫌い……。

ようやく顔をあげると、チューリップに囲まれていた。何十万本もの深紅のチューリップに。チューリップは駐車場を埋めつくし、車という車を覆いつくして、日の光に輝いている。わたしはチューリップを払いのけて、どうにか立ちあがった。

見なくたって、わかってる――花の送り主はどこかへ去った。

27

国語の授業はヘンな感じだった。わたしの手をにぎり、耳にささやきかけ、オフスイッチの役目をしてくれるダーメンがとなりにいないから。

そう、ダーメンはあれからいなくなった。

二度と会いたくないと望んだのはわたし。彼はわたしを家族から引き離した。この呪われた能力も、すべてはあの事故からはじまったことだ。ダーメンはなぜわたしを生き返らせたりしたの？　わたしはふつうでいたかったのに。家族と一緒に運命を受け入れるほうがよかった。胸が痛いけど、彼を許すことはできない。

ダーメンがそばにいてくれることにすっかり慣れきっていたらしく、ステーシアとオナーがどれほど意地悪だったかを忘れていた。ステーシアたちは薄ら笑いを浮かべながら、「バカな変人、彼に逃げられたのも当然よ」といったメールを送りあっている。またフードとサングラス、ｉＰｏｄに頼るときが来たらしい。

でも、ステーシアたちの皮肉もあたっている。駐車場で泣きじゃくり、ふつうにもどりたいから消えてと、不死の彼氏に頼みこんだのはほかならぬわたしだったのだから。

ダーメンが消えてからは、またあらゆる雑多な思考と色と音の洪水のせいで、ひどく圧倒され、押しつぶされそうになっている。絶えず耳鳴りに苦しめられ、目にはずっと涙がにじんでいる。しょっちゅう偏頭痛が起こり、頭を侵略し、体を乗っとり、吐き気とめまいがして、倒れずにいるのもやっとという状態だ。

ダーメンとの破局をマイルズとヘイヴンに話すことについては、あんなに心配していたのがバカみたいだった。彼がいなくなってから丸一週間が過ぎるまで、まったく話題にのぼらなかったのだから。ふたりとも最初はあんなに興味津々《きょうみしんしん》だったのに、ダーメンが学校に来たり来なかったりしていたから、しばらく彼がいないのもべつに気にしなかったのだろう。

だからある日のランチの時間、自分から話した。

「一応言っておくけど、ダーメンと別れたよ」

ふたりが口をポカンとあけて、そろって話しはじめようとすると、わたしは手をあげてそれを制した。

「それと、彼は行っちゃった」

「行っ、ちゃっ、た？」

ふたりとも、別れただけでなく、ダーメンがどこかへ去ったとは思っていなかったようだ。信じたくないみたい。

心配してくれてるのはわかってたし、ちゃんと説明するべきなのもわかってたけど、わたしは頭をふって、唇を引き結び、それ以上なにも話そうとしなかった。

だけど、美術のマチャド先生はそう簡単にはいかなかった。ダーメンが去った数日後、先生はわたしのイーゼルまでまっすぐ歩いてきて、ヴァン・ゴッホの出来損ないを直視しないよう努めながら言った。

「ダーメンとは親しかったんでしょ。どんなにつらい思いをしてるかわかるわ。だから、あなたがこれを持っておくべきだと思って。あなたも並外れた作品だと思うんじゃないかしら」

先生はキャンバスを差しだしてきたけれど、わたしはそれをイーゼルの脚に立てかけただけで、絵を描きつづけた。並外れた作品なのはまちがいないだろう——ダーメンがすることはなんだって並外れていた。何百年も地上をさすらっていれば、いくつかの技術を習得する時間はたっぷりあるはずだ。

「絵を見ないの？」

先生はダーメンの作品にわたしが関心を示さないことにとまどっていた。

わたしは先生のほうを向いて、作り笑いを浮かべた。

「はい。でも、この絵をいただいたことに感謝してます」

そしてやっと終業のチャイムが鳴ると、車までキャンバスを引きずっていき、トランクにほうりこむと、一度も見ずにそのまま閉めた。

「いまのなに?」とマイルズにたずねられ、イグニッションにキーを挿しこんでこたえる。

「なんでもない」

ただ、ひとつ予想外だったのは、これほどさびしくなるとは思っていなかったこと。心の隙間を埋めて、人生のすべてのひび割れをふさぐのに、どれほどダーメンとライリーを頼りにしていたか、気づいていなかったのだ。あまりそばにいられなくなりそうだとライリーには言われていたのに、三週間が過ぎると、わたしはパニックに陥りそうになった。

ゴージャスで、不気味で、たぶん邪悪な、わたしの不死の彼氏、ダーメンにさよならを言うのは、自分で認められないほどつらかった。そのうえライリーにさよならも言えずにお別れだなんて、とてもじゃないけど耐えられない。

土曜の昼、マイルズとヘイヴンに毎年恒例のアートフェスティバルに誘われた。確かに、いいかげん落ちこむのはやめて、家に引きこもっていないで、ちゃんとした生活にもどるべきだ。

ふたりはあれこれ案内しようとはりきっている。

「夏のアートフェスほどはパッとしないんだけどさ」

入場券を買ったあと、ゲートを通り抜けながら、マイルズは言う。

「だからこそいいんじゃん」

ヘイヴンはスキップしながら前を行き、ふりかえって笑いかけてきた。

「ま、天気のちがい以外はどうでもいいんだけどね。夏も冬もガラス吹き職人はいるんだから。ガラス工芸のデモンストレーションは、いつだってボクのいちばんのお気に入りなの」

「あんたって、そればっかりだよね」

ヘイヴンは笑い声をあげてマイルズと腕を組み、わたしも一緒に歩く。人ごみが発するエネルギーと、あたりをとりまくあらゆる色彩、眺め、音に頭がくらくらする。おとなしく、静かで安全な家にじっとしておけばよかった。

フードをかぶって、イヤホンを耳に突っこもうとしたとき、ヘイヴンが言う。

「嘘でしょ？　ここまで来てマジでそんなことするつもり？」

その通りだ。手をとめて、イヤホンをポケットにもどした。いくらすべての声をかき消したくても、友だちの声までかき消すつもりだと思われたくはない。

「ほら、ガラス吹き職人を見ようよ。最高なんだよ」

マイルズは先頭に立って、リアルなサンタと銀細工師のあいだを縫って歩き、ガラス吹きのところまで行った。

長い金属の管と炎と自分の息だけを使って、美しいカラフルな花瓶がつくられていく。

「ボクもやり方を覚えたいなあ」

さまざまな色の渦が形になっていく様子を眺めたあと、わたしはちょっといい感じのハンドバッグが飾られているとなりのブースに移動した。

棚から小さな茶色のバッグをとり、しっとりした柔らかい革をなでる。サビーヌ叔母さんへのクリスマスプレゼントにちょうどいいかも。叔母さんは自分では絶対に買わないけど、ひそかにこういうのをほしがってるかもしれないから。

「これ、いくらですか?」

自分の声までもが、頭のなかでいつまでも鳴りやまない打楽器のように響く。頭が割れそう。やっぱりイヤホンを着けたい。

「百五十ドルよ」

思ったよりずっと高い。店主の女性を見つめた。青い蠟染《ろうぞ》めのチュニック、色あせたジーンズ、ピースサインのシルバーのネックレス。この人はもっとずっと値段をさげるつもりだ。だけど目がひどくズキズキして、頭もガンガンしている。値下げ交渉をする元気もない。家に帰りたくてたまらない。

元の場所にバッグをもどし、背中を向けて行きかけたとき、店主は言う。

「でも、あなたには特別に百三十ドルにしておくわ」

店主がまだ高値をふっかけていることも、値下げ交渉の余地はたっぷりあることもわかっていたけれど、わたしは会釈しただけで店を離れた。

「あの店主の値下げの最低ラインが九十五ドルだってことは、あなたにもわかっていたでしょ。どうしてそんなにあっさりあきらめたの?」

声をかけられてふりかえると、輝く紫色のオーラをまとった、とび色の髪の小柄な女性がいた。エイヴァだ。

「久しぶりね。覚えてる?」

彼女はうなずきながら、右手を差しだしてくる。

「まあね」

わたしは握手するつもりがないことをはっきり示した。

「元気にしてた?」

こっちのとんでもなく冷淡で失礼な態度なんかものともせずに、エイヴァはほほえむ。

バツが悪い。ガラス吹き職人のほうに目をやり、マイルズとヘイヴンを探すけれど、ふたりの姿が見あたらないのに気づき、パニックの徴候に襲われはじめる。

「お友だちなら、《ラグーナ・タコ》の列にならんでるわよ。でも心配しないで、あなたの分も注文するつもりみたいだから」

「知ってる」

本当は知らなかったくせにそうこたえた。人の心も読めないぐらい、頭が痛い。

「ねえエヴァー、この前の話だけど、いまでもわたしはそのつもりよ。本当にあなたの力になりたいの」

エイヴァに腕をつかまれた瞬間、ガンガンする頭の痛みはおさまり、耳鳴りはやみ、とめどなく流れていた涙がとまった。だけど、彼女の瞳をのぞいたとき思いだした——わたしから妹を奪った女。

わたしは腕をふりはらい、怒りの目を向けた。

「もうじゅうぶん、やるだけやったと思わないわけ？　ライリーを奪ったくせに、これ以上なにが望みだっていうの？」

大きく息を吸いこみ、泣きださないようこらえる。

エイヴァは心配そうに眉を寄せて、こっちを見ている。彼女のオーラは、すみれ色に明るく輝く灯台のようだ。

「ライリーは誰のものでもないんだから、奪ったりできないわ。それに、あの子はいつもあなたのそばにいる。たとえ実際にその姿が見えなくてもね」

エイヴァはそう言って、わたしの腕に手を伸ばす。

だけど、そんなのききたくない。どんなに心を落ち着かせてくれるとはいえ、もう触られたくはない。

「やめて――もうわたしの人生に口をはさまないで」

彼女から離れたかった。

「もうほっといて。あなたが現れるまで、ライリーとわたしはうまくやってたんだから」

それでもエイヴァは立ち去らない。その場から動かず、うっとうしいほどひどく穏やかで気づかうような目つきで、わたしを見つめている。

「頭痛のこと、わかってるわ」とささやく声は、軽やかで心をなだめてくれる。

「こんなふうに生きる必要はないのよ、エヴァー。嘘じゃないわ、わたしにはあなたの力になることができる」

音と痛みの猛攻撃から逃れたいのは山々だけれど、二度と彼女には会いたくない。

わたしはきびすを返してその場から立ち去った。


「あの人、誰？」

ヘイヴンがトルティーヤチップをサルサソースのカップに突っこみながらたずねた。わたしはとなりの席に腰をおろして肩をすくめる。

「誰でもない」小声で言って、耳のなかで振動する自分の言葉に身をすくめる。「ハロウィンパーティーに来てた霊能者の人みたいだけど」

マイルズがこっちにお皿をすべらせてきた。

「なにが食べたいかわからなかったから、ぜんぶちょっとずつ注文しといたよ。で、バッグは買ったの？」

首をふったけれど、そのせいでますます頭が痛くなる。

「高すぎたから」

タコスを嚙みながら口を手で覆う。自分の嚙む音が頭にひどく響く。

「そっちは花瓶は買ったの？」

買ってないことはもうわかってる。心が読めるからじゃなく、買い物袋がないから。

「ううん、ガラスを吹いてるところを見るのが好きなだけだから」

マイルズは笑い、飲み物に口をつける。

「ちょっと、シーッ! 鳴ってるのあたしの電話?」

ヘイヴンはやたら大きくて荷物がパンパンに詰まったバッグに、手を突っこんでゴソゴソ探った。

「そりゃ、このテーブルでマリリン・マンソンを着信音にしてるのはきみだけだからね……」

マイルズは肩をすくめ、タコスの皮には手をつけず、具だけを食べている。

わたしはスプライトをひと口飲んで、ヘイヴンのほうを見た。電話しながら顔をよろこびにパッと輝かせている。誰からの電話かわかってしまった。

彼女はわたしたちに背を向けて、反対側の耳を手で押さえながら話す。

「うそー! どこかに消えちゃったかと思ってたよ……いまマイルズと一緒で……うん、エヴァーもいるよ……そうそう、ふたりともここに一緒にいる……うん、わかった」

ヘイヴンは送話口を押さえて、こっちを向くと、目をきらきらさせて言った。

「ドリナがよろしくって!」

けれど、わたしたちは黙っていた。ヘイヴンは「なによ」という顔をして、テーブルを離れながら電話に向かって言う。

「ふたりからも、よろしくって」

マイルズがこっちを見て言った。

「ちょっと、ボクはよろしくなんて言ってないよ。きみは言った?」

わたしは黙ったまま、ライスに豆を混ぜる。

「マズイよね」

マイルズはまだ電話しているヘイヴンのほうを見つめて、頭をふった。

確かにそう。だけど、マイルズは具体的になにが言いたいんだろう？

こんなに人がいる場所では、巨大な宇宙のスープみたいにエネルギーがふつふつとたぎりながら渦巻いていて、波長を合わせるのもままならない。

「どういう意味？」

「わかりきったことじゃない？」

頭が割れそうにズキズキして、マイルズの心をのぞくこともできない。

「あのふたりの友情には、どこか不気味なところがあるよ。無邪気な女子がのぼせあがってるならわかる。だけど、この場合は……。とにかくさっぱりわけがわからない。そこが最大の不気味な要素だね」

「どんなふうに不気味なの？」

タコスの皮をちぎり、マイルズを見た。

彼はライスは無視して、豆ばかりつついている。

「悪意があって言うわけじゃないんだけどさ、ドリナはヘイヴンを侍者にしようとしてるみたいだ」

侍者……？

「そうだなあ、言い換えるなら、信徒、崇拝者、クローン、分身、子分……。とにかく、それがすごく――」

「――不気味なのね？」

「ヘイヴンはドリナそっくりの恰好をするようになった。コンタクトレンズ、髪の色、メイク、服装、態度まで似てきてる――少なくとも、似せようと努めてる」

「それだけ？　ほかにもまだなにかある？」

マイルズはなにか特別なことを知っているのだろうか、それとも単に破滅的なものを漠然と感じとっているだけ？

「それでじゅうぶんじゃない？　そんな友情、じゅうぶんヤバイよ」

わたしは肩をすくめ、お皿にタコスを置く。もう食欲がない。

「それにあのタトゥーのおかげで、事態は完全に別次元の話になった。あれって、いったいなんの真似？」

マイルズはヘイヴンをチラッと見やり、きかれていないことを確認する。

「あれにはどういう意味があるのさ？　もちろん、ウロボロスの意味ならわかってるよ、だけど、あの子たちにとってはどういう意味があるわけ？　ヴァンパイア・スタイルの流行の最先端？　ドリナはゴスなんかじゃないよね。あの体にぴったりしたドレスと、靴に合わせたハンドバッグだし、それでタトゥーは合わないじゃない。じゃあカルト？　秘密結社かなんかなの？　ついでにタトゥーは化膿しちゃってるしさ。ぞっとするよ。ちなみにタトゥーが化膿するなんて、ヘイヴンが思ってるみたいにフッーのことなんかじゃないから。あの子、そのせいで具合が悪くなったのかもしれない……」

唇を結んでマイルズを見つめた。どう反応するべきか、どこまで話していいかわからない。

わたしは、〝不気味〟をさらに別次元まで押しあげる秘密を知っている。でも、ダーメンの秘密を話すつもりはない。どうして話さないの？ わたしに関係ないことだけ話せばいいじゃない。だけど、わたしがためらっているうちに、マイルズはしゃべりつづけている。少なくとも今日のところは秘密に鍵をかけたままにしておこう。

「とにかくすべてが――不健全そのものだよ」

「不健全って、なにが？」

もどってきたヘイヴンがケータイをバッグにほうりこんで、たずねた。

「トイレのあとに手を洗わないこと」

マイルズはとっさに気の利いたことを言って切り抜ける。

「あんたたち、そんなこと話してたわけ？」ヘイヴンは疑うようなまなざしを向けてくる。

「そんなの、あたしが信じると思ってんの？」

「ホントだって、エヴァーが石鹸で手を洗おうとしないからさ、どれだけ自分の身を危険にさらしてるか警告しようとしてたんだよ。ボクたちみんなの身まで危険にさらしてるってね」

マイルズったら、ふざけないでよ。事実じゃないのに、顔が熱くなっていく。

ヘイヴンはバッグを探り、何本もの口紅やヘアアイロン、包み紙のとっくになくなったブレスミントをかきわけ、小さなシルバーのスキットルをとりだした。フタをまわしてはずし、無色透明の液体をみんなの飲み物に注ぎはじめる。

「それってめちゃくちゃウケるけど、ホントはあたしのこと話してたってバレバレだよ。でもねえ、あたし、超ハッピーだから、そんなの気にもならないんだ」

ヘイヴンはにっこりする。

スキットルの中身はお酒だ。わたしは注ぐのをやめさせようと、ヘイヴンに手を伸ばす。昔、チアリーディングのキャンプの夜、レイチェルがロッジにひそかに持ちこんだウォッカを飲んでゲーゲー吐いて以来、絶対飲まないと誓っている。だけど、ヘイヴンに手を触れた瞬間、恐怖に圧倒されて手がとまる。十二月二十一日に赤い丸がつけられたカレンダーが目の前にパッと見えた。

「まあまあ、カタいこと言わないの。肩の力を抜きなよ。そんなに歯を食いしばらないで。ちょっとは人生を楽しみなって。それより、なんでそんなにハッピーなのか、きかないの?」

「きかない。だって、どっちみちきみが話すのはわかってるからね」

「そのとおり、マイルズ、まったくあんたの言うとおり。だけどきいてもらったほうがうれしいじゃん。とにかく、さっきの電話はドリナからだった。彼女、まだニューヨークにいて、ショッピングを楽しんでるんだって。嘘みたいだけど、あたしのためにもいくつかお土産を買ってくれたんだよ」

ヘイヴンは目を大きく見開きながら、わたしたちを見ているけれど、なんの反応もないとわかると、しかめ面をして話をつづける。

「それはそうと、向こうはよろしく、って言ってくれてるのに、あんたたちときたら返事もしないんだから。ドリナが気づかないわけないでしょ。まったく。でもね、ドリナはもうすぐこっちにもどってくることになってて、最高にイケてるパーティーにあたしを招待してくれたの。もう待ちきれない！」

「パーティーって、いつ？」

パニックを抑えて、たずねた。もしかして、それが十二月二十一日とか？

だけど、ヘイヴンは笑みを浮かべるだけだ。

「悪いけど、ナイショ。言わないって約束したから」

「なんで？」

マイルズとわたしは声をそろえた。

「なんでって、超限定の完全招待制のパーティーだから、押しかけ客がぞろぞろ来るのはお断りなわけ」

「ボクたちのこと、そんなふうに思ってるの？　パーティーに乱入するって？」

ヘイヴンは肩をすくめ、ドリンクをごくりと飲む。

「そんなのっておかしいよ。ボクらは親友なんだから、親友のルールに従って、きみは話さなきゃならない」

「ムリ！ これだけは言えない。秘密を守るって誓ったから。とにかく、すっごくワクワクしてんの！」

目の前に座るヘイヴンはよろこびに頬を紅潮させていて、見ていて不安になる。だけど、頭が痛くてたまらず、目はヒリヒリするし、彼女のオーラもほかの人のものとすっかり混じり合っているせいで、心が読めない。

ドリンクに口をつけた。スプライトのはずなのに熱い液体がのどをすべり落ち、血流に入りこみ、頭をぼーっとさせる。そうだ、さっきヘイヴンがウォッカを入れたんだ。

「まだ具合悪いの？」ヘイヴンは心配そうな視線を投げかけて、わたしにたずねる。

「無理しないほうがいいよ。まだ完全に治ってないのかも」

「治るって、なにが？」

ヘイヴンを横目で見ながら、もうひと口、さらにもうひと口飲む。ひと口ごとに、ちょっとずつ感覚が鈍くなっていく。

「熱のせいですごい夢を見るインフルエンザのことだよ！ あの日、学校で気を失ったのを忘れたの？ めまいのする吐き気が最初の徴候だって言ったでしょ。夢を見たら絶対に教えてよね、最高なんだから」

「どんな夢？」

「話さなかったっけ？」

わたしはもうひと口ウォッカ入りのスプライトを飲んだ。頭がくらくらするのに冴えているみたいに感じる。それにさまざまな思考、色、音が、ふいに縮んでいって、消えていく……。

「すごい夢だった！　怒らないでほしいんだけど、ダーメンも出てきたよ。だからって、べつになにもなかったんだけどね。そういう夢じゃなかったから。なんていうか、あたしを助けようとしてくれて、邪悪な力から命を救おうと戦ってくれてるって感じの夢だった。超ヘンな感じ。あ、そうだ、ダーメンと言えば、ドリナがニューヨークで彼に会ったんだって」

ふいに彼の話をきかされて、しかもドリナと会ったときかされ、体が冷たくなっていく。

だけど、もうひと口飲むと、寒さはなくなり、不安も苦痛も一緒に運び去っていく。

だから、もうひと口飲む――だめ、お酒なんか飲んじゃいけない。

でも、さらに飲んでしまった。

それからヘイヴンを横目で見て、たずねた。

「なんでそんなことわたしに言うの？」

「伝えといてって、ドリナに言われたから」

「くわしいことは」

28

それからみんなでヘイヴンの車に乗りこんだ。彼女の家にちょっと立ち寄ってお酒を補充すると、街にくりだした。三人横並びで腕を組み、エヴァネッセンスの『コール・ミー・ホウェン・ユー・アー・ソバー』を声を限りに思いっきり音をはずして歌う。通行人に笑われたり、やれやれというように頭をふられたりするたびに、わたしたちは笑いの発作を起こしてよたよたと歩いた。

どこから見ても、昼間っからお酒を飲んじゃったバカなティーンエイジャーだ。

霊視の広告を出している書店の前を通りすぎたとき気づいた。アルコールのおかげで解放されて、いまや自由になり、自分はもうあの世界に属してはいないということに。なにも見えないってすばらしい。

通りを渡ってメインビーチに向かい、《ホテル・ラグーナ》を千鳥足で通りすぎると、三人で砂浜に倒れこみ、脚を重ねて腕をからませた。お酒はもうなくなっている。

「あーあ！　もうないの？」

「こらこら、落ち着いて」マイルズがこっちを見る。

「いいから、ゆったりリラックスしようよ」

だけど、リラックスなんかしたいわけじゃない。この状態をいつまでも継続させたいだけ。アルコールがそうしてくれるのなら、霊能力という足かせを確実にはずれたままにしておきたい。

「うちに来る？」

言いながら、舌がもつれてしまう。サビーヌ叔母さんは今夜は留守だ。ハロウィンの残りのお酒があったはず。

「無理だよ。もうベロベロだもん。車は置いて這って帰ろうと思ってんだから」

「マイルズは？」

このパーティーを終わらせたくなくて、わたしは彼を見つめ、目で懇願する。こんなに心が軽くて、自由で、なににも邪魔されず、ふつうの子の気分が味わえているのは——そう、ダーメンが去って以来、初めてだ。

「ボクも無理。今夜は家族と食事の約束があるんだ。七時半きっかりに。ネクタイは自由。でも拘束衣は着用必須！」マイルズは笑う。

「じゃあ、わたしはどうなるの？　どうしろっていうのよ？」

ひとりにされたくなくて、ふたりの友だちをにらんだ。

けれど、ふたりはわたしのことを気にもとめず、砂の上を笑いながら転げまわっていた。

翌朝、目をあけて最初にこう思った——頭がガンガンしてない！

いつもとあきらかにちがう。

ごろりと寝返りを打ち、ベッドの下に手を伸ばすと、ゆうべ隠しておいたウォッカのボトルをとりだし、ごくんと飲んで目を閉じる。あたたかく痺《しび》れるような心地よさが舌を覆い、のどを落ちていき、また感覚を麻痺《まひ》させてくれる。

サビーヌ叔母さんがちゃんと起きているか確かめようと部屋をのぞきにきたときも、いつもは見えているオーラが見えなくなっている。

すごい！　能力が消えた！

「起きてるよ！」すばやくボトルを枕の下に突っこむと、叔母さんに駆け寄ってハグする。

なにも伝わって来ない！　ホントなんだ。

「ねえ、ステキな朝だね！」

窓の外は灰色の雲にどんより覆われて雨が降っている。叔母さんは「あなたがそう思うなら」と、妙に機嫌のいいわたしに肩をすくめる。

ほんとにステキな朝だ。ふつうの自分がもどってきた。

「なんだか、育った町を思いだすな」

そう言って、わたしはナイトガウンを脱ぎすて、シャワーを浴びた。

マイルズは車に乗りこんだとたん、わたしをひと目見て言った。

「どうなって――?」

今日のわたしは、パーカーじゃない。こぎれいなセーター、デニムのミニスカート、バレエシューズ――叔母さんがとっておいてくれた過去のわたしの名残の品を身につけている。

「悪いけど、知らない人の車には乗らないことにしてるんだ」

とマイルズは言って、ドアをあけて車から降りるふりをする。

「ホントにわたしだって。誓って本当、とにかく信じてよ。さっさとドアを閉めてよね、あんたをふり落として遅刻したくないんだから」

「わけがわからないよ」マイルズは呆然とわたしを見つめている。

「だってさ、いつこんなことになったの? なんでこんなことになったの? まるでパリス・ヒルトンのクローゼットをあさったみたいだよ!」

わたしはジロリとにらんだ。

「ただし、もっと品があるけど。ずっと上品だ」

にっこりし、アクセルを踏みこむ。雨に濡れた道路でタイヤをすべらせながら車は飛びだし、マイルズが悲鳴をあげるのをきいて、わたしは警察探知能力も働かなくなっていることを思いだし、スピードをゆるめた。

「ちょっと、かんべんしてよ、どうなっちゃってるの? まさか、まだ酔っぱらってる?」

「そんなことない！　ただちょっと、ほら、殻を破ろうとしてるだけ。なんていうか、わたしって、最初のうちは、何か月かは、気おくれしちゃって自分が出せないタイプだから」と笑ってみせる。

「だけど嘘じゃなくて、これが本当のわたしなの」

マイルズが信じてくれることを願いながら、うなずいた。

「殻を破るのに、一年でいちばんどしゃ降りのヒサンな日を選んだってこと、気づいてる？」

「どれほどステキな日か、マイルズにはわからないだろうけど。わたしは自分が育った町を思いだすの」

学校に着いて、あいているいちばん近い駐車スペースに停めると、バックパックを頭の上にかついで傘代わりにし、脚に雨水をびちゃびちゃ跳ね散らしながら、校門までダッシュした。軒下で震えているヘイヴンにもオーラが見えないのに気づき、うれしさのあまり飛びあがりたくなる。

「これって――？」

ヘイヴンは上から下までわたしをじろじろ見ながら、目を丸くしている。

「ふたりとも、文章を最後まで終わらせるってことを学ぶ必要があるよ」

わたしは明るく笑う。

「マジで、あんた誰？」

マイルズは笑い、わたしたちふたりに腕をまわして、校門をくぐりながら言う。

「ミス・オレゴンのことは気にしないで。この天気をステキな日だと思ってるらしいよ」

国語の教室に入ると、見えるはずがないものはもう見えず、きこえるはずがないものももうきこえなくなっていて、ホッとする。ステーシアとオナーはヒソヒソとささやき合い、わたしの服、靴、髪型、メイクにまで顔をしかめているけれど、そんなものは無視して、自分のことだけ考えた。あのふたりがいいことなんか言ってるはずがないのはわかってるけど、具体的な言葉をきかされずにすむのは大きなちがいだ。また見られているのに気づいたとき、わたしがほほえんで手をふると、ふたりはギョッとして顔をそむけた。

だけど、三時間目の化学の授業の頃には、酔いは覚めかけていた。それとともに、視覚、色、音の総攻撃がもどってきて、打ちのめされそうになる。

手をあげて退室許可証をもらい、どうにか教室のドアを出る。

足をふらつかせながらロッカーに向かい、ダイヤル錠をまわして、正しい番号を思いだそうとする。

24・18・12・3だった？　それとも、12・18・3・24？

頭の痛みに泣きそうになりながら、廊下をチラチラ見まわし、やっと正しい番号――18・3・24・12をまわす。教科書と紙の山をかきわけ、ぜんぶ床に落ちて足元に散らばるのを気にもとめずに、隠してあるものを探す。あの液体をのどに流しこまなければ、また能力がもどってきてしまう。

キャップをはずし、頭をのけぞらせて、ぐっと飲んだ。これでランチまで持ちこたえてくれることを願いながら、また飲もうとしたとき、声がする――

「ちょっと待って、はい、チーズ。もっと笑ってよ。まあいいわ、ちゃんと撮れたから」

カメラを高くかかげて、ステーシアが近づいてくる。カメラの液晶モニターには、がぶ飲みしてるわたしの姿がはっきり映しだされていた。

「あんたがこれほど写真うつりがいいなんて、思いもしなかった。だけど、フードをかぶってないとこを見る機会がめったにないんだから、当然よね」

ステーシアはニヤリとし、わたしの足元から前髪までひととおり眺めている。

お酒のせいで感覚が鈍っていても、相手の意図ははっきり伝わってきた。

「最初に誰にこの写真を送ってほしい？　お母さん？」

ステーシアは「しまった」というような表情をわざと浮かべて、手で口を覆う。

「あーら、ごめんなさいね、悪いこと言っちゃった。叔母さんって言うつもりだったの。それとも、先生の誰かがいい？　それか、先生全員とか？　いや？　そうね、あんたの言うとおり、校長に直接送るべきね。鳥をしとめるにはひとつの石で、苦しめず一撃で殺してやりなさいって、よく言うものね」

「これ、水のボトルだけど」

平静を装って、どうでもいいかのようにふるまいながら、身をかがめて教科書を拾い、ロッカーに押しこんだ。

「あんたが撮ったのは、水のボトルから飲むわたしの写真だけでしょ。たいしたもんね」

「へえ、水のボトルねえ。確かにボトルは水だわ。自分じゃうまくやったと思ってるんでしょ。ウォッカを水のボトルに入れるなんて、誰でも考えつきそうなことよ。バカじゃないの？　ごまかしたって無駄。呼気検査を受けたら一発で、〝負け犬&アル中学園行き〟ってことになるでしょうね」

目の前に立ちはだかるステーシアを見つめた。自信満々で、ツンとして、上からモノを言っている。現行犯を押さえたんだから、そうなるのも当然だ。ステーシアの言い分が正しいことはふたりともわかってる。

「なにが望み？」

しばらくして、かすれ声で言った。買収できない相手はいないはず。ステーシアの望みがわかればそれですむ。この一年でじゅうぶんすぎるほどの心の声をきき、じゅうぶんすぎるほどのものを見てきたんだから、まちがいない。

「そうねえ、まず、あたしに迷惑をかけるのはやめて」

ステーシアは証拠のカメラを脇の下にがっちりはさみ、胸の前で腕組みして言った。

「でも、わたしは迷惑なんかかけてない」舌がちょっともつれる。

「迷惑かけてくるのはそっちでしょ」

「ところが、その反対なのよね」

彼女はニヤリとし、あざけるような目でわたしをねめまわす。

「毎日毎日あんたを見てるだけで迷惑なの。恐ろしく迷惑」

「クラスから出ていってほしいの？」

厄介なボトルをどうしたらいいのかわからず、まだ手に持ったまままたずねた。もしもロッカーにしまったら、ステーシアは先生に密告して没収させるだろう——そして、もしもバックパックにしまったとしても、同じことになるだろう。

「あんたに服を破かれた貸しをまだ返してもらってないわよね」

——つまり恐喝ってわけね。競馬で大金を稼いでおいて助かった。

バックパックのなかを探って、財布をとりだす。それですべてのカタがつくなら、よろこんで弁償するつもりだ。

「いくら？」

ステーシアはわたしをじろじろ見て、手持ちの総資産を計算しようとしている。

「そうねえ、前にも言ったとおり、あの服はブランドものだったし、簡単に買い換えられるもんじゃないから……そうなると——」

「百ドル？」

「ふん。あんたはファッション音痴で物の価値ってもんがぜんぜんわかってないらしいけど、それじゃ足りないの。もうちょっと金額をあげてもらわないとね」

彼女はわたしの財布をじっと見つめて言う。

恐喝者というものはゆすりをくりかえし、そのたびに金額をつりあげる。これ以上高くなる前に、ここで交渉を成立させないと。だから、わたしはステーシアを見て言った。

「あの服は、あんたがパームスプリングズからの帰り道にアウトレットモールで買ったものだってことは、ふたりとも承知の上よね――」

あの日、廊下で見たイメージを思いだしながら、わたしは笑みを浮かべる。

「――洋服代は弁償するけど、わたしの記憶が正しければ、確か八十五ドルだったはずだけど。となると、百ドルはかなり気前のいい額だと思わない？」

ステーシアはわたしをまじまじ見つめたあとで、顔をゆがめてニヤリとすると、百ドル札を受けとって、ポケットの奥深くに突っこんだ。それから水のボトルとわたしをチラチラ見比べて、笑みを浮かべて言う。

「で、あたしにも一杯勧めてくれないの？」

わたしがトイレでステーシア・ミラーと酔っぱらうなんてこと、もしも昨日誰かに言われていたとしたら、絶対に信じなかったはず。だけど実際、わたしはステーシアのあとについてトイレに入り、すみっこにうずくまって、水のボトルにたっぷり入ったウォッカを飲んでいた。

共通の秘密ほど人を結びつけるものはない。

トイレに入ってきて、わたしたちがそんなふうに一緒にいるのを見つけたとき、ヘイヴンは目が飛びださんばかりに驚いていた。

「あんたたち、なにして――？」

わたしは激しい笑いの発作に襲われて倒れこみ、ステーシアは横目でヘイヴンを見て、舌をもつれさせながら言った。

「ようこしょ、ゴシュちゃん」

「あたし、なんか見落としてるのかな?」

ヘイヴンはいぶかしそうに眉間にしわを寄せ、わたしたちを交互に見やりながらたずねる。

「これって笑える状況なの?」

真剣そのもので、見下すような表情を浮かべたヘイヴンがその場に立ちつくしている姿に、わたしたちはさらに笑いころげた。ヘイヴンがドアをたたきつけるように閉め、姿を消すとすぐに、わたしたちは笑いながらまたお酒を飲みはじめた。

だけど、ステーシアと一緒にトイレで酔っぱらったからって、VIP専用のランチテーブルを確保できるわけじゃない。ランチの時間、わたしはいつものテーブルに向かった。アルコールのおかげで頭がぼんやりしているせいで、こっちの席でも自分が歓迎されていないことにすぐには気づかない。

ドスンと席に座り、ヘイヴンとマイルズを横目で見ると、なんの理由もなく、ゲラゲラ笑いはじめる。少なくとも、ふたりにとっては、笑う理由はどこにもない。でも、自分たちがどんな表情を浮かべているか見ることができたら、ふたりだって笑ってしまうはず。

「この子、どうしちゃったの?」

台本から目をあげて、マイルズがヘイヴンにささやく。

「エヴァーは壊れちゃった。それも、手の施しようがないほど完全に。トイレにいるとこを見つけたんだけど、よりにもよって、ステーシア・ミラーとふたりで酔っぱらってたんだよ」

マイルズが口をあんぐりあけて、眉間にしわを寄せている。それを見て、わたしはまたゲラゲラ笑いだす。いつまでも笑いやまないので、マイルズはこっちに身を乗りだしてきて、わたしの腕をつねった。

「シーッ!」

そしてあたりを見まわし、またわたしに視線をもどす。

「マジでさ、エヴァー。きみ、イカれちゃったの? まったく、ダーメンがいなくなってからというもの、きみときたら――」

「ダーメンがいなくなってからというもの――なによ?」

急いで身を引いたせいでバランスを崩し、椅子から落ちそうになる。ヘイヴンがそれを見てせせら笑っている。

「ほら、マイルズ、言いたいことがあるなら、さっさと言っちゃいなさいよ。あんたもだよ、ヘイヴン、言っちゃいなさいよ」

ただし、実際には〝イッヒャイイナシャイヨ〟としか言えていない。ふたりもそのことに気づかなかったはずはない。

「イッヒャッテほしいの？」マイルズがあきれ顔で言う。

「それがどういう意味かわかりさえすれば、よろこんでそうするつもりなんだけど。ねえ、ヘイヴン、〝イッヒャウ〟ってどういう意味かわかる？」

「ドイツ語っぽいね」

ヘイヴンはわたしをにらみながら言う。

わたしは席を立とうとしたけれど、体が思うように動かず、ひざを思いっきりぶつける。

「痛ーっ！」痛みに眉を寄せて脚を抱えこんだ。

「ほら、これを飲みなよ」マイルズは自分のビタミンウォーターを差しだす。

「あと、キーをもらっとく。きみの運転で家まで送ってもらうわけにはいかないからね」

マイルズは正しかった。

わたしはサビーヌ叔母さんの運転する車で帰った。

わたしを助手席に座らせてから、叔母さんは運転席にまわり、エンジンをかけて駐車場を出ると、首をふって顎を引きしめ、こっちをチラッと見て言う。

「退学ですって？　優等生名簿に載ってた子が、なんで退学になんか？　お願いだから、どういうことか説明してくれない？」

わたしは目を閉じて、ウィンドウに額を押しあてた。なめらかで清潔なガラスが肌を冷やしてくれる。

「停学だよ」

もごもごつぶやく。

「覚えてないの？　叔母さんの弁護で退学が停学になったでしょ。つけ加えておくと、すごく印象的な弁護だった。これで叔母さんが大金を稼ぐ理由がわかったよ」

わたしは悪態をついた。目の端からチラリと叔母さんを見ると、わたしの言葉にショックを受けて、心配そうな顔つきから怒りの表情に変わるところだった。叔母さんのこんな顔、見たことがない。悪いことをしたと恥や罪の意識を感じて反省するべき状況なのはわかってはいるけど——。

実のところ、叔母さんに弁護してほしいなんて頼んだわけじゃなかった。そう、情状酌量を訴えてほしいなんて頼んだわけじゃない。校内で飲酒したことについて、「家族全員を亡くすという大きな喪失により、姪《めい》の置かれている深刻な状況からかんがみて、あきらかに酌量の余地がある」と主張してくれなんて。

それが叔母さんの誠心誠意からの言葉で、叔母さんは心からそう信じているからといって、それは真実じゃないから。

なにも言わないでほしかった。そのまま退学にさせてほしかった。

ロッカーの前でつかまった瞬間、酔いは覚めて、見たくもない映画の予告編みたいにその日の出来事が一気によみがえってきた。ステーシアに写真を消去させるのを忘れたコマで一時停止し、その場面を何度も何度もくりかえした。そのあと校長室で、実際に利用されたのはオナーのケータイだったことを知った。ステーシアは急に具合が悪くなって、〝食中毒〟のせいで早退していたから（オナーに写真を託し、〝気がかりなこと〟を校長に伝えておくよう頼んだあとでだけど）。

わたしはひどくまずい事態に——それこそ、永久に記録に残る類《たぐい》のとんでもなくまずい事態に陥っているというのに、心の片隅ではステーシアに感心していた。ブラボー！　おみごと！

学校だけじゃなく、叔母さんともかなり気まずくなっているのに、ステーシアときたら約束どおりわたしを破滅に追いこんだばかりか、百ドルまで手に入れて、午後には面倒に巻きこまれることなく姿を消していた。

抜け目なく、サディスティックで、邪悪なやり口に脱帽だ。

ステーシア、オナー、バックリー校長が一丸となって奮闘したおかげで、明日は学校に行かずにすむ。あさっても、しあさっても、ずっと家をひとりじめできるってこと。叔母さんが忙しく働いてるあいだ、人目もはばからずにお酒を飲みつづけて能力を消していられる。やっと平穏への道すじを見つけたんだから、誰にも邪魔はさせない。

「いつからこんなことになったの？」

叔母さんはわたしにどう接すればいいのか、どう対処すればいいのかわからないようだ。

「アルコール類をぜんぶ隠さなきゃいけない？　あなたを外出禁止にするべき？　エヴァー、あなたに言ってるのよ！　いったいなにがあったの？　あなた、どうしちゃったの？

カウンセリングの予約をとりましょうか？　悲嘆セラピーを専門としたすばらしいカウンセラーを知ってるんだけど……」

黙って目を閉じて、眠っているふりをする。説明できるはずがない。オーラやヴィジョンや霊魂や不死の元カレに関するわけのわからない真実を、包み隠さず話せるはずがない。

いくら叔母さんがパーティーのために霊能者を雇ったとはいっても、あれはあくまで害のない健全なお楽しみの一環。不気味な雰囲気を盛りあげる面白半分のおふざけだった。叔母さんは計画的で、物事をきちんと分類するタイプで、グレーゾーンは避けて白黒はっきりつけるのを仕事とする弁護士だ。わたしが愚かにも相談して、秘密をすべて打ち明けたら、カウンセリングの予約をとるどころじゃなく、病院に収容させるはずだ。

叔母さんはもちろん、アルコール類をぜんぶ隠してから仕事にもどっていった。完全にいなくなるのを待って、階下におりてパントリーに向かった。叔母さんが奥にしまいこんですっかり忘れていた、ハロウィンパーティーの残りのウォッカのボトル。それをぜんぶ部屋に運びこむと、ベッドに腰かけた。

三週間も学校に行かずにすむと思うと、ワクワクしてくる。二十一日ものすばらしい日々がわたしの前に広がっている。一週間は叔母さんの弁護のおかげで得た停学、二週間はちょうどタイミングよくはじまる冬休み。怠惰な長い一日一日のほとんどを、ウォッカを燃料にぼんやりと過ごすことになるだろう。

いけないとはわかっている。こんなものに頼るべきじゃないのかも。

でも、やめられない。

枕にもたれかかってキャップをはずす。一度に飲む量を制限しようと決めて、アルコールがのどをすべり落ち、血流に流れこむのを感じてから、さらにひと口飲む。一気にがぶ飲みしたりはしない。ゆっくり一定のペースを保っていると、やがて頭がはっきりしてきて、世界がさっきより明るくなっていく。

そしてずっと幸せな場所に落ちていく。

記憶のない世界に。喪失のない故郷に。見えるはずのものだけが見える人生に。

29

十二月二十一日の朝、わたしはどうにか階下におりていった。ふらふらして、目がかすみ、完全な二日酔いだけど、なんとかごまかして、コーヒーを淹れて朝食をつくる。叔母さんにすべて問題ないと確信させて仕事に送りだし、部屋にもどって液体の霞《かすみ》のなかにまた沈みこみたい一心で。

車が出ていく音がするとすぐに、自分のコーヒーを排水管に流し、二階の部屋にあがった。ベッドの下からボトルを出してキャップをはずす。この液体が体の内側から静め、痛みをすべて消し去り、不安も恐怖も跡形もなくかじりとってくれるのを待つ。

能力は失われるはずなのに、どういうわけか机の上のカレンダーが気になってしかたない。今日の日付が目の前に飛びだしてきて、わき腹をしつこくつつくみたいに、手をふって、大声で呼びかけてくる。

立ちあがってカレンダーに近づき、四角い空白を見つめた。書きこみはない。約束もなく、誰かの誕生日でもなく、小さな黒いタイプ文字で〝冬至〟と記されているだけだ。出版社が重要だと思っているだけで、わたしにとってはべつにどうでもいい日。

またベッドに寝ころがり、積み重ねた枕の上に頭をのせて、ボトルに口をつけた。目を閉じて、心地よい熱が体内をめぐり、血管を流れ、心をなだめてくれるのを感じる――見つめるだけでダーメンがしてくれたみたいに。

もうひと口飲み、さらにもうひと口。これまで気をつけてきたことをすっかり忘れて、速すぎるペースで無謀に飲む。うっかりダーメンのことを思いだしてしまった。とにかく忘れてしまいたい。わたしは飲みつづけた――ようやく眠りにつけるまで、彼の記憶が消え去るまで。


目を覚ますと、この上なくあたたかく穏やかな感覚に満たされている。黄金色の陽光に包まれているみたいに安心できて、幸せで、守られている感じがした。目をぎゅっとつぶり、このままでいたいと強く願った。

けれど、ほとんど気づかないほど軽く鼻をくすぐられ、目をあけてがばっとベッドから飛びだした。

心臓がドキドキしている。胸を押さえながら、枕の上に残された一枚の黒い羽根を見つける。

ハロウィンでマリー・アントワネットの仮装をした夜に、頭に飾ったのと同じ黒い羽根。

ダーメンが〝記念〟に持ち帰ったのと同じ黒い羽根。

わたしにはわかる。彼がここにいた。

時計に目をやると、相当長く眠っていたみたいだ。部屋の壁には、車のトランクに入れっぱなしだった絵が立てかけられていて、わたしに見えるようになっている。だけど、ダーメンが授業で模写したピカソの絵ではなく、淡いブロンドの少女が霧の立ちこめた暗い峡谷《きょうこく》を走っている絵に変わっている。

以前、夢で見たのとそっくり同じ峡谷。

なぜだかわからないまま、上着をつかんだ。適当にサンダルを突っかけると、叔母さんの部屋に入り、引きだしに隠してあった車のキーをとりだして、急ぎ足でガレージに行く。

自分がどこに行くつもりなのかも、なぜなのかもさっぱりわからない。わかっているのは、とにかくそこに行かなければならないということと、見ればきっと理由がわかるはずだということだけ。

なにかに突き動かされるように、車を走らせた。パシフィック・コースト・ハイウェイを北上し、ラグーナの繁華街をまっすぐめざす。メインビーチの渋滞を縫うようにして進み、やがて右折してブロードウェイ通りに入り、歩行者をかわして走る。混雑した通りを抜けるとすぐに、アクセルを踏みこんで本能を頼りに運転し、荒れ果てた公園の駐車場にたどり着いた。鍵とケータイをポケットに突っこむと、茂みの踏み分け道へと駆けていく。

みるみるうちに霧が広がり、前が見えにくくなった。この暗闇にひとりきりでいるなんて正気の沙汰《さた》じゃない、引き返して家に帰れ、と心のどこかは訴えているのに、やめることができない。足が勝手に動いている。進むことを強いられ、わたしにはそれに従うことしかできない。

寒さに震えながら、ポケットに手を突っこみ、つまずきながら歩きつづけた。自分がどこに向かっているのかもわからず、めざす目的地もない。ここに来た経緯と同じだ。この目で確かめれば、理由はわかるだろう。

爪先を石にぶつけ、痛みにうなりながら、地面に倒れる。そのときケータイが鳴った。

「なに?」

立ちあがりながら、はあはあ息を切らして電話に出る。

「最近はそうやって電話に出るようにしてるの? ボクにはなんの効果もないけどね」

「マイルズ、どうしたの?」

服の汚れを払い、話しながら慎重に歩いた。

「すごいパーティーを見逃してるって教えたかっただけなんだけど。ここのところ、きみはハメをはずしてバカ騒ぎするのがお好きなようだから、招待しようと思ったんだ。だけど正直言って、このパーティーは楽しいっていうよりおかしいと言ったほうがいいかも。きみも見るべきだよ、何百人ものゴスが峡谷を埋めつくしてて、まるでヴァンパイア集会かなにかみたいなんだから」

「ヘイヴンはそこにいるの?」

彼女の名前を口にしたとき、なぜか胃が締めつけられたようになる。

「うん、ドリナを探してる。秘密のビッグイベントのこと、覚えてる？　あのとき言ってたやつだよ。あの子、自分の秘密さえ守れないんだから」

「もうゴスには興味ないんじゃなかったの？」

「ヘイヴンもゴスのパーティーとは思ってなかったみたい。ドレスコードを完全に読みちがえてたことで、カンカンになってる」

ちょうど山頂に着いたところで、光で満ちあふれた谷が見えた。

「峡谷にいるって言った？」

「そうだけど」

「わたしも。じつは、もうすぐそっちに着きそうなの」

反対側にくだりはじめながら言う。

「待って——きみもここに来てるの？」

「うん、光のほうに向かってるとこ」

「まずはトンネルをくぐり抜けた、とか？　ハハッ、冗談通じた？」

わたしが返事をしないでいると、マイルズがつづけた。

「そもそも、なんでこのパーティーのことを知ってたのさ？」

それはね、酔っぱらってべろべろになってたところを、黒い羽根で鼻をくすぐられて目を覚まして、部屋の壁に得体の知れない予言的な絵が立てかけられてあったから。だから上着を引っつかんで、サンダルを突っかけて、家から駆けだすっていう、マトモじゃない行動をとったの！

実際にそんなことを言うわけにはいかないとわかってるから、なにも言わない。そのせいで、マイルズはますます疑念を深める。

「ヘイヴンにきいたの？」そうたずねる声には、はっきり棘《とげ》がある。

「あの子、ボクにしか話してないって誓ったのに。べつに悪気とかはないんだよ。だけど、それにしてもさ」

「ううん、ヘイヴンじゃないよ。わたしが勝手に見つけただけ。とにかく、もうすぐ着くから、すぐに会えるよ——霧のなかで迷わなければね……」

「霧？　霧なんて——」

マイルズが言い終わらないうちに、わたしの手からケータイがとりあげられた。

「こんにちは、エヴァー。また会えるって言ったでしょ」

ドリナがほほえみながらうしろに立っていた。

30

逃げるか、叫ぶか、とにかくなにかするべきだとわかってる。なのに、わたしはただ凍りつき、根が生えたみたいに動けない。サンダルが地面に張りついているかのよう。

ドリナはどうしてここにいるの？　なにを企んでいるの？

「愛って厄介なものじゃない？」

ドリナはほほえみ、わたしをじろじろ見ながら首をかしげる。

「実在するとは思えないほどすばらしい、夢の男性に出会えたと思ったら、そのあとすぐに、実在するにはすばらしすぎるとわかる。とにかく、あなたには、すばらしすぎるってことが。そして気づけば、あなたはみじめなひとりぼっちになっていて、そうね、現実を認めましょう、すっかり酒びたりになっているわけね。

だけど本当のところ、あなたが青臭い依存症に身を沈めていくのを眺めるのは楽しかったわ。意外性のかけらもない、予想どおりのありきたりな展開ね。どういうことかわかる？

あなたは嘘をついて、こそこそして、盗みを働いて、お酒を確保することに全エネルギーを注いでいた。おかげでこっちは仕事がずいぶんやりやすかったわ。お酒を飲むほどに、あなたのガードは弱くなり、一切の刺激に鈍くなっていったし、そう、心も無防備にあけ広げられて、操るのがラクになった」

ドリナはわたしの腕をつかみ、鋭い爪を手首に突き立てながら、自分のほうに引き寄せる。ふりはらおうとしても、ビクともしない。恐ろしく力が強い。

「命に限りがある人間たちときたら――」

ドリナはそこで唇をすぼめる。

「からかいがいはあるけど、歯応えなさすぎるわ。そんなすぐに終わらせるために、これだけ手のこんだ計画を立てたと思ってるの？　こんなことをするよりもっと簡単な方法はあるわよ。やろうと思えば、この舞台をお膳立てしているあいだに、寝室であなたを始末することもできたんだから。それなら時間を食わずにずっと早く片付いたでしょうけど、どう考えてもこれほど面白くはないわ。あたしたちのどっちにとってもね、でしょ？」

呆然とドリナを見つめた。非の打ちどころがない顔、セットした髪。詰めるべきところは詰め、ふわりと垂らすべきところはふんわりさせた、完璧にあつらえられた黒いシルクのドレス。そのすべてが息をのむ美しさを際立たせている。

赤い艶《つや》やかな髪に手をすべらせたとき、手首のウロボロスのタトゥーが見えた。だけど、まばたきしてるまに、またすぐに見えなくなる。

「さて、あなたはダーメンに導かれて、自分の意思に反して呼びだされたと思ってるわけね。がっかりさせて悪いけど、あたしだったのよ。すべてはあたしが練りに練った計画。十二月二十一日って最高よね。冬至——一年でいちばん長い夜、バカみたいな峡谷で滑稽《こっけい》なゴスたちが一堂に会して浮かれ騒ぐんだから」

ドリナは肩をすくめた。肩を上品に上げ下げするのに合わせて、手首のタトゥーが見え隠れする。

「ドラマティックな効果を狙っちゃって、ごめんなさいね。だけど、そのほうが人生は面白いでしょう？」

ドリナの手をもう一度ふりはらおうとしたけれど、突き立てられた爪が皮膚に食いこみ、鋭い痛みが走った。

「じゃあ、ここで手を放したとしましょうか。そしたら、どうする？　走って逃げる？　走るのはあたしのほうが速いわ。友だちを探す？　おあいにくさま。ヘイヴンはここに来てもいないわ。どうやら、べつの峡谷で開かれているべつのパーティーに送りこんじゃったみたいなの。こうして話しているあいだ、彼女は何百人ものくだらないヴァンパイアかぶれを押しのけながら、あたしを探してうろつきまわってるわ。もっと少人数のこぢんまりした集まりを楽しむつもりだったんだけど」

と笑みを浮かべ、わたしの全身に視線を走らせる。

「パーティーの主賓もここにいるみたいだし」

「なにが望みなの?」

腕を強くつかまれ、歯を食いしばった。耐えがたい痛みを伴って手首の骨が圧迫され、折れてしまいそう。

「そんなにせかさないで」

ドリナはみごとなグリーンの瞳をわたしに向けて、眉根を寄せた。

「もうちょっと待ちなさいよ。さてと、あなたが礼儀をわきまえず話をさえぎる前、どこまで話していたかしら? ああ、そうだったわ、あなたのことを話していたんだった。あなたがここに来ることになった経緯と、あなたが予想していたのとはぜんぜんちがう結果になったこと。だけどそれを言うなら、人生は意外なことの連続でしょ? 本当のところ、あなたの人生で予想どおりになることなんかひとつもなかったし、きっとこれからもないでしょうね。知ってのとおり、あたしとダーメンは古くからのつき合いなの。それも、ずっとずっとずっとずうっと古くからの。ね、わかるでしょ。なのに、これほど長い歳月を共に過ごしてきたっていうのに、これほど長く生きてきたっていうのに、あなたがいつも現れて、あたしたちの邪魔をするのよ」

なんてバカだったんだろう、なんてだまされやすいんだろうと思いながら、わたしは地面を見つめた。ヘイヴンはなんの関係もなかった——すべての狙いはわたしだった。

「あら、そんなに自分を責めるもんじゃないわ。あなたがこういう失敗をおかすのは、これが初めてじゃないんだし。あなたの死はあたしの責任なんだから。そうね、これで——何度目かしら？　もう数えていられなくなっちゃったみたい」

ダーメンが駐車場で「きみをまた失うわけにはいかない」と言っていたことを、ふいに思いだす。だけど、ドリナの表情が険しくなっているのを見て、わたしの心が読めるのだと気づき、そういうことを考えないよう頭をからっぽにする。

ドリナはわたしの腕をふり動かしながら、舌を鳴らし、わたしをくるくる回転させている。

「ええと、記憶が正しければ——必ず正しいんだけど——ここ何回かわたしたちは〈いたずらか、お菓子か《トリック・オア・トリート》〉っていうハロウィン風のゲームをしたのよね。公明正大に前もって教えておくけど、あなたにとっていい結果になったためしはないわ。それでも、あなたはこのゲームにぜんぜん飽きてないみたいだから、もう一度やってみましょうか？」

くるくるまわされていることと、血管に残っているアルコールと、あからさまな脅しのせいで、めまいがしそうだ。

「ネコがネズミを殺すところを見たことはある？」

ドリナは目を光らせてニヤリとし、舌で唇をなめた。

「哀れな獲物をたっぷり時間をかけていたぶって、飽きたところでようやくとどめを刺すところを」

それ以上ききたくなくて、目を閉じた。そんなにわたしを殺したいなら、なんでさっさと殺さないの？

「なぜって、それはご褒美の〈お菓子〉だからよ。わたしにとってはね。じゃあ〈いたずら〉は？　それはなんなのか気にならない？」

返事をしないでいると、彼女はため息をつく。

「あなたってずいぶん鈍いのね。どっちみち話すつもりだけど。いい、〈いたずら〉はね――あなたを逃がすふりをして、あたしから逃れようと必死で逃げまわるのを、離れたところで見守ることなの。そしてあなたがいよいよ体力を使い果たしたというところで、あたしはご褒美の〈お菓子〉をいただくってわけ。じゃあ、どうしましょうか？　じわじわ死ぬのがいい？　それとも、身を切られるように苦しみながら死ぬのがいい？　ほら、早く決めなきゃ、時間がないわよ！」

「どうしてわたしを殺したいの？　どうしてほうっておいてくれないの？　ダーメンとわたしは恋人でさえないし、もう何週間も彼には会ってないのに！」

「恨まないでね、エヴァー。でもねえ、あたしとダーメンは、あなたを――消したあとのほうが、いつだってずっとうまくいくみたいなの」

ひと思いに死なせてほしいと思っていたけど、いまでは気が変わっていた。戦いもせずにあきらめるなんていやだ。たとえ負ける運命だとわかっていても。

ドリナは失望に顔をゆがめ、あきれたようにわたしを見つめた。

「なるほどね。〈いたずら〉を選ぶわけね？　だったらいいわ、さあ行きなさい！」

ドリナは腕を放し、わたしは峡谷を走って逃げだす。

どうしたって助からないのかもしれないけど、やるだけのことはやってみないと。目にかかる髪の毛を払いのけ、霧のなかをやみくもに走る。あの踏み分け道にたどり着いて、最初にいた場所にもどれることを願いながら。肺が破裂しそうになっているし、サンダルは壊れて脱げてしまったけれど、それでも走りつづける。とがった冷たい石で足の裏を切りながら走る。焼けつくように熱い痛みがわき腹に刺さるのを感じながら走る。木々の横を通りすぎ、鋭い枝に上着を剝《は》ぎとられながらも走る。人生を賭けて走る——生きる価値のある人生かどうか、わからなくても。

そして走りながら、前にもこんなふうに走ったことを思いだす。

だけど夢と同じで、どうやって終わりを迎えるのかは見当もつかない。

踏み分け道へと通じる場所までたどり着いたところで、ドリナが現れ、目の前に立ちはだかった。

身をかわし、そのままよけて通りすぎようとしたけれど、彼女はだるそうに脚をあげ、それにつまずいたわたしは、なにかに押しつけられるように、予想したよりもずっと激しく顔から地面に突っこんだ。

地面に倒れたままのわたしに、ドリナがあざけりの笑い声を浴びせている。おそるおそる顔に触れてみると、ぬるっとした血が手についた。さらに鼻が横を向いていて、骨が折れている。

やっとのことで立ちあがり、口のなかに入った砂を吐きだすと、血と歯も一緒に地面に落ちる。

「あらら、みっともないわね」ドリナはいやそうに顔をゆがめた。「本当にみっともない。ダーメンがあなたのどこに惹かれたのか不思議なぐらい」

痛みで体がぐったりして、息はあがり、口いっぱいにたまった血の鉄っぽい苦さが舌に広がっている。

「どうせ、つぎに生まれ変わったときには忘れているのに、詳細まで残らずききたいようね。とはいえ、あたしの説明をきいてあなたがショックを受けた表情を浮かべるのを見るのは、毎回楽しいけど」

ドリナは勝ちほこったように笑い声をあげる。

「どういうわけか、何度くりかえしても決してこのエピソードには飽きないのよね。おまけに、この瞬間は、なのものにも代えがたいよろこびをもたらしてくれるの。前戯みたいなものよ。といっても、あなたには前戯がどういうものか、なにもわかってないでしょうけど。これだけ何度も人生をくりかえしながら、なぜだか毎回あなたは処女のまま死ぬんだから。ものすごく悲しいことよね。これほどおかしくなければね」

そして唇をすぼめ、赤いマニキュアを塗った爪で腰をトントンたたきながら、わたしを見た。

「さあ、どこからはじめましょうか? そうね、じゃあ、知ってのとおり、トランクの絵をすり替えたのはあたしよ。だって、あなたをモデルに『黄色の髪の女』って? あ・り・

え・な・い。ここだけの話、ピカソは怒りくるうでしょうね。それでも、彼のことを愛してるけど。あ、ダーメンのことよ。とっくに死んだあの画家じゃなくて」

ドリナはクスクス笑った。

「とにかく、あの羽根を残しておいたのもあたしよ。残念だけど。そうなの、ダーメンってひどく――感傷的なところがあるのよね。ああ、それにあたしは、あなたの頭にあの夢も植えつけた。何か月にもわたる夢の予兆はどうだった？　言っておくけど、どうやってとか、なんでとか、なにもかも説明するつもりはないわよ。話せば長くなるし、はっきり言って、あなたがどうなるかはまったく重要じゃない。あの事故であっさり死ななくて残念ね。もし死んでたら、お互いにこんな面倒な思いはせずにすんだのに。自分がどれほどの被害を引き起こしたかわかってる？　あなたのせいでエヴァンジェリンは死に、ヘイヴンは――そうね、かなりきわどいところだった。ねえエヴァー、本当にあなたってなんて自分本位なのかしら」

ドリナはこっちを見ているけれど、わたしは反応したりはしない。だけど、これで罪を認めたと思われるだろうか？

「あなたはもうすぐこの世から退場するんだから、告白したってなんの問題もないわね」

そこでドリナは厳粛な誓いを立てるみたいに、右手をあげた。

「あたし、ドリナ・マグダレナ・オーギュストは――」

名前の最後の部分を言うとき、彼女は得意げに眉をあげた。

「――エヴァンジェリン、別名ジューン・ポーターを効果的に排除しました。ちなみに、あの子はなんの役にも立たず、無駄に場所をとっているだけだったから。あなたが思ってるほど悲しい出来事でもなんでもないのよ。ヘイヴンに最大限近づくために、邪魔者を片付ける必要があったの」

ドリナは笑みを浮かべ、わたしをなめるように見つめている。

「そうよ、あなたが疑っていたとおり、あたしはわざとあなたからヘイヴンを奪ったの。あいう、愛されずに道に迷っていて、注意を惹こうと必死になっている子は、仲良くしてくれる相手のためならなんだってするから、楽勝だったわ。それに、確かにあたしはあの子を言いくるめて、もうちょっとで死に至らせるところだった。

タトゥーを入れさせたけど、それはあの子を殺すべきか――殺すだけにするか、殺して甦《よみがえ》らせて不死にするか――決めかねていたからよ。〝侍者〟ができるのはずいぶんひさしぶりだったから、ほんと言って、すごくいい気分だったわ。だけど、優柔不断なところはあたしの弱点でもあるの。目の前にあまりにたくさんの選択肢を広げられて、なおかつそれが尽きるまで見ていられる永遠の時間があれば、欲張ってぜんぶ選びたくなるのも当然でしょう？」

ただやんちゃなだけで悪意はない子どもみたいな顔をしている。

「それでも、あたしが長すぎるほど待っていたせいで、やがてダーメンが干渉してきて――彼って善意のかたまりで利他的なお人好しだから――それからあとのことは、あなたも知ってるわね。ああ、それとマイルズに『ヘアスプレー』の役を割り当てたのもあたし。とはいえ、彼なら自分で役を射とめたかもしれないわね。本当に才能に恵まれているもの。だけど、どんな危険もおかすわけにはいかなかったから、演出家の頭に入りこんで、彼を選ぶよう仕向けたの。それから、サビーヌとジェフのこと？　ごめんなさいね。でも、みごとに運んだと思わない？　あなたの賢くて成功していて抜け目のない叔母さんが、あんな負け犬に引っかかるなんてね。哀れだけど、すごく面白いでしょ？」

だけど、どうして？　どうしてこんなことをするの？

歯が折れて、血でのどが詰まっているせいで、もはや話すことができない。けれど、ドリナには心の声がきこえているはずだ。頭のなかでつぶやく。

どうしてわたしだけを狙わず、ほかのみんなまで巻きこんだりするの？

「あなたの人生がどれほど孤独なものになりうるか、教えてやりたかったのよ。みんなが、もっと大事な、もっとワクワクさせてくれるもののために、どれほどあっさりあなたを見捨てるか、知らしめてやりたかったの。エヴァー、あなたはひとりぼっちよ。孤立していて、愛されず、ひとりぼっち。あなたの人生はみじめで、生きている価値もない。だから、あたしが願いをかなえてあげる。きっと感謝はしてもらえないでしょうけど」

こんなに外見は美しいのに、内面はこれほど醜い人がいるんだ。

わたしはドリナの目をじっとのぞきこみ、気づかれないことを願いながら、小さく一歩あとずさった。

てない。ずっと前に別れたの。だから、あなたは彼を探しに行って、お互いべつべつの道を歩んで、こんなことがあったのも忘れてしまえばいいでしょ！

ドリナの気をそらせることを期待して、頭のなかで考える――もうダーメンとはつき合っ

「あら、悪いけど、こんなことがあったのを忘れてしまうのは、あなただけよ。それに、そんな単純な話じゃないの。どういうふうに事が運ぶのか、さっぱりわかってないんでしょ？」

確かに、降参だ。

「いい、ダーメンはあたしのものよ。ずっとあたしのものなの。なのに不幸なことに、あなたはバカみたいに退屈にくりかえされる魂の再生のたびに、あたしたちの前に現れつづける。そっちがしつこく生まれ変わって現れるから、そのたびごとに居場所を突きとめて息の根をとめるのがあたしの仕事になった」

ドリナは一歩前に進み出て、わたしは一歩あとずさりする。

血まみれの足の裏で鋭くとがった石を踏みつけ、耐えがたい痛みが走る。

「そんなもので痛いと感じるの？　まだこれからよ」

峡谷を見まわし、死にものぐるいで目を走らせ、どうにか脱出できないかと逃げ道を探した。さらに一歩さがって、またもつまずく。地面に手をすべらせ、とがった石をにぎりしめると、ドリナの顔めがけて投げつけた。石は彼女の顎に命中し、肉を裂く。

ドリナがゲラゲラ笑うと、顔から血が噴きだし、歯が二本抜けているのが見える。だが、傷はみるみるうちにふさがり、どこにも継ぎ目のない元どおりの美しい肌にもどっていく。

「また同じ？　ねえ、なにか新しいことを試して、たまにはあたしを楽しませてちょうだいよ」

彼女は腰に手をあて、眉をあげて、目の前に立ちはだかった。

もう逃げるつもりはない。つぎの行動に移るつもりはない。また愚かな戦いを挑んで、彼女を満足させるつもりはない。それに、ドリナの言ったことはすべて真実だ。わたしの人生は本当に孤独でどうしようもなく悲惨なものだ。そして、関わった相手まで、一緒に引きずり落としてしまう。

わたしの最期が近いことを知り、結果を予想して笑みを浮かべながら、ドリナはこっちに向かってきた。

目を閉じて、あの交通事故が起こる直前のことを思いだした。わたしがまともで、幸せで、家族に囲まれていた頃のことを。記憶はあざやかで、素脚に触れるあたたかい革のシートの感触があり、腿《もも》にふりあてられるバターカップのしっぽを感じ、調子はずれに恐ろしく音程をはずしながら、声を張りあげているライリーの歌声がきこえる。助手席からうしろをふりかえり、手を伸ばしてライリーのひざを軽くたたくママの笑顔が見える。バックミラーをのぞいてわたしと視線を交わすパパの目が見える。わかっているよというような、やさしくて、楽しそうな笑顔――

わたしはその瞬間にすがりつき、心のなかに大切におさめた。まるでその場にいるみたいに、感触を、においを、音を、感情を味わう。これを死ぬ前に見る最後の場面にしたい。心から幸せだった最後の瞬間をよみがえらせたい。

「ちょっと……いったいどうなってるの？」

目をあけると、ドリナは顔にショックを浮かべて、口をポカンとあけ、わたしをまじまじと見つめていた。

視線をおろすと、着ていた服は新品のようだし、足の血は消え、ひざの傷もない。舌を走らせてすべてそろった歯をなぞり、鼻に手をやり、顔も治っていることを確認する。どういうことなのかさっぱりわからなかったけれど、手遅れになる前に急いで行動する必要があるのはわかってる。

わけがわからないという様子で目を見開いてドリナがあとずさりする。

つぎの行動がどう運ぶのか、さらにそのつぎの行動がどう転じるかわからないけれど、わたしは彼女に向かっていく。わかっているのは、時間がないことだけだ。わたしは言った。

「ねえドリナ、〈いたずらか、お菓子か〉《トリック・オア・トリート》をやってみる？」

31

初めのうち、ドリナは信じられないというようにグリーンの目を大きく見開いて、黙って見つめているだけだったけれど、やがて顎をあげて歯をむいた。

攻撃の間を与えずに、彼女に突進した。先手を打って、可能なうちにやっつけてしまわなくては。

だけど前に飛びだした瞬間、わたしのすぐ横で、柔らかな黄金色の光のヴェールがゆらめいているのが見えた。夢で見たのと同じような明るい輪は、輝きながらわたしを引き寄せようとしてくる。

ドリナが植えつけた夢かもしれない、罠かもしれない。だけど、そっちに向かわずにはいられない。

わたしはまばゆいヴェールのなかに転がりこんでいた。

その瞬間、愛にあふれ、あたたかく、強烈な光を浴びて、気が静まり、恐怖がすっかり消えてしまう。そして、青々とした震える草原に着地した。草の葉がわたしの体を支え、落下の衝撃をやわらげる。

あたりを見まわすと、花びらの内側から輝いているように見える花々が咲きほこり、熟れた果実の重みで枝をたわませた、空の先まで伸びている木々に囲まれている。その場に静かに横たわり、すべてを眺め渡していると、前にもここに来たことがあるように思えてしかたない。

「エヴァー」

わたしはパッと立ちあがり、すぐにも攻撃できるよう身がまえた。

そこにいたのはダーメンだった。でも彼がどっちの味方かわからず、一歩あとずさる。

「エヴァー、落ち着くんだ。大丈夫だよ」

彼は手を差しだしながらほほえむ。

だけどその手をとる気はない。罠にかかるつもりはない。もう一歩うしろにさがって、ドリナの姿を目で探した。

「ドリナはここにはいないよ」わたしから目を離さずに、ダーメンはうなずく。

「いるのはぼくだけだ。きみはもう安全だよ」

信じていいの？　彼が安全だと思えたためしがあっただろうか。ためらったあげく最後にたずねた。

「ここはどこ？」

本当にききたい質問――わたしは死んだの？――の代わりに。

「保証するよ、きみは死んでない」ダーメンはわたしの心を読んで、声をあげて笑う。

「ここは〈夏世界〉《サマーランド》だよ」

それって、どこのこと？　いったいなに？

「ある種の――場所と場所のあいだにある場所だよ。待合室みたいな。それか、サービスエリアみたいな。次元と次元の境にあるところと言ってもいい」

「次元？」

耳慣れない言葉。

手を伸ばされて、わたしは急いで自分の手を引っこめる。彼に触れられていると、物事がはっきり見えなくなるから。

ダーメンはわたしをじっと見つめていたけれど、やがてついて来るようにうながす。まわりの花も木も草の葉一枚残らず、果てしなくダンスを踊りつづけるパートナーたちみたいに、揺れたり曲がったり絡みついたりたわんだりしている。地面もかすかに波打っているようだ。

「目をつぶって」

彼はささやく。わたしが言われたとおりにしないと、さらにつけ加えた。

「お願いだから」

目をつぶったふりして、薄目をあけた。

「ぼくを信じて。今度だけでも」

しかたなくちゃんと目をつぶった。

「それで？」

「なにかを想像してごらん」

「どういう意味？」わたしはとっさに巨大な象を想像した。

「ほかのものを想像して！　急いで！」

目をあけると、バカでかい象がこっちにまっすぐ突進してくるのが見えて、ギョッとする。必死で蝶《ちょう》を思い浮かべると、象はわたしの指先にぴたりととまる美しいオオカバマダラに姿を変えた。

「どうなって――」

蝶とダーメンを交互に見比べた。

「もう一度やってみる？」

彼は声をあげて笑う。

唇を噛みしめて彼を見て、なにかいいものを、象や蝶よりいいものを思い浮かべようとしてみた。

「そう、やってごらん、ものすごく楽しいから。いつまでも飽きないよ」

目をつぶり、蝶が鳥に変わるのを想像する。目をあけると、カラフルで立派なコンゴウインコが指にとまっていた。鳥の糞《ふん》が腕にだらりとしたたり落ち、ダーメンがタオルを渡しながら言う。

「もうちょっと手のかからないものを想像してみたら？」

鳥をおろし、飛び去っていくのを見送ると、目を閉じてある人を熱心に願ってみた。目をあけたとき、そこにはオーランド・ブルームの姿があった。

ダーメンはうめき、かんべんしてくれというように頭をふる。

「……本物？」

オーランド・ブルームがにっこりほほえんで、ウインクしてくる。びっくりだ。

「本物の人間をつくりだすことはできない。似せるだけだ。幸い、彼もすぐに消えるよ」

オーランド・ブルームが本当に消えてしまうと、やっぱりちょっと悲しかった。

「どうなってるの？　ここはどこ？　なんでこんなことが可能なの？」

ダーメンはにっこりし、美しい白馬を出現させた。わたしを馬に乗せると、自分用に黒い馬をつくりだす。

「遠乗りに出かけよう」

わたしたちは馬を歩かせ、美しく刈りこまれた道をくだり、花と木々と虹色に輝く小川の流れる谷間をまっすぐ通り抜けていく。小道をはずれたところで、さっきのインコがネコのとなりにいるのが見えた。あれでは襲われてしまうだろう。ネコをシッシッと追いはらおうとした。

「心配いらないよ。天敵じゃないんだ。ここではすべてが平和だから」

　わたしたちはそのまま黙って馬を進めた。すべてを見逃さないよう、あたりの美しさをうっとりと眺める。だけど、ありとあらゆる疑問で頭がぐるぐるしはじめる。でもなにからきけばいいのかわからない。

「きみが見たヴェールだけど。こっちに引き寄せられてきたやつ。あれは、ぼくが出したんだ」

「峡谷に？」

「ああ。それに、きみの夢のなかにも」

「でも、ドリナは自分が夢をつくりだしたって言ってたけど」

　ダーメンは堂々と鞍《くら》にまたがって、自信に満ちた様子で騎乗していた。ふと彼の家の壁に飾られていた絵を思いだした。腰に剣を帯び、白馬に乗っている絵。

　きっとずいぶん長い乗馬経験があるのだろう。

「ドリナはきみに場所を示し、ぼくはきみに出口を示した」

「出口？」

　また心臓がバクバクしはじめる。

　ダーメンは首をふって笑みを浮かべる。

「そういう出口じゃないよ。言っただろ、きみは死んでないって。それどころか、これまでにないほど生気にあふれてる。物事を自在に操って、好きなものをなんでもつくりだすことができるんだ。すぐに満足できるっていうことから言えば、究極の状態だよ。だけど、ここにはあまりしょっちゅう来ちゃだめだ。警告しておくけど、中毒になりやすいからね」

「じゃあ、ふたりともわたしの夢をつくったってこと？」

彼を横目で見て、この奇妙な出来事すべてを理解しようと努めながら、たずねる。

「それって、つまり——コラボみたいなもの？」

ダーメンはうなずく。

「わたしは自分の夢さえコントロールできないってこと？　ひどい……」

「あの夢にかぎっては、だよ」

「そうだとしても、ちょっとやりすぎだと思わない？　それに、こうなることがわかってたなら、なんで阻止しようとしてくれなかったの？」

「すまない。ドリナのしわざだとは知らなかったんだ。ぼくはただきみの夢を見守ってて、なにかにおびえていたから、ここへの道を示しただけだ。ここはいつ来ても安全な場所だよ」

「なんでドリナはわたしを追ってこなかったの？」

ドリナが追ってきていないか怖くなってあたりを見まわした。

ダーメンは手を伸ばして、わたしの手をぎゅっとにぎりしめる。

「ドリナにはあのヴェールが見えない。きみにしか見えないようにした」

すべてがひどく不思議で奇妙で、まるで意味がわからない。

「大丈夫、いずれわかるようになるから。とりあえずいまは、楽しむことだけを考えたら？」

「どうしてここはこんなに懐かしく思えるの？」

見覚えがあるような気がしてしょうがないのに、どこで見たのか思いだせない。

「ぼくがきみを見つけた場所だから――」

まさか、ここが……。

「確かに、きみの体は車の外で見つけたよ。だけど、魂はもう移動してて、ここにたたずんでいたんだ」

彼は馬を二頭ともとめ、わたしが降りるのを手伝い、あたたかい草地へと連れていく。どこからともなく降りそそぐぬくもりある光に照らされて、草地はまばゆく輝いていた。いつのまにかダーメンは、大きくて豪華なソファと、足を置くためのお揃いのオットマンをつくりだしている。

「ほかに足りないものは？」

わたしは目を閉じて、コーヒーテーブルとランプ、いくつかの装飾品、それに美しいペルシャ絨毯を思い描いた。目をあけると、わたしたちは完璧に家具を備えた戸外のリビングにいる。

「もしも雨が降ったらどうなるの？」

「よせ――」

手遅れだった。雨を想像したとたん、ずぶ濡れになっていた。

「思考が創造するんだ」

ダーメンが巨大な傘をつくりだした。雨は傘を伝い落ち、絨毯を濡らしている。

「じつは地球上でも同じことだよ。ずっと長い時間がかかるだけで。でも、この〈夏世界〉では一瞬で実現する」

「ママがよく言ってたっけ――『願い事をするときは気をつけなさい、かなっちゃうかもしれないんだから！』って」

「そうだ。その言葉の由来がわかっただろ。この雨をやませてくれないか？」

彼はわたしに向かって濡れた髪をふった。

「どうやって――」

「どこかあたたかくて乾いた場所を思い浮かべるだけでいい」

気づいたときには、わたしたちは美しいピンク色の砂浜に横たわっていた。

「いいね。このままにしておこう」

ダーメンは笑い、わたしは青いふかふかのタオルと、それにマッチするターコイズブルーの海をつくりだす。

あおむけに寝そべり、目を閉じてあたたかさを感じているとき、ダーメンがぽつりぽつりと語りはじめた。

「ぼくは不死《イモータル》の存在だ」

あらためて言葉にされると、胸に刺さる。こんな言葉は毎日きくようなものじゃない。

「そして、きみも」

え……？

「待って。わたしも不死ってことなの？」

「ああ」彼はうなずく。

こんな奇妙な会話を、こんなふつうの口調でしているのが不思議だ。それに、この場所。

〈夏世界〉って言ってたけど……。これ以上奇妙なことはもうないはず。

「あの交通事故で死んだとき、あなたがわたしを不死にした？」

彼はもう一度うなずいた。

「でも、どうやって？　あの奇妙な赤いドリンクとなにか関係があるの？」

ダーメンは大きく息を吸いこんだあとで言った。

「そうだ」

「だったら、なんであなたがしてるみたいに、わたしは四六時中あれを飲まずにすんでるの？」

彼は目をそらし、海を眺めた。

「いずれはきみも飲まなきゃならなくなる」

まだこの状況に完全には頭がついていけていない。起きあがってタオルの糸くずを引っぱった。ふりかえれば、それほど遠くない昔、自分にヘンな能力があるというだけで呪いだと思っていたのに。不死だなんて……。

「きみが思うほど悪いもんじゃないよ」

「でも、不死の存在になることをわたしが望まないかもしれないって、考えてみなかったの？　このまま死なせるべきかもって」

　彼はギクリとした様子で、目をそらしてあたりを見まわした。

「まず言うと、きみは正しい。ぼくは自分勝手だった。本当のところ、ぼくはきみのためというより自分のためにきみを救ったんだ。きみをまた失うのは耐えられなかった。あんなことになって……」

　ダーメンは口をつぐみ、頭をふる。

「とはいえ、うまくいくかは確信が持てなかった。きみをこの世に連れもどすことはできたようだけど、どれだけつづくのかはわからなかった。本当にきみを不死人《イモータル》にしたのかはわからなかったんだ。さっき、峡谷できみを見るまでは――」

「さっきの峡谷でわたしを見てたの？」

　彼はうなずく。

「あなたもあそこにいたってこと？」

「いや、遠隔的に見守ってた。話せば長いんだ」

「ちょっと待ってよ。遠隔的にとはいえ、あなたはわたしを見守ってて、なにが起きているかすべて見えていたのに、助けようともしなかったってこと？」

　殺されそうになっているのを、遠くからただじっと見てたっていうの？

「きみが助けを求めるまでは。そのときヴェールを出して、きみを引き寄せたんだ」

「わたしをそのまま死なせるつもりだったわけ?!」

「それがきみの望みだったら……そうしていただろう」

ダーメンの顔は真剣そのものだ。

「エヴァー、駐車場で最後に話したとき、きみはぼくがしたことを自分勝手だと責めて、きみを家族から引き離したこと、この世に連れもどしたことで、ぼくを憎んでると言ったね。グサッとくる言葉だったけど、きみの言うとおりだとわかっていた。ぼくに干渉する権利はなかったんだから。だけど、あの峡谷で、きみはあれほど深い愛に満たされ、その愛がきみを救い、回復させた。あのとき、きみが不死人になっていることがわかったんだ」

「でも、入院してたときのことは? なんであのときは回復できなかったの? なんでギプスと切り傷と打撲に苦しまなきゃならなかったの? なんで峡谷でしたみたいに、ただ〝再生〟できなかったの?」

「愛だけが治せるんだ。怒りや罪悪感、恐怖は破壊するだけで、きみの本当の能力を切り離してしまう」

「それに……。あなたはわたしの心が読めるのに、わたしにはあなたの心が読めない。これもひどいよ。不公平じゃない?」

ダーメンは声をあげて笑った。

「本気でぼくの心を読みたいと思ってるのか? ミステリアスな雰囲気は、きみが好きなところのひとつだと思ったけど」

頬がかあっと熱くなる。いままでも読まれていたんだ。

「シールドを張る方法はいくつかあるよ。エイヴァに会ってみれば？」

「エイヴァを知ってるの？」

ふいにふたりがグルになっている気がして、警戒した。

「いや。エイヴァのことは、きみを通して知ってるだけだ。エイヴァに対するきみの思いを通してね」

わたしは目をそらし、草原をウサギの家族がぴょんぴょん跳ねて通りすぎるのを見つめていたけれど、やがてまたダーメンに視線をもどした。

「じゃあ、あの競馬場でも？」

「予知した。きみも同じことをしたね」

「はずしたレースもあったでしょ？」

「何レースかは負けておかないと、疑いを招くからね。だけど、ちゃんとその分もとりもどしただろ？」

「じゃあ、チューリップは？」

「想像して、つくりだした。きみがここで象や砂浜をつくったのと同じやり方だ。単純なことだよ。意識は、ただのエネルギーから、物質をつくりあげる。みんなが考えているほど難しいことでもなんでもないよ」

まともに理解できない。彼にとっては単純なことらしいけど。

「ぼくたちは自分たちの現実をつくりだすんだ。それと、答えはイエスだ、地上でもできるよ」

わたしの頭に浮かんだばかりのつぎの質問を予期し、ダーメンが先まわりしてこたえる。

「実のところ、きみももうやってるよ。時間がかかるから、自分で気づいてないだけで」

「あなたはすぐにできるのに」

「ああ、もう長いこと生きてるからね、コツをつかむ時間はたっぷりあった」

「長いって、どれぐらい？」

彼のあの部屋を思いだした。いったい、わたしはどういう相手を好きになったのだろう。

ダーメンはため息をついて、目をそらす。

「すごく長い」

「で、わたしも永遠に生きるってこと？」

「それはきみ次第だ。無理に受け入れる必要はない。ぜんぶ忘れて、自分の人生を生きていくこともできるんだ。時を見て、自分を解放することを選べばいい。ぼくは能力を与えただけで、いまでも選ぶのはきみ自身だ」

海を眺めた。しぶきをあげる波はきらきらしていて、本当に美しくて、自分の想像の産物だなんてとても信じられない。こんな強力な魔法で遊べるのは楽しいけれど、すぐにもっと暗いことが頭に浮かんだ。

「ヘイヴンになにがあったのか教えて。あなたの家にいたあのとき……。それにドリナのことも。彼女も不死なんでしょう？　あなたが不死にしたの？　それに、すべてはどうやってはじまったの？　そもそもあなたはどうやって不死になったの？　こんなことがどうしてありえるの？　ドリナがエヴァンジェリンを殺して、もうちょっとでヘイヴンのことも殺すところだったって知ってた？　それに、あなたのあの不気味な部屋はなんなの？」

いままで感じていた疑いと不安を吐きだすように、一気にまくしたてていた。

「質問をもう一度くりかえしてもらえるかな？」とダーメンは笑う。

「そうだ、それともうひとつ、わたしを何度も何度も殺してきたってドリナが言ってたけど、いったいどういうこと？」

「ドリナがそう言ったのか？」

ダーメンの顔から血の気が引いた。

「うん」

彼女の傲慢《ごうまん》なしたり顔を思いだしながら、わたしはつづけた。

「『また同じことのくりかえしね、愚かな人間、あなたは毎回このゲームに引っかかるんだから』とかなんとか。見てたんじゃなかったの？　ぜんぶ見てたんだと思ってたけど」

「ぜんぶは見てないんだ。波長を合わせるのが遅かったから。すまない、エヴァー、なにもかもぼくのせいだ。気づくべきだった。きみを巻きこんだりするべきじゃなかったのに。きみをそっとしておくべきだったのに――」

「それに、ニューヨークであなたに会ったとも言ってた。ヘイヴンからきいた話だけど」

「それは嘘だ。ぼくはニューヨークには行ってない」

ダーメンの目には深い悲しみが刻まれていた。彼の手をとって包みこむ。こんなにも無防備な様子は初めてだ。悲しみを消してあげたい。なにがどうであろうと、彼を許す気がじゅうぶんにあるということが伝わるよう願いながら、彼の唇に唇を押しあてる。

「きみが生まれ変わるたびに、キスの味は甘くなっていく。その先には決して進めないようだけど。やっとその理由がわかったよ」

彼におでこを押しあてられると、深い愛に満たされるようだ。やがて彼は深々とため息をついて、おでこを離した。

「ああ、まだ質問にこたえてなかったね」彼はわたしの心を読んで言う。

「どこからはじめよう？」

「最初から、話して」

ダーメンはうなずき、視線をさまよわせる。すべての始まりまで思いだしているのだろうか。

「ぼくの父親は夢見がちな人で、芸術家で、半分は道楽で科学と錬金術をかじっていた。それは、当時はふつうのことで――」

「当時って、いつ？」

哲学的な長話なんかじゃなくて、場所や時代といった、はっきり特定できることが知りたい。

「ずっと昔だよ」ダーメンは笑う。

「ぼくはちょっとばかりきみより年上なんだ」

「だよね、でも正確には何歳？　あなたとの年の差はどれぐらいあるの？」

わたしがいぶかしむように見つめていると、彼は頭をふる。

「知っておいてもらいたいのは、ぼくの父親と仲間の錬金術師たちが、あらゆるものはひとつの元素に還元され、その元素を分離させることができたら、そこからなんでもつくりだすことができると信じていたってことなんだ。父親は何年もその理論に取り組みつづけて、公式を生みだしては破棄することをくりかえし、やがて父親も母親も……死んでしまうと、ぼくは研究をつづけ、ついに理論を完成させた」

「あなたは何歳だったの？」懲りずにもう一度きいた。

「幼かったよ。かなり幼かった」

「じゃあ、不死の人間でも歳はとるってこと？」

「ああ、ある程度まで成長して、そこからは歳をとらなくなった。きみはヴァンパイアの理論で時がとまるほうがいいんだろうけど、これは現実だからね、ファンタジーの世界とはちがうんだ」

「わかった、それで……？」

「それで。両親が死に、ぼくは孤児になった。ぼくの出身地のイタリアでは、名字はその人間の出自や職業をあらわすことが多い。〝エスポシト〟は〝みなしご〟、あるいは〝さらされた〟という意味だ。当時ぼくはその名字を与えられたけど、一、二世紀前に捨てたんだ。もうふさわしくなくなったから」

「どうして本当の名字を名乗らなかったの?」

「複雑な話でね。ぼくの父親は……追われていた。だから身を隠したほうがいいと思ったんだ」

「で、ドリナは?」

その名前を口にするだけで、のどが締めつけられる。

「ドリナは、ポヴェリーナ――〝かわいそうな子〟という意味の名前だった。ぼくたちは同じ教会に引きとられていた。ドリナも孤児だ。あるときドリナは病気になり、ぼくは彼女を失うのが耐えられなくて、あれを飲ませた……」

「あなたたちは結婚してるってドリナは言ってたけど」

わたしは唇を噛みしめる。ドリナははっきりそう言ったわけじゃないけれど、彼女が自分の名前――フルネームを口にしたとき、まちがいなくそういう意味がふくまれていた。

ダーメンは眉根を寄せて目をそらし、首をふって小声でブツブツつぶやいている。

「本当なの?」

胃がキリキリし、胸の鼓動が激しい。

「だけど、きみが思ってるようなこととはまったくちがう。結婚したのはずっと昔のことだし、いまではなんの意味もない」

「だったら、なんで離婚しなかったの？　本当になんの意味もないんだったら」

「何世紀も前の結婚証明書を持って裁判所に行って、離婚を申請しろっていうのか？」

わたしは唇を引き結んで目をそらす。彼の言っていることは正しいとわかっているけど、それでも納得できない。

「エヴァー、頼むから。少し大目に見てくれ。ぼくはきみとはちがうんだ。きみはまだ、この人生では、たったの十七年しか生きていないけど、ぼくは何百年も生きてきたんだ！　いくつかのまちがいをおかすにはじゅうぶんすぎるほどの歳月をね。確かにぼくには非難される点がたくさんあるが、ドリナとの関係については、非難されるようなものではないと思ってるよ。あの頃は事情がちがった。ぼくという人間もいまとはちがった。うぬぼれが強くて、中身がなくて、どこまでも実利主義だった。自分のことしか考えてなくて、欲深くなんでも手に入れようとしていた。だけど、きみに会った瞬間、すべてが変わった。そしてきみを失い、身を切られるような、かつてない苦痛を味わった。でもその後、きみがまた現れて――」

ダーメンは遠い目になって、いったん口をつぐんだ。

「とにかく、ぼくはきみを見つけたと思ったら、またすぐに失った。そんなことが何度もくりかえされた。愛と喪失の果てしない循環だった――これまでは」

「つまり、わたしたちは……輪廻転生しているの？」

自分の言葉に違和感を覚えながら、わたしは言った。

「きみはね――ぼくはちがう。ぼくはずっとここにいる。ずっと変わらない」

「じゃあ、わたしは誰だったの？」

本気で信じているのか自分でもわからないけれど、その概念に心を奪われて、たずねた。

「どうして、それがわたしには思いだせないの？」

ドリナから話題が変わってホッとしたのか、ダーメンはほほえんだ。

「転生の旅の途中では、〈忘却の川〉を通ることになっている。記憶をとどめていてはならず、地上で学び、進化し、前世の罪を償うために生まれ変わるんだ。自分で道を切り開くよう、生まれ変わるたびに新しいスタートを切ることになっている。人生は教科書を見ながら受けられる試験のようにはいかないんだ」

「だったら、あなたは地上にずっと居残って、ズルしてるってことじゃない？」

わたしはニヤッとしてみせた。

「そう思われてもしかたないな」

「それに、自分は一度も生まれ変わったことがないなら、なんでそんなことを知ってるの？」

「命に関する最大の謎について研究する時間はたっぷりあったからね。すばらしい教師たちにも出会ってきた。きみの前世について知っておくべきなのは、いつも女性だったってことだけだ」

ダーメンはほほえみ、わたしの耳のうしろに髪をかける。

「いつもとても美しい。それに、いつもぼくを引きつける」

わたしは海を見つめ、いくつか波を起こしたあと、すべてを消し去る。そしてわたしたちはさっきのリビングにもどっていた。

「場所を変えて気分転換かな？」

「うん、でも変えたのは場所だけ。話題は変えてないよ」

彼はため息をついた。

「だから、ぼくは何年も探しつづけて、またきみを見つけた——あとのことはきみも知ってるとおりだ」

わたしは大きくひとつ息を吸いこみ、ランプの明かりをつけたり消したりする。

「ドリナとはとうの昔に別れていたけど、性懲りもなくぼくの前に現れるんだ。《セント・レジス・ホテル》での夜のことを覚えてるかい？　ぼくとドリナが一緒にいるところを見ただろ？　今度こそぼくのことを忘れて前に進めと説得してたんだ。だけど見てのとおり、失敗に終わったらしい。それと、ドリナがエヴァンジェリンを殺したのは知ってる。きみが洞窟で目を覚ましたらひとりだったことがあっただろ？」

やっぱり。あのときはサーフィンなんかしてなかったんだ。

「エヴァンジェリンを見つけることはできたが、助けるには遅すぎた。それに、ヘイヴンのことも……。幸い、彼女は救うことができた」

「じゃあ、あの夜はそこにいたのね——水を飲みに階下におりてたって言ってたけど……」

ダーメンはうなずく。

「ほかにはどんな嘘をついたの？　それと、ハロウィンの夜はパーティーを出たあと、どこに行ったの？」

「家に帰ったよ。きみに対するドリナの態度に気づいて、きみと距離を置いたほうがいいと思ったんだ。できなかったけどね。距離を置くなんてどうしてもできなかった、ぼくはきみから離れるなどできない」ダーメンは頭をふる。

「これでぜんぶ話したよ。煮え切らない態度をとるしかなかった理由はわかってもらえるだろう」

わたしは肩をすくめた。たとえ本当のことだとしても、あっさり譲るつもりはない。

「ああ、それに、ぼくのあの部屋のこと。〝不気味な部屋〟って呼んでたっけ？　あそこはぼくにとっては幸せな場所なんだ。きみだって、最後に家族と過ごしたよろこびに満ちた記憶があるだろう？　不気味だけど、ぼくにとっては幸せの思い出をしまってある場所なんだよ」

そうだったんだ。〝不気味な部屋〟なんて言ってしまったのが恥ずかしくて、視線をそらす。

「だけど、吸血鬼《ヴァンパイア》だと思われてると知ったときは、正直言って笑わせてもらったよ」

「ちょっと待ってよ。言わせてもらうけどね、不死の人間がそこらにいるぐらいなんだから、妖精や魔法使いや狼男が出てきたっておかしくないでしょ、それに——ああ、もう信じられない。こんなことをふつうのことみたいに話してるなんて！」

「エヴァー、わかってくれ。ぼくにとってはふつうのことだよ。これがぼくの人生なんだ。いまではきみの人生でもある。きみが選ぶのならね。なあ、きみが思うほどひどい生き方じゃないよ。本当だ」

ダーメンはわたしをじっと見つめている。わたしをこんなふうにしたことを許したくない、憎んでいたいという気持ちはある。でも、どうしてもできない。

ふと、あの圧倒的なぬくもりと、うずくような感覚を覚えた。ダーメンがわたしの手をにぎっている。

「やめて」

「やめてって、なにを?」

ダーメンの目には少し疲れが浮かんでいた。

「わかってるでしょ、このあったかいような、くすぐったくてうずくような……。とにかくやめて!」

「ぼくはやってない」

「あなたがやってるに決まってるでしょ! こんなふうになるのは、あなたの……なんだか知らないけど」

そうよ、いったいなんなの? 教えてほしい。

「ぼくが生みだしてる感覚じゃない。誓うよ。きみを誘惑するために細工したことは一度もない」

「細工……。あのチューリップはどうなの？」

ダーメンはほほえんだ。

「チューリップにどんな意味があるか、きみはさっぱりわかってないんだろう？」

わたしは唇を引き結び、目をそらす。

「花にはそれぞれ意味がある。なんでもいいってわけじゃないんだ」

もう、頭も心もいっぱいいっぱいだ。深呼吸して、想像のテーブルをべつのものに変える。テーブルじゃなく、自分の心を変えられたらいいのに。

「きみには教えることがたくさんある。楽しいことばかりじゃない。用心深く、慎重に能力を扱う必要がある」

彼はそこで言葉を切ってこっちを見て、わたしがちゃんと話をきいているか確かめた。

「能力の悪用を防がなければならない。ドリナが悪い例だ。それと、めだたないようにしないと——誰かにこのことを話すわけにはいかないんだ。誰にもね。いいね？」

いいねといわれても、わけがわかんないし……。いけない、心を読まれているんだ。

「エヴァー、真剣に言ってるんだ。誰にも話しちゃいけない。約束してくれ」

彼はわたしの手をぎゅっとにぎりしめた。

「誓って約束する」ボソッと言って、目をそらす。

彼は手を放し、肩の力を抜いて、クッションにもたれかかった。

「洗いざらいぶちまけると、まだ抜けだす方法はあるんだ。あっちに渡ることはまだ可能だ。実のところ、あの峡谷で死んでもおかしくなかったんだけど、きみは生き残ることを選んだから……」

「さっき、わたしは死ぬ覚悟をしてたよ。死んでもよかった」

「きみは思い出によって力を得た。愛によって力を得たんだ。さっき話したみたいに――思考が創造するんだよ。きみの場合、治癒の力と強さを生みだした。本気で死にたいと思っていたなら、もっと簡単にあきらめていただろう。心の奥深くでは、自分でもわかっているはずだ」

わたしが寝ているあいだに、なんで部屋に忍びこんだのかきこうとしたとき、ダーメンは口を開く。

「きみが思ってるようなことじゃないよ」

「じゃあ、なんだったの？」

「ぼくがいたのは……見守るためだ。きみに見られてびっくりしたよ。ぼくは言ってみれば姿を変えていたのに」

わたしは両手でひざを抱え、胸へと引き寄せる。姿を変えて忍びこんだり、心を読まれたり、わたしの自由はないの？

「ぼくはきみに責任を感じている。それで――」

「それで、商品に問題がないか確かめたかったわけ？」

眉をあげて彼を見る。だけど、向こうはただ笑っただけだ。

「フランネルのパジャマなんか着てるのに？」

「じゃあ、あなたはわたしに責任があると思ってるわけね。まるで——父親みたいに？」

「ちがうよ、父親みたいになんかじゃない。だけど、ぼくがきみの部屋にいたのは、《セント・レジス・ホテル》で偶然会った夜の、あの一度きりだ。ほかにもそういうことがあったなら——」

「ドリナね」

彼女が部屋をこっそりうろつきまわり、わたしを見張っているところを想像して、ぞっとした。

「本当に彼女はここには来られないの？」

ダーメンはわたしの手をとってにぎりしめ、安心させようとした。

「ドリナはここが存在することすら知らないよ。どうやって来るかも知らない。彼女にとっては、きみは忽然と消えてしまったようなものだ」

「だけど、あなたはどうやってここに来たの？ わたしみたいに、一度死んだの？」

「そうじゃない。錬金術には二種類ある——物質的なほうは、父親の影響でたどり着いて理解した。精神的なほうは、もっと大きななにかが、自分よりずっと偉大ななにかがあると感じてたどり着いた。ここにたどり着くために、研究に研究を重ね、厳しい鍛練を積んだ。TMまで習得したんだ」

彼はそこで言葉を切って、わたしを見る。

「マハリシ・マヘシ・ヨギの超越瞑想法《トランセンデンタル・メディテーション》のことだよ」彼はニヤリとする。

「えーっと、もしもわたしを感心させようとしてるんだったら、失敗みたい。なんのことださっぱりだもん」

「とにかく、精神的なものから肉体的なものに変換するのに、ぼくは何百年もかかったってことだ。だけど、きみは——この領域に迷いこんだ瞬間から、バックステージパスを与えられていたようなもので、ヴィジョンとテレパシーはその副産物だ」

さらに、わけがわからない。

「そりゃあ、あなたが高校を嫌いなのも無理はないよね」

もっと具体的で、わたしにもちゃんと理解できることに話題を変えてほしい。

「だって、高校なんて何億兆年だか何兆億年も前に卒業したんでしょ？」

ダーメンが顔をしかめるのを見て、年齢は触れられたくないことなんだと気づく。永遠に生きることを自分で選んだんだから、おかしな話ではあるけれど。

「なんでわざわざ通ってるの？　高校に入学する必要もないじゃない？」

「きみが入った高校だからだよ」

「ふうん、つまり、だぼだぼのジーンズを穿《は》いてフードをかぶった女子を見かけて、その子をどうしても手に入れたくて、彼女に近づくためだけに高校をやり直すことにしたってわけ？」

「だいたいそんなところだ」ダーメンは笑い声をあげる。

「わたしの人生にとり入るほかの方法は見つけられなかったの？　高校をやり直すなんて、意味ないじゃない」

また感情が昂《たか》ぶってきていたけれど、それも指で頬をなでられ、じっと目を見つめられるまでのことだ。

「愛に意味なんかないよ」

思わず息をのみ、恥ずかしさと幸福感と不確かさをいっぺんに感じた。それから咳払いをして言った。

「愛が苦手だって言ってなかったっけ」

胃が冷たい大理石になったみたいだ。世界一ゴージャスな男性に愛を告白されているのに、なんで素直によろこべないんだろう？　なんでこんなにかたくなに悲観的になってしまうんだろう？

「今度こそはちがった結果になることを願ってた」

わたしは顔をそむける。そうだ。わたしは何回も殺されてきたんだ。ダーメンとの愛を嫉《しっ》妬《と》されて……。呼吸が浅くなり、声がかすれる。

「すべてを受け入れるつもりなのか、自分でもわからない。どうすればいいのかわからないの」

「焦って決めることはないよ」

ダーメンはわたしを胸にぎゅっと抱き寄せた。わたしを見ているのに、どこか遠くを見るような目をしている。

「どうしたの？　なんでそんなふうにわたしを見てるの？」

「さよならは苦手なんだ」

ダーメンはほほえんでみせようとするけれど、笑みは口元までは届かない。

「これでぼくの苦手なことはふたつになったよ――愛とさよなら、だ」

「そのふたつはつながってるのかも」

泣いちゃだめ。

「どうなるの？　あなたはこれからどこに行くの？」

なんとか冷静で落ち着いた声を出そうと努める。

「またもどってくる？」

「きみ次第だ。エヴァー、まだぼくを憎んでる？」

わたしは首をふるけれど、目は彼からそらさない。

「ぼくを愛してる？」

涙があふれそうで、目をそらした。愛してる、髪の毛のひとすじ残らず、皮膚の細胞のひとつ残らず、血の一滴残らず、彼を愛してるとわかってる。愛はあふれ、噴きこぼれそうなほどなのに、どうしても口に出せない。言葉にできない。だけど、彼にわたしの心が本当に読めるなら、彼にはわかるはずだ。

「ちゃんと言ってもらえるほうがうれしいんだけどな」

ダーメンはわたしの頬に唇を押しあてる。

「ぼくのことや、不死の存在でいることについて、本気で心を決めたら、ぼくはきみの前に現れる。こっちには無限の時間があるからね——きみにもぼくがどんなに忍耐強いかわかるはずだ」

彼はポケットに手を突っこむと、競馬場で買ったシルバーのブレスレットをとりだした。あの日、駐車場で彼に投げつけたブレスレット。

「つけてもいいかな？」

のどが締めつけられているようで口もきけず、ただうなずく。

ダーメンはブレスレットの留め金をとめると、両手でわたしの顔をそっと包みこんだ。そして前髪を横に払いのけ、額の傷跡に唇を押しあてて、ありったけの愛と許しを注ぎこむ。

わたしにはそんなふうにしてもらえる資格はない。体を離そうとすると、彼はさらにきつく抱きしめて言った。

「エヴァー、自分を許すんだ。どれもきみのせいじゃないんだから」

「あなたになにがわかるの？」

「自分を責めていることはわかってる。妹を心から愛していて、この世を訪れるのを妹に勧めたのは正しいことなのかと毎日自分に問いかけていることも。きみのことはわかってるよ、エヴァー。きみのことならなんでもわかってる」

顔をそむける。涙を彼に見られたくない。

「そんなの嘘よ。完全に誤解してるよ。わたしは怪物で、近づく相手はみんな不幸に見舞われる。不幸になるべきなのは、このわたしなのに」

わたしには幸せになる資格なんかない、こんな愛を捧げられる資格はない。

ダーメンはわたしを抱き寄せた。その肌は穏やかな安らぎを与えてくれるけれど、真実を消し去ることはできない。

「もう行かないと」最後に彼はささやいた。

「ぼくを愛したいと思っているなら、心からぼくと一緒にいたいと思ってくれるなら、不死人になることを受け入れなきゃならない。それは簡単なことじゃない。断ってもあたりまえだとわかってるよ」

わたしたちは唇を重ねた。彼の愛のすばらしくあたたかい光に包まれる。それはまわりにも広がり、やがて至るところを埋めつくす。

目をあけたとき、わたしはひとりぼっちで、自分の部屋にもどっていた。

32

「それで、なにがあったんだよ？　そこらじゅう探したのに、きみは見つからなかった。向かってる途中じゃなかったの？」

わたしはベッドの上で寝返りを打つ。うまい言い訳を用意しておけばよかった。おかげでしどろもどろになりながら、とっさに言い訳することになった。

「そうなんだけど、でもね、なんか急にお腹が痛くなっちゃって、それで――」

「もういいよ」電話の向こうでマイルズが言う。「マジで、それ以上言わないで」

「ねえ、パーティーどうだったの？　なにか面白いことはあった？」

わたしはマイルズの思考に集中する。テレビの臨時ニュースのテロップみたいに、目の前を文字がスクロールしていく――あーあ、やだやだ！　なんでお腹が痛いとか、その手のキタナイ話題をおおっぴらにしちゃうかなあ。

「結局ドリナが来なかったってこと以外に？　うーん、ひとつもないね。あの夜の前半は、ヘイヴンがドリナを探すのを手伝って、後半は、『彼女なんていないほうがきみのためだ』ってヘイヴン《エヴァー》を説得してた。ホントに、あのふたり、つき合ってるのかと思っちゃうぐらいだよ。これまででサイアクの薄気味悪い友情だよ、エヴァー。ハハッ！　わかった？」

マイルズはわたしの名前を駄洒落にするのが大好きだ。

頭を抱えてベッドから這《は》いだした。ひさしぶりに二日酔いになっていない。すごくいいことだとはわかっていても、かつてないほど最悪の気分だということに変わりはない。

「で、今日はどうしてるの？　クリスマスのショッピングにでも行ってみない？」

「まだ外出禁止なの」

スウェットの山をあさり、ディズニーランドでデートしたときにダーメンに買ってもらったやつを見つけて手をとめる。あの最初のデートは、すべてが変わってしまう前、わたしの人生が、すごく奇妙からとんでもなく奇妙に変わってしまう前のことだった。

「外出禁止って、いつまで？」

「わかんない」

つながったままのケータイを鏡台の上に置き、ライムグリーンのパーカーをかぶる。出かけたいと思えば、出かけていって、叔母さんが帰宅する前にもどるようにすればいいだけのこと。いつまで外出禁止にされたって関係ない。いろんなことが読めたり見えたりするから、霊能者を閉じこめておくのは難しい。

とはいえ、雑多なエネルギーを避けるには家のなかにいるほうがいい。そのためだけに、わたしはおとなしく言いつけに従っている。

ケータイを手にとったとき、ちょうどマイルズの声がきこえてきた。

「オッケー、じゃあ、出られるようになったら電話して」

ジーンズを穿き、机の前に座る。頭がガンガンして、目が焼けるようで、手が震えている。でももうアルコールの助けにも、ダーメンにも、幻想的な世界への秘密の旅にも頼らず、今日という日を切り抜けようと心に決めていた。

どうやってシールドを張るのか、もっと粘ってダーメンに教えてもらえばよかった。エイヴァに会うのを勧められたけど、会いたくない。

ためらいがちにドアをノックする音がして、叔母さんが部屋に入ってきた。

叔母さんの顔は青白くやつれ、目のまわりは赤くなり、オーラはすっかり灰色のまだらになっている。あのマザコン男のせいだと気づき、わたしはギクリとする。ついに叔母さんは彼の山のような嘘を知ったんだ……。

「エヴァー。考えていたんだけど。こんなふうに外出禁止を命じたりするのは、わたしとしても気分のいいものじゃないし、あなたはもう子どもじゃないんだから、ちゃんと大人として扱うべきかもしれないわね。だから――」

だからもう外出禁止は終わりよ、とわたしは心のなかで最後まで文章を終わらせる。だけど、叔母さんは、わたしがトラブルを起こしているのは悲しみによるものだとまだ思っているのに気づき、自分が恥ずかしくなる。

「――もう外出禁止は終わりよ」

叔母さんはこんなわたしを安心させようとしてほほえむ。

「だけど、もしもやっぱりカウンセリングを受けてみようという気になったら、いいセラピストを知って――」

叔母さんが言い終わる前にわたしは首をふっていた。わたしのためを思ってくれているのはわかってるけど、それだけはお断りだ。

「いいの、そうよね」

叔母さんが背中を向けて行こうとしたとき、自分でもびっくりするような提案を口にしていた。

「ねえ叔母さん、今夜ディナーに行かない？」

叔母さんは驚いた顔で、ドアのところでためらっている。

「おごるから」

混雑した広いレストランでどうやってひと晩切り抜けるつもりなのかわからないけれど、会計は競馬で稼いだお金でまかなえるだろう。

「そうなの？　それは楽しみだわ。じゃあ七時までには帰ってくるわね」

叔母さんはうれしそうに言うと階段を降りていった。

玄関のドアが閉まり、ガチャリと鍵がかかる音がきこえた瞬間、誰かがわたしの肩をたたいた。

「お姉ちゃん！　お姉ちゃん！　ねえ、わたしが見える？」

「ちょっと、驚かせないでよ！　それに、なんでわめいてるのよ？」

本当はまた会えたことがうれしくてたまらない。なのに、わたしったらなんでこんな不機嫌な態度しかとれないんだろう。

ライリーは頭をふって、ベッドにすとんと腰かけた。

「言っとくけど、わたしはここ何日もお姉ちゃんのところに来てたんだよ。わたしのことがもう見えなくなっちゃったのかと思って、完全にパニックになりかけてたんだから！」

「そうね。見る能力はなくなってたよ。単にお酒を飲みはじめたせいだけどね——それも大量に。で、停学になった。もうむちゃくちゃだった」

「知ってる。ずっと見てたもん。目の前でぴょんぴょんしてみたり、わめいたり手を打ったり、気づいてもらえるようにいろんなことしてたのに、お姉ちゃんはすっかり酔っぱらって、わたしが見えてなかった。一度、ボトルが手からすっぽ抜けたときのことを覚えてる？」

ライリーはにっこりして、ひざを曲げてお辞儀をする。

「わたしがやったの。ボトルで頭をなぐりつけられなくてよかったね。で、いったいなにがあったの？」

わたしには質問にこたえる義務があり、心配を取り除いてあげられるよう、ちゃんと説明しなければならないとわかってはいるけれど、どこからはじめればいいのかわからない。

「えっとね、なんていうか、いろんな人のエネルギーに圧倒されすぎて、いっぱいいっぱいになっちゃったみたい。アルコールがそれを防いでくれることに気づくと、そのままいい気分がつづいてほしいなと思って、それまでの状態にもどりたくなくなっちゃったの」

「それで、いまは？」

「それでいまは――」わたしはためらいながらライリーを見た。

「それでいまは、元どおりってわけ。シラフでみじめ」と自分を笑い飛ばす。

「お姉ちゃん――」

ライリーは口ごもり、一度目をそらしてから、わたしを見る。

「お願いだから怒らないでほしいんだけど、エイヴァのとこに行くべきだと思う」

エイヴァ。まただ。その話はもういい。

「いいから、最後まで話をきいて。本当にエイヴァはお姉ちゃんの力になってくれると思うんだ。実際、力になってくれるってわかってるの。エイヴァはずっと助けようとしてるのに、お姉ちゃんはそうさせない。だけどもう、選択肢もなくなりかけてるよ。またお酒にどって一生部屋に引きこもって過ごすか、エイヴァに会うか、そのどっちかしかないんだから。答えは簡単でしょ？」

頭がガンガンする。

「いい、あんたがエイヴァに夢中なのはわかってるし、自分で決めたことなら、好きにすればいいよ。だけど、あの人がわたしにできることはなにもないんだから、お願いだから――とにかく、その話はもうやめて」

「ううん、お姉ちゃんはまちがってるよ。エイヴァは力になってくれる。それに、電話一本かけるぐらい、どうってことないでしょ?」

わたしは座ったままベッドの枠を蹴りながら、じっと床を見つめていた。これまでにエイヴァがなにをしてくれた? もっともらしいことを言って、わたしからライリーを奪おうとしただけじゃない。

ふとライリーを見ると、もうハロウィンの仮装をしてなくて、ジーンズとTシャツにコンバースのスニーカーという、ふつうの十二歳の子どもらしい服装をしていることに気づいた。それだけじゃない。ライリーの姿はぼんやりと薄くなっていて、ほとんど透きとおって見える。

「ダーメンとはどうなったの? お姉ちゃんが彼の家に行った日のことだけど。ふたりはまだつき合ってるの?」

ダーメンのことは話したくないし、どこから話せばいいのかもわからない。それにいま、ライリーは自分のこと、姿が透きとおってきていることから、注意をそらそうとしているだけだ。

「それ、どうなってるの?」パニックが起きそうになる。

「なんでそんなふうに透明になってきてるの?」

「あまり時間がないの」

「あまり時間がないって——どういうこと? またもどってくるんでしょ?」

あわてふためいて、わめきそうになる。
ライリーは手をふって姿を消した。
あとにはしわくちゃになったエイヴァの名刺が残された。

33

わたしが車のエンジンを切る前に、エイヴァは玄関に出てきていた。

本物の霊能者なのか、あるいは電話のあとからずっとそこに立っていたか、そのどっちかってこと。

だけど、彼女の気づかわしげな表情を見て、そんなことを考えた自分に罪悪感を覚える。ひねくれた性格をそろそろ直さなくちゃ。

「エヴァー、よく来てくれたわね」

エイヴァはほほえみながら、家にまねきいれた。

インテリアはセンスがよかった。額に入った写真、大型の画集、揃いのソファと椅子……。霊能者の部屋っぽくない。

「パープルの壁と水晶玉のある薄暗い部屋を期待してた?」

エイヴァが笑う。

キッチンは薄いベージュの石のタイル、ステンレススチールの家電、日差しの射しこむ天窓があった。日当りがよくて明るい。

「お茶を淹れるわね」

お皿にクッキーをのせ、お茶を淹れ、いそいそと立ち働く様子を、ぼんやり眺めた。エイヴァがテーブルにつくと、勇気を出して言った。

「えっと、いままですごく……あの、失礼な態度をとって、それに、いろいろ……ごめんなさい」

なんてぶざまで子どもっぽい言い方なんだろう。

だけどエイヴァはほほえんで、手を重ねてくる。手と手が触れ合った瞬間、すっと気分がよくなった。

「来てくれただけでもうれしいわ。すごく心配してたの」

なにから話せばいいのかわからない。ライムグリーンのランチョンマットに目を落とした。

「ライリーには会ってる?」

いきなりその話題……?

「ええ」ややあって、わたしはこたえる。

「でも、妹はあまり元気そうには見えなかった」

唇を引き結び、視線をそらす。エイヴァとなにか関係があるにちがいない。

エイヴァは笑った——笑うなんて！

「ライリーなら大丈夫よ、信じて」

「信じろって？」急に落ち着きを失いそうになる。

「なんでわたしがあなたを信じなきゃいけないの？　ライリーを洗脳したんでしょ？　こっちに来ないよう妹を説得したのはあなたでしょ！」

ライリーのことになると——そう、失った家族のことになると、動揺して、冷静ではいられなくなる。やっぱり来るんじゃなかった。

「ねえエヴァー、動揺するのも、ライリーの存在がどれほど大事かもわかるけど、あの子があなたと一緒にいるためになにを犠牲にしているのかわかる？」

わたしは窓の外を眺め、噴水から植物、小さな仏像へと視線を走らせた。なにを言うつもりなんだろう。

「ライリーは永遠を犠牲にしているの」

「……永遠？　ライリーは死んだのよ。あの子には時間だけならたっぷりあるじゃない」

「時間のことだけを言ってるんじゃないわ」

「へえ、じゃあほかには？」

クッキーを置いて、さっさとここから出ていきたい。霊能者だなんて、エイヴァはイカれたペテン師だ。わたしと妹のことも知らないくせに、偉そうに話してる。

「ライリーが地上であなたのそばにいるということは、彼らと一緒にいられないということになるのよ」

「彼ら？」

「ご両親とバターカップのこと」

エイヴァはうなずき、カップの縁を指でなぞりながらわたしを見つめている。

「なんであなたにそんなことが――」

「ねえ、それについてはもう話したでしょ？」

エイヴァはまっすぐわたしの目を見つめて言った。

「バカバカしい」

ライリーはこんな人を信用してるの？

「そう？」

エイヴァはとび色の髪をかきあげた。きれいな額が見える。そう、傷なんてない額が。

「わかった。降参する。なんでも知ってるっていうなら、わたしと一緒にいないとき、ライリーがどこにいるのか教えてよ」

さあ、これでどう？

「さまよってるわ」

「さまよってる？　へえ、そう。わかったようなこと言わないで」

「あなたと一緒にいることを選んでしまったから、もうほかに選択肢はないのよ」

呼吸が浅く、息が熱くなる。嘘よ、こんなの事実のはずがない。

「ライリーは橋を渡らなかった」

「ちがう。わたし、見たんだから。ライリーは手をふって別れを告げて、家族もみんな手をふってた。ちゃんとわかってる。わたしはその場にいたんだから」

「あなたが見たことはなにも疑ってないわ。だけど、わたしが言いたいのは、ライリーは向こう側まで渡りきらなかったってことなの。途中で足をとめて、あなたのところにもどったのよ」

「ちがう、嘘よ……」

心臓をバクバクさせながら、最後の瞬間を思いだす。

家族の笑顔、手をふっている姿、それから――行かないでと必死に訴えていたのに、みんないなくなってしまった。

みんなは連れていかれて、わたしはひとりだけ残った。ぜんぶわたしのせいだ。

わたしが死ぬべきだったのに。不幸の元をたどれば、すべてわたしにたどり着くのに。

「ライリーは最後の最後に引き返した」エイヴァは話をつづける。

「誰も見ていないときに、ご両親とバターカップが橋を渡りきったあとで。ライリーが話してくれたのよ。わたしたちは何度もそのことを話し合ったわ。ご両親は前に進み、あなたは生き返り、残されたライリーはどっちにも行けなくなった。こうしてあの子はあなたやわたし、昔のご近所さんや友だち、それにお行儀の悪いセレブたちの元を訪れては、ふらふらさまよいながら時を過ごしてる」

「……そこまで知ってたの？」

「そうね……。そして地上にとらわれた霊体《エンテイテイ》はあっというまにそれにも飽きてしまうわ」

「地上にとらわれた、なに？」

「霊体、呼び方はほかにもあるわ。霊魂、亡霊、幽霊……どれも同じことよ。橋を渡りきった人々とはまったくちがう存在だけど」

「ライリーは立ち往生してるってこと？」

「そう。向こうに行くよう、あなたが妹を説得しないと」

頭をふった。自分にはどうにもできないことだ、と思いながら。

「でも……ライリーはまたいなくなっちゃった。最近はめったに現れないんだから」

それってあなたのせいなんでしょ？　というようにエイヴァをにらんだ。

「あなたがライリーに祝福を与えてあげないと、彼女は行けない。向こうに行ってもいいんだとわからせてあげるのよ」

わたしはちょっとイライラしていた。この話し合いにも、妹とのことも、どう生きるべきか、なんていまはききたくない。

「エイヴァ、助けてほしくてここに来たの。ライリーが地上にとどまりたいっていうのなら、それでいいと思ってる。あの子が決めることなんだから。あの子がまだ十二歳だからって、わたしが指図できることにはならない。ライリーが頑固なのは知ってるでしょ？」

「そうねえ、誰に似たのかしら？」

エイヴァはお茶をひと口飲み、笑みを浮かべてわたしをじっと見つめてくる。

「ライリーは言ってた。あなたが力を貸してくれるかもしれないって。力を貸してくれる気があるなら、そう言って」

わたしは椅子から立った。お酒に溺れてはいけないんだ。もう頼るものはここしかない。目には涙が浮かび、体がこわばり、頭がガンガンしている。昔、自分の意見を通す方法について、パパが話していたことを思いだした――意見が通らなければ、立ち去る決意でのぞむことだ。

エイヴァはしばらくわたしを見つめていたが、座るようにと手ぶりで示した。

「あなたの望みはわかったわ。やり方を教えましょう」

エイヴァの家を出る頃にはもう外が暗くなっていた。瞑想《めいそう》したり、能力を封じるシールドをつくる方法を教わるうちに、思っていたより長い時間が過ぎていたらしい。

ライリーのことを言われたのはきつかったけど、来てよかった。アルコールやダーメンの支えがなくても、ふつうの状態でいられるのは、本当にひさしぶりだ。

もう一度エイヴァにお礼を言い、車に向かう。乗りこもうとしたとき、声をかけられた。

「ねえ、エヴァー」

エイヴァを見つめたけど、いつもの紫のオーラはもう見えない。ポーチの淡い黄色の明かりに照らされているだけだ。

「やっぱりシールドをはずす方法も教えたほうがいい。きっと能力をとりもどしたくなるときがくるわ……」

このことについては何回も話し合った。わたしの決意は固まっていて、あともどりするつもりはなかった。ふつうの生活を受け入れて、永遠の命とも、ダーメンとも、あの不思議な〈夏世界《サマーランド》〉とも、超常現象とも、それに付随するすべてのものに別れを告げたい。

事故に遭ってから、わたしの望みはふつうにもどることだけ。ライリーとは会いたいけれど……それをのぞけば、能力に未練はない。

エイヴァの申し出に首を横にふると、車に乗りこんだ。

「エヴァー、お願いだから、わたしの言ったことについて考えてみて。あなたはすっかり思いちがいをしてる。まちがった相手にさよならを言ってしまったのよ」

「なんのこと？」

「あなたにはちゃんとわかってるはずよ」

34

外出禁止は解けたし、霊感や、他人の思考が入ってくる重圧からもすっかり解放された。

それから数日をマイルズとヘイヴンと過ごした。ふつうの状態でカフェに行ったり、ショッピングに行ったり、映画を観たり、街をぶらついたり、マイルズの芝居のリハーサルを見たり。まともな生活にもどれてほんとにうれしかった。

そしてクリスマスの朝、心配していたライリーが現れたときには、ホッと胸をなでおろした。

「お姉ちゃん、ちょっと待って！」

朝起きて下におりようとしたとき、ライリーがドアの前に立ちふさがって言った。

「まさかわたし抜きでプレゼントをあけるつもりじゃないよね！」

妹の霊は輝くばかりにくっきりしていて、実体があるように見える。かすんでいたり、透けているような感じはまったくなくなっていた。

「お姉ちゃんへのプレゼントの中身、知ってるよ！　ヒントほしい？」

「まさか！　ヒントどころか、なにも知りたくないな」

ライリーが部屋の中央に進み出て、側転を連続でバッチリ決めるのを見て、わたしは顔をほころばせた。

「サプライズと言えばね、ジェフがサビーヌ叔母さんに指輪を買ったんだよ！　信じられる？　お母さんの家を出て、ひとり暮らしをはじめて、もう一度やり直したいからもどってきてくれって叔母さんに泣きついてるの！」

「マジで？」

ライリーはふつうのジーンズとTシャツの重ね着だ。仮装をきっぱりやめたし、わたしの真似もしていない。よかった。

「でも叔母さんは指輪を返すつもりみたい。わたしの見たところではね。叔母さんは指輪をもらうなんて初めてだから、どうなるか見守るしかないね。まあ、人ってめったに意外なことはしないもんだけど」

「いまでもセレブの生活をのぞき見てるの？」

「まさか。もうこりごりだよ。なんだかこっちが腐っちゃうの。やることはいつも決まってるし。ショッピングしまくり、食べまくり、ドラッグやりまくり、そのあとにはリハビリ。洗って、すすいで、またくりかえし――退屈であくびが出ちゃうよね」

わたしは声をあげて笑った。いまこのとき、手を伸ばして妹を抱きしめられたらいいのに。ライリーを失うのが、本当に怖かったから。

「なに見てるの？」

わたしをじっと見つめながら、ライリーがたずねた。

「あんたのこと」

「で？」

「で……、ここにいてくれてすごくうれしい。いまでもあんたが見えることも。エイヴァにシールドの張り方を教わったとき、その能力までなくすんじゃないかと心配だったの」

ライリーはにっこり笑う
「ほんというとね、なくなったんだよ。お姉ちゃんに見えるように、わたしはエネルギーをいっぱい使ってるんだから。じつは、お姉ちゃんのエネルギーも使ってるんだ。疲れてる感じがしない？」

「そうだったんだ。ちょっとね。でもまあ、寝起きだし」

「そっか。ならいいよ。あんた、とにかく、わたしはわたしだし」

「ねえ、ライリー。あんた、いまでも……エイヴァに会いに行ってるの？」

ついたずねてしまった。息を詰めて返事を待つ。

「ううん。そっちもやめちゃった。それより、お姉ちゃんがプレゼントのｉＰｈｏｎｅを見たときの顔が見たいんだってば！　あっ、言っちゃった」

ライリーは笑いながら手で口を押さえて、閉じたままの寝室のドアをすり抜ける。

「本当にここに残るつもりなの？　行かなくていいの？　どこかほかの場所に」

ライリーは階段の手すりのてっぺんにのぼり、下まですべりおりながら、こっちをふりかえって言った。

「うん、もういいんだ」


サビーヌ叔母さんは指輪を返し、わたしは新しいｉＰｈｏｎｅを手に入れ、ライリーはまた毎日出てくるようになり、時には学校にまでついてきた。

マイルズは『ヘアスプレー』のバックダンサーのひとりとつき合いはじめ、ヘイヴンは髪をダークブラウンに染め、ゴスっぽいものはすべてやめると誓い、タトゥーをレーザー除去する痛々しい処置を受けはじめた。ドリナ風の服はぜんぶ燃やしたらしい。

一年が終わり新年を迎え、わが家でささやかなパーティーを開き、わたしはサイダーを飲み（もうお酒は飲まない）、真夜中にジャグジーにつかった。新年のパーティーとしてはずいぶん地味だけど、ちっとも退屈じゃなかった。

これまでと同じように、ステーシアとオナーは相変わらずわたしを敵視する。わたしがイケてる服を着ていくとそれはますますひどくなった。

ロビンズ先生は（奥さんと娘のいない）新たな人生を歩みはじめ、マチャド先生はわたしの絵を見てはやっぱり身をすくめた。

そのすべての出来事のあいだに、ダーメンがいた。

タイルのまわりの充塡材《じゅうてん》みたいに、製本の紐《ひも》や接着剤みたいに、ダーメンはわたしの心の隙間を埋めつくし、すべてをつなぎ、すべてをおさめていた。抜き打ちテストのあいだも、シャンプーのあいだも、食事のあいだも、映画のあいだも、歌のあいだも、ジャグジーにつかるあいだも、いつもダーメンを心のなかに抱き、彼がそこに（どこかに）存在することがわかっているだけで、元気づけられた。彼に会わないことを決めたとはいえ。

バレンタインの頃には、マイルズとヘイヴンはそれぞれ恋に落ちていた。ランチで同じテーブルに座っていても、わたしはひとりでいるのも同然だ。ふたりともスマホにかかりっきり。いっぽう、新しいｉＰｈｏｎｅには誰からの着信もない。

「やだー！　彼って信じられないぐらい頭いいんだよ！」

マイルズはメールから顔をあげ、何億回目かのいつもの台詞《せりふ》を言う。顔を赤くして笑い、どう返信すればいちばんウケるかを考えている。

「うそ、ジョシュから山ほど歌が贈られてきた！　あたしなんかに、そこまでしてくれるなんて」

ヘイヴンは親指ですばやく返事を打つ。

ふたりのためによろこび、ふたりが幸せなことに幸せを感じているけれど、心のなかでは六時間目の美術をサボるべきか迷っている。このベイビュー高校では、今日はバレンタインデーというだけじゃなく、〈愛の告白デー〉でもある。つまり、今週ずっと売りこまれていた、ピンクの小さなラブレターを添えた大きな赤いハート形のロリポップが、今日ついに配達されるということだ。ふたりとも彼氏はこの高校の生徒じゃないというのに、マイルズとヘイヴンはもらう気満々だ。わたしのほうは、今日という日がなんとか無事に、なにもなく過ぎることを願っていた。

深くかぶったフード、耳にはイヤホン、そして黒いサングラスという恰好《かっこう》をやめただけで、男子の関心をまた集めるようになったのは確かだけど、誰に対しても興味は持てなかった。

本当のところ、この高校には（地球上には？）ダーメンと肩をならべられるような人はひとりもいないから。ひとりとして存在するはずがない。そして、焦って誰かとつきあう気はない。

六時間目のチャイムが鳴った。行きたくなくても、もうサボることはしない。サボりの日々は、飲酒の日々と同じように、もう終わったのだ。

教室に向かい、苦手な課題――どれかひとつの〝主義《イズム》〟を模倣すること――に没頭する。なんとなく簡単そうに思えてキュビスムを選んだ。だけど、ちがった。簡単どころじゃない。

誰かがうしろに立っているのに気づいた。

「なに？」

うしろにいたのは知らない男子だった。手にハート形のロリポップを持っている。人ちがいだと思い、無視して課題に取り組む。だけど、また肩をトントンとたたかれた。

「悪いけど、人ちがいだと思うよ」

だけど彼は小声でなにやらブツブツつぶやいたあとで、咳払いをして言った。

「きみ、エヴァーだよね？」

わたしはうなずく。

「じゃあこれ、とっとと受けとってくれよ。こっちはチャイムが鳴る前に、この箱の中身をぜんぶ配らなきゃならないんだからさ」

渡されたロリポップにはカードがついていた。

きみを想ってる
永遠に
——ダーメン

35

学校が終わって家にもどると、ライリーにバレンタインのロリポップを見せたくて、二階に駆けあがった。

だけど、ライリーがひとりでソファに座っているのを見たとき、妹の姿はどこかひどく小さくてさびしそうで、急に息ができなくなる。

「おかえり」ライリーはニヤリと笑いかけてくる。

「いまテレビですごいのやってたよ。二本の前脚を失った犬がいてね、それなのにその犬は――」

バッグを床に落とし、ライリーのとなりに座ると、リモコンをつかんでテレビの音を消した。

「なんなの？」

「あんたはここでなにをしてるの？」

「んーっと、ソファでだらだらして、お姉ちゃんの帰りを待って……」

ライリーは目を寄せて、舌を出してみせる。

「だからなによ。あっかんべーだ！」

「そうじゃなくて、なんでここにいるのかってきいてるの！　なんで——どこか、ほかの場所にいないの？」

ライリーは口を横にゆがめ、またテレビのほうを向く。体をこわばらせ、顔を動かさず、わたしより無言のテレビ司会者を選んで。

「なんでパパとママとバターカップと一緒にいないの？」

ライリーの下唇が震えはじめた。初めはかすかに、だけどすぐにぶるぶると激しく震えだすのを見ていると、つらくてたまらなくなり、わたしは言葉を無理に押しだした。

「ねえ、ライリー」いったん言葉を切り、大きく息を吸いこむ。

「考えたんだけど、あんたはもうここに来るべきじゃないと思う」

「わたしを追いだすつもり？」

「ちがうよ、そんなんじゃない。わたしは、ただ——」

「お姉ちゃんはわたしが来るのをやめさせたりできないんだからね！　わたしはやりたいことはなんでもできるんだから！　なんだってだよ。お姉ちゃんにはどうにもできないよ！」

「それはわかってる。だけど、ずっとここにいるのは、あんたによくないってわかったの」

ライリーは立ちあがり、腕組みして唇を嚙みしめていた。でもまたソファにドスンと座って足をぶらぶらさせた。

「しばらくあんたはなにかほかのことや、ほかの場所で忙しくしてたみたいで、すごく満足そうだった。でもいまは、またずっとここにいる。それってわたしのせいでしょ？　あんたがそばにいないなんて考えるだけでも耐えられないけど、あんたの幸せのほうがもっと大切だから。それに、ご近所さんやセレブをのぞき見て、バラエティショーやトーク番組を観て、わたしの帰りを待つのは、最高の過ごし方とは思えない……」

わたしは口をつぐみ、深々と息を吸いこむ。この先は言わずにすめばいいのに。でも言わなきゃいけない。

「あんたの顔を見るのは、わたしにとってまちがいなく一日でいちばんの楽しみだよ。でもあんたがいるべきどこかほかの場所――もっといい場所――があるはず」

ライリーはテレビを見つめたままだ。沈黙がつづいたあと、ついにライリーが口火を切った。

「言っとくけど、わたしは幸せだよ。元気で幸せそのものなんだからね。ときどきはこっち、ときどきはべつのとこに住んでるの。〈夏世界《サマーランド》〉っていうところ、すっごくステキなんだから。お姉ちゃんは覚えてないかもしれないけど」

わたしはうなずく。悪いけどちゃんと覚えてる。

「つまり、わたしは両方の世界にいられるの。なにが問題？」

ライリーの主張にぐらつかないよう、こうするしかないんだと信じて、唇を噛みしめた。

「そうじゃなくて、あんたが行くべき場所があるんじゃないかってこと。パパとママとバターカップが待ってる場所が――」

「お姉ちゃん、きいて」ライリーはわたしの言葉をさえぎった。「わたしがここにいるのは、ティーンエイジャーの仲間入りができなかったから、お姉ちゃんを通して疑似体験してるんだって思われてるのはわかってる。確かに、それもちょっとはある。でも、わたしがここにいるのは、わたしだってお姉ちゃんと離れるのが耐えられないからかもって考えたことはないの？」

ライリーはパチパチと目をしばたたかせながら、わたしを見ている。だけど、わたしが口を開きかけると、ライリーは手をあげてそれをとめ、話をつづけた。

「最初はわたしもパパやママのあとについていってたよ。だって、親なんだもん、わたしも一緒に行くもんだって思うじゃない。だけど、そのときお姉ちゃんがとどまってるのが見えて、探しに行ったの。なのに、着いたときには、お姉ちゃんはもういなくなってて、橋ももう見つからなくて、どこにも行けなくなっちゃった。でも、そこに何年も、あ、何年もって、地上で言えばってことだけど、とどまっている人たちに出会って、いろいろ案内してもらったの」

「ねえ――」

「それにお姉ちゃんも知ってるとおり、この前パパとママとバターカップに会ったよ。みんな元気にしてる。そう、幸せにしてるよ。お姉ちゃんはずっと罪悪感を抱いてるけど、そんなのはやめてってみんな思ってる。あっちからはちゃんとお姉ちゃんのことが見えてるんだよ。わかってる？　いくら霊感があったって、橋を渡った人たちのことは見えないの。見えるのはわたしみたいな人だけ」

罪悪感を抱くのはやめてほしいと思ってるという話に、心が揺れた。わたしの罪悪感をやわらげようと、親としての思いやりから言ってくれているだけだろう。だって、あの事故はわたしのせいなんだから。

あのときわたしは、置き忘れてきた〈チアリーディングキャンプ〉のバカげたスウェットをとりに行くため、パパに車をUターンさせた。

そのときマヌケな鹿が車の前に飛びだしてきて、パパがよけようとして、車は峡谷に落ち、木に衝突して、わたし以外のみんなが死ぬことなったのだ。わたしのせい。ぜんぶわたしの責任。なにもかもわたしが悪いんだ。

それなのに、ライリーは首をふって言う。

「誰かに責任があるんだとしたら、パパのせいだよ。車の前に動物が飛びだしてきたとき、よけちゃダメってことは、誰でも知ってるんだから。動物を轢《ひ》いてでも、そのまままっすぐ進むしかないのに。だけどやさしいパパにはそんなことできなかったんだよね。結局パパはみんなの命を救おうとして、鹿を救うことになった。だから悪いのはあの鹿かもしれないよ。だって、わざわざ道路に出てこなくてもよかったじゃない。それか、転落を防げなかったガードレールのせいかも。それとも欠陥のあるステアリングとちゃちなブレーキをつけた自動車会社の責任かも――」

ライリーは口をつぐみ、わたしを見る。

「大事なのは、誰のせいでもないってことだよ。事故はただ起きただけ。そうなる運命だったの」

涙をこらえた。ライリーの話を信じられたらいいのに。でも、それは無理。わたしにはよくわかってる。真実がわかってる。

「みんなそのことをわかってるし、受け入れてる。だから、そろそろお姉ちゃんもそのことをわかって、受け入れなきゃ。お姉ちゃんの最期のときはまだだったってだけだよ」

ライリーは真実を知らない。ダーメンが運命をあざむいて、死ぬはずのわたしを呼びもどしたことを。

深々と息を吸い、テレビを見つめた。トーク番組は終わり、つぎの番組の司会をつとめる心理学者が画面に映っている。ぴかぴかの禿頭《とくとう》と、決して動くのをやめないものすごく大きな口。

「わたしの姿がすごく薄くなってたときのこと、覚えてる？　あれって、橋を渡ろうとしてたからなんだよ。毎日ちょっとずつ橋の向こう側に近づいてたの。だけど、渡りきろうと決めたとき、お姉ちゃんがこれまでになくわたしを必要としてた気がした。そんなお姉ちゃんを置いていくのは耐えられなかったんだ。いまでもお姉ちゃんを置いていくのは耐えられないよ」

だけど、いくらそばにいてほしくても、わたしはすでに妹から人生を奪ったのだ。死後の人生まで奪うつもりはない。

「ライリー、あんたはもう行かなきゃ」

心のどこかでは言葉が妹の耳に届かなかったことを願いながら、わたしはひどく小さなかすれ声でささやく。だけど、ひとたび口に出してしまうと、正しいことをしているんだとわかり、今度はもっと大きな声でもう一度くりかえした。

「行ったほうがいいよ」

ライリーはソファから立ちあがった。水晶のような涙で頬を光らせて。

「わたしがどれほど助けられたか……。あんたがいなかったら、どうしていたかわからない。ただただあんたがいてくれたから、わたしは毎日起きあがって、一歩ずつ踏みだせた。だけどもう大丈夫、これであんたは――」

「お姉ちゃんはそのうちわたしを送りかえすだろうって、ママが言ってたよ」

ライリーはにっこりする。

どういう意味だろう。

「ママは言ってたよ、『いつかはあなたのお姉ちゃんも大人になって、正しいことをするはずよ』って」

わたしたちはそろって笑った。

「いつかは大人になって、ナントカをするはずよって、ママはしょっちゅう言ってたよね」

またふたりで笑った。さよならを言うことの苦痛と緊張をやわらげようとして。

笑いがおさまると、わたしはライリーを見て言った。

「またいつか様子を見に来て声をかけてくれるよね？」

ライリーは首をふって目をそらす。

「お姉ちゃんにはわたしが見えなくなると思う。ママとパパのことも見えないんだから」

「じゃあ〈夏世界〉は？　あそこでなら会える？」

そうだ、エイヴァのところに行ってみよう。ほかのことのためには使わなくても、ライリーをたずねていくためだけに、なにかのサインを送れるかやってみる。元気だってことを伝えられるような、あきらかにわたしからだってわかるようなサインを」

「わかんない。でも、シールドのはずし方を教えてもらってもいい。元気だってことを伝えられるような、あきらかにわたしからだってわかるようなサインを」

「たとえば、どんな？」

ライリーの姿がもう薄れかけている。わたしはパニックになりながらたずねる。まさかこんなに早くいなくなっちゃうなんて。

「それに、どうすればわかるの？　絶対にあんたからだってことが、どうすればわかるの？」

「信じて、きっとわかるから」

ライリーはほほえみ、手をふりながら消えてしまった。

36

ライリーが消えた。

正しいことをしたのはわかってるけど、悲しくて涙がとまらない。小さなボールみたいに丸くなって、ソファにうずくまる。「お姉ちゃんのせいじゃない」というライリーの言葉。わたしのせいじゃない……そうだったらいいのに。でもそれは真実じゃない。あの日、四つの命がわたしのせいで終わりを告げた。

チアリーディングキャンプでもらった、パウダーブルーのバカげたスウェット一枚のために。

「新しいのを買ってあげるから」とパパは言い、バックミラーをのぞきこんだ。

ふたりの目が合った。わたしとパパ、そっくりな青い目だ。

「いま引きかえすと、渋滞にはまることになるぞ」

「でも、気に入ってるの。キャンプでもらったやつで、お店じゃ買えないもん」

こういうとき、パパは言うことをきいてくれるとわかっている。

「そんなに大事なものなのか?」

パパは頭をふって深呼吸し、車をUターンさせた。そして、バックミラー越しに「しょうがないなあ」という顔を向けた。その瞬間、道路に鹿が飛びだしてきたのだ。

ライリーは、罪悪感を抱かないでいいと言ってくれたけど、それはちがう。あきらかにわたしのせいだ。

涙をぬぐいながら、エイヴァの言葉を思いだす。

——あなたはまちがった相手にさよならを言ってしまったのよ。

さよならを言うべき相手はライリーだった。じゃあ、ダーメンにさよならしたのはまちがいだったってこと?

ふとテーブルを見ると、さっき置いたはずのハートのロリポップがチューリップに変わっている。光り輝く深紅のチューリップ。

それからわたしは自分の部屋に駆けこみ、ベッドの上でノートパソコンを開いて、花言葉を検索した。画面をたどっていくと、こうあった——

花言葉の歴史は古い。昔から人々は贈る花を通じて相手に気持ちを伝えようとした。特に十九世紀のヨーロッパでは花言葉に想いをこめることが流行した。伝統的な花言葉をいくつか紹介しよう——

アルファベット順のリストをスクロールしてチューリップを探した。その言葉を読んで息をのむ。

深紅のチューリップ——不滅の愛、永遠の愛情

それから、白いバラのつぼみを調べた。

白いバラのつぼみ——愛を知らない心、愛に無知な心

不滅の愛……。ダーメンはわたしを試していたのだ。ずっと。

わたしの人生を変えてしまう大きな秘密を抱え、わたしがそれを受け入れるのか、拒むのか、彼を追いはらうのかもわからずに、迷っていたんだ。だから、わたしがダーメンをどう思っているのか反応を得るためだけに、ステーシアとイチャついてみせた。

でも、わたしの心を読んでいたダーメンは混乱しただろう。わたしは事故以来、自分を責め、否定し、自分の気持ちに嘘をつくようになっていたから。幸せになる資格はない、と自

分を抑えていたから。

ダーメンのしたことはちょっとひどいけど、心を閉ざしていたわたしには必要なことだったのかもしれない。

彼からは数え切れないほどのチューリップをもらった——不滅の愛を。

そしていま、やっと素直に思える。わたしは彼を愛してる。ずっと愛していた。初めて会った日から愛していた。愛してないと誓ったときでさえ、愛していた。どうすることもできない、ただ彼を愛してる。

不死の存在《イモータル》がどういうものか、ちゃんと理解できているわけじゃない。でも運命や宿命というものがあるのかもしれないとは感じている。彼にまた会うには、声に出せばいい。愛していると。そうすれば目の前に姿を現してくれるはずだ。

目を閉じて、ダーメンのあたたかく心地よい体、耳や首や頬に受ける柔らかな甘い唇のささやき、重ねられる唇の感触を思い描く——完璧な愛の感覚と、完璧なキスをたよりに、これまでずっと胸に抱いていた言葉を、怖くてたまらなくて口にできなかった言葉を、彼をわたしのもとに連れもどしてくれる言葉をささやく。

何度も何度もくりかえし、声は次第に力強くなる。部屋が言葉で埋めつくされそうだ。

だけど、わたしはひとりだ。ダーメンは現れない。

遅すぎたのだ。

37

しばらくして、水を飲みにキッチンに行った。冷蔵庫からボトルをとりだしていると、背後から声がした。

「感動的ね、エヴァー。すごくいじらしくて、ジーンときちゃう」

ドリナだ。腕を組んで脚を交差させ、わが家の朝食用カウンターに腰かけている。美しさだけは相変わらず完璧だ。

「慎み深いラブシーンを想像したあとで、ダーメンの名前を呼んだりして、ずいぶん可愛いこと」ドリナは邪悪にほほえむ。

「ええ、そうよ、あたしはいまでもあなたの頭のなかが見えてるの。あなたのシールド？　残念ながらトリノの聖骸布《せいがいふ》より薄っぺらね。ともかく、あなたとダーメンと永久不滅のハッピーエンドのことだけど、そうさせるわけにはいかないの。あなたを殺すことはあたしのライフワークになってしまっていて、悪いけど、いまこの瞬間もあなたを殺せるのよ」

　わたしはドリナを見つめ、呼吸に集中した。相手を攻撃するような考えはすべて頭から追いださなくては。彼女に知られれば、悪用されるだけだ。頭のなかをからっぽにするにはどうすればいい？　そうだ、象のことは考えちゃダメって思おう。象のことは考えちゃダメ。そう思えば逆に、象のことだけを考えてしまうはず……。

「象？　冗談でしょう？」邪悪な低い声を部屋に響かせて、ドリナはうめいた。

「信じられない、ダーメンったら、こんなバカな娘のどこがいいのかしら？　知性やウィットじゃないのは確かね。そんなもの、かけらも見せてもらったことがないもの。それに、あなたの想像するラブシーンときたら。まるでディズニーアニメかファミリー・チャンネルっぽくて、恐ろしく退屈だわ。ダーメンは何百年も生きてきて、いろんな恋愛をたくさん経験してるのよ？」

「ダーメンを探してるなら、ここにはいないけど」

　やっとのことで言う。何日もしゃべっていなかったみたいに、声がかすれている。

「ふん、ダーメンの居場所なら知ってるわ、ほんとよ。彼の居場所なら、いつでも知ってるの。それがあたしの仕事だから」

「つまりストーカーってことね」挑発するべきじゃないのはわかってるけど、考えてみたら、失うものはなにもないのだ。いずれにしても、彼女はわたしを殺しに来たんだから。

　ドリナは唇をゆがめ、完璧に仕上げたネイルを眺めながら言う。「ぜんぜんちがうわ」

「この三百年間そうしてきたのなら、まぎれもないストーカーよ」

「ねえ不愉快なトロールさん、約六百年よ、六百年。そこらへんのストーカーなんかとはちがうの」

六百年？　それってまじめな話？

ドリナはカウンターから降りた。

「あんたたちみたいなただの人間ときたら、ひどく鈍くて、愚かで、意外性に欠けて、ありきたりよね。欠点だらけのくせに、あんたたちはいつもダーメンにあれこれ影響を与えようとする。飢えた者に食事をとか、人類のために貢献するとか、貧困と闘うとか、クジラを救うとか、ポイ捨てしないとか、リサイクルするとか、平和のために黙想するとか、浪費、アルコール、ドラッグにはノー？　労力を費やす価値のありそうなこと全般——恐ろしく退屈で利他的なことをつぎからつぎへと思いつくんだから。いったいなんのために？　なんにも学習してないようね。それでも、それでもよ。ダーメンとあたしはいつもどうにか乗りこえてきてるの。元の彼にもどすのには、相当な時間がかかりそうだけど。好色で、快楽主義者で、貪欲で、気ままな、あたしの知ってる愛すべきダーメンにもどすには。いまはちょっとまわり道してるだけ。あなたが知らないうちに、あたしたちはまた世界の頂点に君臨してるはず」

ドリナはこっちに近づいてくる。御影石《みかげいし》の大きなカウンターをシャム猫みたいにしゃなりしゃなりとまわりこんできて、一歩近づくごとに、その顔に笑みが広がった。

「正直言うと、あたしにはあなたがどうして彼に惹かれているのか理解できないの。あ、ほかの女たちや、事実をいえば男たちの大半が惹かれちゃう魅力の話じゃないわよ。そうじゃなくて、あなたがいつも苦しむのはダーメンのせいでしょう。いまからこんな目に遭わなきゃならないのも、ダーメンのせい。それでも好きだなんてねえ」

ドリナは頭を横にふってつづける。

「あの忌々しい事故。あのときあなたが死んだものと確信して、カタはついたと思っていたのに、わたしの知らないあいだにダーメンはカリフォルニアに引っ越してた。この世に連れもどしたあなたを追ってね！ はあ、もう。何百年も生きてるんだから、忍耐強いって思う？ そんなことはない、あなたには本当にうんざりしてるのよ。この死に損ない！」

ドリナはにらみつけている。待って、いまなんて言った？ ドリナがあの事故を起こしたの？

心を読んだドリナがこたえる。

「そうよ、あの事故はあたしが起こしたのよ。なんでもかんでも、いちいち説明してあげなきゃわからないの？ まったく。あの鹿を驚かせて、車の前に飛びださせたのは、このあたし。あなたの父親は情け深くて感傷的な愚か者で、鹿一頭救うためによろこんで家族の命を危険にさらすだろうって知ってたのは、このあたし。ただの人間って、ほんとにわかりやすいんだから。善行を志しているまじめ人間は特にね」

ドリナはかん高い声で笑った。

あの事故はドリナのせいだったんだ。

「そうね、ダーメンがバカなことをしなければ成功したのに。いいこと、エヴァー、絶対に今回はダーメンには助けてもらえないし、あたしはきっちり仕事を終わらせるつもりよ」

もう殺されたくない。この女は平気で家族も巻きこんだんだ。これ以上ふりまわされたくない。

キッチンを見まわして、身を守るのに使えそうなものを探した。向こうのほうにナイフ立てがある。でも絶対にあそこまではたどり着けない。ダーメンやドリナみたいにはすばやく動けないのだから。

ああ、でもぐずぐずしている時間はない。

「ねえ、どうぞ、ナイフをとりなさいよ。あたしはかまわないから」

ドリナはため息をつきながら、ダイヤモンドの散りばめられた腕時計を確かめる。

「でもよかったら、いいかげんはじめない？　いつもならじっくり時間をかけて、ちょっとばかり楽しませてもらいたいところだけど、今日はバレンタインデーでしょう。愛する人と食事の予定があるから、さっさとあなたを始末しなくちゃね」

ドリナの顔に、内面のあらゆる邪悪さが浮かびあがった。だけど、それはあっというまに消え去り、見つめずにはいられない息をのむような美しさがもどる。

「あなたが現れる前は……あ、今回のあなたじゃないわ。遠い昔の前世のあなたが現れる前は、ダーメンにとってわたしだけが真実の愛だった。なのにあなたが現れて、彼を奪いとろうとして、それからはずっと同じことのくりかえし……」静かなすばやい足どりで、ドリナはわたしの目の前に立ちはだかる。

「だけどもう、彼を返してもらうわ。はっきりさせておくけど、最後はいつもあたしのもとにもどってくるのよ」

まな板に手を伸ばし、ドリナの頭を打とうとしたが、彼女にあえなく突き飛ばされ、ものすごい力で冷蔵庫にたたきつけられる。背中を強打して息ができない。あえぎながらなにかつかまるものはないかと手探りするけれど、そのまま床に崩れ落ちた。生あたたかい血が顔に流れてくる。どこかが切れたらしい。

動くことも反撃することもできないうちに、ドリナはわたしにのしかかり、服や髪や顔をじわじわとナイフで切りつけながら、耳元でささやく。

「もうあきらめなさい。力を抜いて、身を任せるの。幸せな家族のもとに行きなさいよ、みんなあなたを待ってるわよ。どうせ生きる目的もなにもない。いまこそ人生に別れを告げるチャンスよ」

その言葉をききながら、気が遠くなっていった。

38

一瞬気を失っていたらしい。でもまだ死んでいない。

ドリナはまだわたしの上にいた。顔も手も、わたしの血で汚れている。楽になりなさい、身を任せなさい、これをかぎりに立ち去ってすべてにけりをつけなさい、とささやきつづけている。

以前ならそれも悪くないと思ったかもしれないけど、いまはちがう。このクソ女はわたしの家族を殺したんだから、今度はこっちがお返しする番だ。

目を閉じ、あの場所へもどろうとする――家族みんなが笑っていて、幸せで、愛に満ちているあのときへ。あの事故は自分のせいじゃなかったとわかったいま、罪悪感でぼやけることもない。その様子はかつてないほどはっきり見えている。

自分のなかに、いままでにない力がわきあがってくる。わたしはドリナの体を思い切り押しのけた。

自分でもびっくりするような力だった。ドリナは部屋の向こうまで飛んでいって壁にぶちあたり、腕を不自然な角度に突きだして床に倒れていた。

ドリナは一瞬ショックを受けたようだったが、すぐに立ちあがって埃《ほこり》を払いながら笑い声をあげた。

彼女がまた突進してくる。わたしはふたたび彼女を突き飛ばした。ドリナの体はキッチンの先の書斎まで飛んでいくと、窓に激突してガラスをぶち破った。そこらじゅうに破片が散らばる。

「なかなか派手な犯行現場をつくりだしてくれるじゃない」

ドリナはガラスの破片を腕や顔から抜きとりながら言う。ガラスが抜かれると、傷口はみるみるうちに閉じていく。すっかり回復し、決着をつけるつもりだ。

「あなたに勝ち目はないわよ」ドリナはささやく。

「はっきりいって、その哀れな力の誇示も、くどくてうんざり。本当に、あなたってつまらないパーティーしかできないのね。友だちがいないのも無理もないわ。これがお客のもてなし方なの？」

ドリナの攻撃に身がまえた。つぎはどうすればいい？　だけど、考えもまとまらないうちに、とつぜん押しつぶされるようなとてつもなく鋭い痛みが襲う。頭をぎりぎりと締めつけているような痛み。

ドリナはニヤリと笑みを浮かべ、こっちに近づいてくる。身がすくんで、一歩も動けない。

「だから言ったでしょ、すぐ殺せるって。こっちは警告しようとしたのよ。あなたがきこうとしなかっただけで。ねえエヴァー、これはあなたが選んだことなの。痛みを徐々に強くしてあげましょうか？」

痛みの波がさらに強まる。わたしは苦悶《くもん》に身を折り、床に倒れた。

「――あるいは、ただ身を任せて死ぬこともできる。苦しまずあっさりとね。決めるのはあなたよ」

視界がゆがんで、手脚がゴムになったみたいに力が入らない。ドリナの姿もぼやけていく。

見えないのなら、目を閉じればいいんだ。目を閉じて考えるのよ――ドリナを勝たせるわけにはいかない。ドリナを勝たせるわけにはいかない。前世のことは知らないけど、今回は。だって家族にあんなことをされたのよ。

力をふりしぼり、ドリナに向かってこぶしを突きだす。弱々しいパンチ。顔ではなく胸にあたり、体の正面をかすめてだらりと落ちる。

息を吐き切って、よろめきながらあとずさった。こんな攻撃、ドリナにとっては痛くもかゆくもないはずだ。

目をつぶって身をすくめ、最期のときが訪れるのを待った。もはや死が避けられないのなら、さっさと終わらせてほしい。

そのとき頭の痛みがふっと消えた。これが死？

目をあけると、ドリナが胸をかきむしりながら、よろよろと壁のほうへあとずさりしている。

「ダーメン！」ドリナはわたしのうしろを見て泣きわめいている。「この子があたしにこんなことをするのを許さないで、あたしたちに――」

ふりかえると、ダーメンがいた。ドリナを見つめて頭をふっている。

「もう手遅れだ」彼はわたしの手をとり、指と指をからめる。「もう観念するんだ、ポヴェリーナ」

「その名前で呼ばないで！」美しいグリーンだった目は、いまでは赤くにごっている。「その名前が大嫌いだって知ってるでしょ！」

「知ってるよ」

ダーメンはこたえ、わたしの指を強くにぎりしめる。

ドリナはあっというまに老化して縮んでいき、干からびて、跡形もなく消えた。

残ったのは、黒いシルクのドレスとブランドものの靴だけ。

「どうなって――」

答えを求めて、ダーメンのほうを向いた。

「終わったんだ。まちがいなく、完全に、永遠に、終わった」彼はわたしを抱き寄せた。「二度と彼女に悩まされることはない」

「わたし――ドリナを殺したの？」

家族にあんなことをされて、わたし自身これまで何度も彼女に殺されてきたらしいけど、いま目の前で起こったことを、どう感じていいのかわからない。

ダーメンはうなずく。

「でも――どうやって？　だって、彼女が不死の人間《イモータル》なら、首を切り落としたりしなきゃいけないいんじゃないの？」

「みんなそう思っているんだよな。でも、そんなふうにはいかない。首を切り落としたり、木の杭を刺したり、銀の銃弾を撃ちこんだりはしないんだ。そうではない。復讐は力を弱め、愛は力を強めるっていう単純な事実にすべてはたどり着く。きみはドリナのいちばん弱いところを突いた」

わけがわからない。復讐？　愛？

「わたしはドリナにほとんど触れもしなかったのに」

こぶしが彼女の胸にあたったときのことを思いだすけれど、わずかに弱々しくあたっただけだ。

「きみが狙うべきは第四のチャクラだった。そしてみごとに命中させたんだ」

チャクラって……？　もっとわからない。黙っているとダーメンがつづけた。

「人の体には七つのチャクラがある。第四のチャクラは、ハートチャクラと呼ばれることもある。無条件の愛、思いやり、高位の自我《ハイヤーセルフ》の中心で、どれもドリナに欠けていたものだ。だからそこが無防備になり、弱くなった。愛が欠けていたせいで、ドリナは死んだんだよ」

「待って、よくわからないけど弱点があるなら、ドリナはなんで防御しようとしなかったの？」

「自負心にまどわされて気づいていなかったんだ。自分がすっかり愛を失っていて、どれほど邪悪で、憤慨していて、憎しみに満ち、支配欲が強くなっているか。ドリナはぜんぜん気づかずに――」

「これまでそんな話、教えてくれなかった……。ドリナがわたしを狙っていると知ってたのに」

「すまない。ただ、これは仮説だったんだ。不死人《イモータル》が消えるのを見たことがあるが、ぼく自身は不死人を殺したことがないし、本当に効果があるのかわからなかった。いまのいままでは」

「ちょっと待って。不死の人間はほかにもいるってこと？　ドリナだけじゃなくて？」

ダーメンはなにか言おうとするように口をあけたけれど、またかたく閉ざしてしまった。彼の目をのぞきこむ。そこに見えたのはかすかな――後悔、それとも良心の呵責《かしゃく》？だけど、それもあっというまに消えてしまう。

「ドリナは、あなたの過去を少し話してた……」

「エヴァー。ぼくは長いこと生きてきて――」

「そうね、六百年も！」

「まあ……多少の誤差はあるけど。とにかく、いろんなことがあった。ずっと清く正しく生きてきたわけじゃない。それどころか、ほとんどがその正反対だった」

話をきく心の準備ができているのかわからず、わたしは身を離そうとする。けれど、彼はまたわたしを引き寄せた。

「大丈夫、きみには話をきく心の準備はできてるよ。ぼくは殺人者じゃないし、邪悪でもない。ただ——ただ、いい暮らしを享受してきただけだ。だけど、きみに出会ってからは、きみのそばにいるためだけに、すべてをなげうつのもいとわなかった。だが、ドリナがそのたびごとに邪魔をしてきた——」

何世紀にもわたって何度も同じことがくりかえされていた。わたしたちが結ばれる前に、ドリナが邪魔をしてきた……。

つまり、わたしはいつまでも手に入らない女だったんだ。生きて呼吸をしている禁断の果実ってところ？　彼がそれをほしがり、興味を持つのも無理はない。でも、手に入れてしまったらどうなるんだろう。それで満足して、わたしになんか興味を失って飽きちゃって、また〝いい暮らし〟を楽しもうとしはじめるかも……。

永遠の時間があるのに、そんなのつらい。

「そんなふうに思ってるのか？」

考えていることは、ダーメンにはすべてお見通しだということを、一瞬忘れていた。

「そうじゃなくて——不安で。だって、これって典型的なラブストーリーじゃない——何度も、何度も、何度も、好きなのに結ばれない相手って！　取り憑かれるのも不思議じゃないよ。べつにわたしじゃなくてもよかったんじゃない」

「エヴァー、きみじゃなきゃだめなんだ。どうしても」

　わたしはうなずく。

「それに、飽きたりするわけない。ぼくが思うに、永遠ってものとつき合っていく最善の方法は、一日一日を大切に生きていくことじゃないかな」

　ダーメンはわたしにキスをするけれど、ほんの一瞬で、彼は体を離した。

「どこへ行くの？」わたしは彼を見つめて言う。

「二度とわたしを置いていかないで」

「きみのために水をとりに行くのもダメかな？」

「水をとりに行くのもダメ」

　彼の顔を両手で包んだ。信じられないほど美しい顔を。

「わたしね――」

「ん？」

「会えなくてさびしかった」

「ぼくもだよ」

　彼は顔を寄せ、唇をわたしの額に押しあてて、またすぐに離す。

「どうかした？」

わたしを見つめる彼の顔に笑みが広がり、やさしい表情になった。前髪の下に指をすべらせると、傷痕が消えている。

「許すことは癒すことだ」ダーメンはほほえむ。

「特に自分自身を許すことは」

「あなたがそうさせてくれた……」

ほかにも言わなきゃいけないことはあるけれど、ちゃんと言えるかわからない。だから代わりに目を閉じる。彼が心を読んでくれれば、声に出して言わずにすむから。

「ちゃんと声に出して言ってもらえるほうがうれしいんだけどな」

「さっき言ったよ。あんなに何回も。だからもどってきたんでしょ？　もっと早く来てくれると思ってたよ。そしたらもっとうれしかったのに」

「きみの言葉はきこえたよ。もっと早く来るつもりだった。だけど、きみが本当に覚悟を決めたのか知りたかったんだ。単にライリーに別れを告げたさびしさから言ってるんじゃないってことをね」

「そのことも知ってるの？」

「ああ、きみは正しいことをしたよ」

「つまり、確信がほしくて、もうちょっとでわたしを死なせそうになったわけ？」

「それはちがう。決してきみを死なせるつもりはなかった。ドリナはあきらめたはずだった。また襲うなんてわからなかった。ぼくは彼女を見くびっていた」

「ドリナの心が読めなかった？」

彼はわたしを見つめながら、親指で頬をなぞっている。

「ずっと昔に、お互いの心を隠す術《すべ》を学んだからね」

「どうやって隠すのか、わたしにも教えてくれる？」

「いずれすべてを教えるって約束するよ。だけど、まずは不死人になるってことが、どういう意味かちゃんと理解してもらわないと。きみは二度と家族に会えない。あの橋を渡ることは決してない。それでいいのか？」

ダーメンがわたしの顎をつかみ、瞳をのぞきこむ。

「でも、いつだって、なんていうか……やめることはできるんでしょ？　永遠の命を捨てることもできるって、前に言ってた——」

「一度深入りしてしまうと、ずっと難しくなる」

ひょっとしたら、大きな代償を払うことになるのかもしれない。でも、乗りこえる方法はきっとあるはずだ。

ライリーはサインを示すと約束した。あとはそれから考えていけばいい。

永遠が今日からはじまるというのなら、そうやって生きよう。今日という日のために、今日という日だけを。ダーメンはずっとそばにいてくれるんだから。

そう、これからもずっと。

彼はわたしを見つめて、ひとつの言葉を待っている。

「愛してる」とわたしはささやく。

「愛してるよ」ダーメンはゆっくりとこの一瞬を噛みしめるように言った。

「ずっと愛していた。これからもずっと」

訳者あとがき

いつもフードをすっぽりかぶって、イヤホンをはずさず、外界をシャットアウトしている十六歳のエヴァー。本当はブロンドの美少女なのに、おかげで高校では変人扱い。でも彼女にはそうせずにはいられない理由があった。他人のオーラが見えたり、心が読めたりしてしまうのだ。フードとイヤホンがなければ、頭の中は周りの人間の内心のつぶやきであふれかえってしまう……。

もし自分に特殊能力があったら、と誰しも一度は夢見たことがあるのではないだろうか。けれど、エヴァーはそれを「自分に課せられた罰」とみなしている。この能力がそなわるきっかけとなった交通事故で家族は全員死に、自分ひとりが生き残ってしまったからだ。エヴァーには霊視能力もあるのだが、妹の霊に会うたびに、罪悪感を覚えている。

そんなある日、高校にダーメンという名のミステリアスな転校生がやってくる。顔もスタイルも成績もパーフェクトな彼に、女子も男子も夢中になるが、ダーメンはなぜか〝変人〟のエヴァーに興味を示し、何かにつけてちょっかいを出してくる。ほかの人のようには内心のつぶやきが聞こえないダーメンを警戒しながらも、彼に惹かれていくエヴァー。ところがダーメンは、エヴァーに愛をささやいたかと思うと急に冷たくなったり、突然姿をくらましたりと、不可解な行動をとる。そこにはある理由が……。

秘密を抱えた影のある二人が織りなすラブストーリー。ミステリアスな物語を引っ張る二人はもちろんのこと、脇役もとても魅力的だ。愛情に飢えて周りの気を引こうと必死なゴス・ファッションに身を包んだヘイヴン、オシャレと演劇に夢中のゲイの男子マイルズ、ハイスクール・ヒエラルキーの頂点に君臨する美人で邪悪なステーシア。それぞれひと癖あって、ティーンエイジャーらしさも全開。またエヴァーの妹ライリーの無邪気なわがままっぷりも、幽霊ならではの切なさを醸し出している。

ダーメンはいったい何者なのか？　エヴァーへの思わせぶりな態度の裏にあるものとは？そして、エヴァーの能力と家族の死にまつわる真実とは？　絡み合う謎と予想を裏切る展開、そして二人の恋の行方から目が離せない。

著者のアリソン・ノエルは、何度もニューヨークタイムズのベストセラーリスト入りを果たしている人気作家。全六作で完結している本シリーズの総売上部数は六百万部を超え、三十六カ国以上で出版されている。さらに、妹ライリーを主人公にしたローティーン向けのスピンオフシリーズも四作刊行されている。映像化権は「トワイライト」シリーズのサミット・エンターテインメントが取得済み。エヴァーとダーメンを、スクリーンで観るのが楽しみだ。

さて、シリーズ二作目では、新しい転校生がやってくる。あっという間に校内の人気者になった彼のせいで、エヴァーは苦境に追いやられることに……。またまた波乱含みの展開が待っているので、エヴァーの恋と友情のストーリーにご期待ください。

最後に、様々なアドヴァイスと新しい視点をくださったヴィレッジブックスの三上冴子さんとリテラルリンクの皆様をはじめとし、ご協力いただいた皆様に、この場を借りて厚くお礼申し上げます。

二〇一二年九月

漆黒のエンジェル
不死人夜想曲《イモータル・ノクターン》#1

著者　アリソン・ノエル

訳者　堀川志野舞《ほりかわしのぶ》

2012年10月20日　初版第1刷発行

発行人　鈴木徹也

発行所　ヴィレッジブックス
〒108-0072 東京都港区白金2-7-16
電話 048-430-1110（受注センター）
03-6408-2322（販売及び乱丁・落丁に関するお問い合わせ）
03-6408-2323（編集内容に関するお問い合わせ）
http://www.villagebooks.co.jp

印刷所　中央精版印刷株式会社

ブックデザイン　鈴木成一デザイン室＋草苅睦子（albireo）

 ISBN978-4-86491-019-4 Printed in Japan